ミステリ

RACHEL HAWKINS

階上の妻

THE WIFE UPSTAIRS

レイチェル・ホーキンズ

竹内要江訳

TOKYO
HAYAKAWA
BOOKS

A HAYAKAWA
POCKET MYSTERY BOOK

THE WIFE UPSTAIRS
by
RACHEL HAWKINS

Translated by
TOSHIE TAKEUCHI
First published 2021 in Japan by
HAYAKAWA PUBLISHING, INC.
This book is published in Japan by
direct arrangement with
BAROR INTERNATIONAL, INC.
Armonk, New York, U.S.A.

装幀／水戸部 功

ありがたいことに、本書に登場する母親たちとは似ても似つかないママに。

どんなときも死にはふたつある。ほんものの死と、人の頭のなかにある死と。

——ジーン・リース『サルガッソーの広い海』

目次

階上の妻

登場人物

ジェーン・ベル……………………ドッグウォーカー
エディ・ロチェスター………〈サザン・マナーズ〉経営者。建築請負業者
ビー……………………………………〈サザン・マナーズ〉創業者。エディの妻
ブランチ・イングラム………ビーの親友
トリップ……………………………ブランチの夫
キャンベル・リード
エミリー・クラーク
キャロライン・マクラレン
……ソーンフィールド・エステートの住人
ジョン・リヴァース…………バプテスト教会アシスタント。ジェーンの同居人
トリ・ローラン……………………マウンテン・ブルック警察刑事

第一部

ジェーン

1

二月

散歩するには最低最悪の日だ。

朝から大雨がひっきりなしに降るなか、センターポイントからマウンテン・ブルックまでやっとのことで車を走らせる。リード家の車寄せで車から降りようとしたらジーンズの裾が雨でぐっしょり濡れ、玄関ホールを歩いているとスニーカーがギュッギュと音を立てる。

それなのにミセス・リードは飼い犬ベアーのリードを握りしめ、こちらに向かって顔をしかめている。雨降りの月曜の朝に散歩させるのを申しわけなく思っていると伝えるために、そういう顔をしてわざとらしく同情の念を表現しているのだ。

そこが重要なポイントだ——彼女の申しわけない気持ちがわたしに伝わることが。

そのくせ彼女はわたしが散歩をして当然と思っている。

ソーンフィールド・エステート住宅分譲地でドッグウォーカー（犬の散歩代行業）の仕事をはじめてほぼ一か月になるが、わたしがはっきり理解したことがひとつあるとすれば、ここでなによりも大切なのは、何でもどう見えるかということだ。

ミセス・リードはいかにも申しわけなく思っているように見える。二月半ばの大荒れの凍える天気のなか、わたしが彼女のコリー犬、ベアーを散歩させなければならないこの状況を耐えがたく思っているように見える。

ひとりの人間としてのわたしを気にかけているように見える。

ほんとうはこれっぽっちも気にかけていないのだが、そんなことはどうでもいい。

わたしだって彼女に興味があるわけじゃない。

それで、わたしはにこやかにほほ笑みながら、くすんだ緑色のレインコートの裾をぐいっと引っ張る。

「準備してきましたから」そう言って、ベアーのリードを受け取る。

わたしたちが向かい合っているこの場所は、リード家の正面玄関ホールだ。わたしの左側には額入りの大きな鏡が立てかけてあり、そこにはわたし、ミセス・リード、すでに玄関扉から出ていきたくてしかたがないベアーの姿が映《うつ》っている。アンティーク調の木のテーブルも置いてあり、ポプリが入ったボウルのそばにはミセス・リードが昨夜出席したなにかのチャリティイベントから帰宅して無造作に置いたままになっている、ダイヤのフープイヤリングがある。

チャリティイベントというのは、この界隈では盛大な催しだということにわたしは気づいたのだが、実際のところなんのためにお金を集めているのかはさっぱりわからない。エンドテーブルにのっていたり、冷蔵庫のドアにマグネットで貼りつけられたりしているイベントの招待状は善行をアピールする言葉であふれている。〝子ども〟〝虐待を受けている女性〟〝ホームレス〟〝恵まれない人たち〟――どれも〝貧しい〟ということを遠回しに言い換えた表現だ。

ミセス・リードが昨晩いったいなにを支援したのかはよくわからないが、それもまたわたしの興味の対象外。

わたしはイヤリングをじろじろ見ないようにする。

手によくなじむベアーのリードを握り、ミセス・リードに小さく手を振って、広い正面ポーチへと向かう。

コンクリートを打ったポーチは水で濡れるとツルツルになるので、わたしの古くなったスニーカーが危うく滑るところだった。

背後で扉が閉まる音が聞こえる。わたしが犬を散歩させているあいだ、彼女は今朝なにをするつもりなのだろう？　コーヒーをもう一杯飲むとか？　それから抗不安薬を流し込む？　そして、また別のチャリティイベントを企画する？

きっと、ヨットの操縦法を知らない子どもたちのために資金を集めるブランチでも企画するのだろう。

雨脚は多少弱まってはいたが、冷たい朝には変わりがなく、手袋を持ってくればよかったと後悔した。わたしの手はむきだしで荒れている。指の関節は怒ったような赤色に染まっている。右手の親指と人差し指とのあいだにはまだ薄桃色の火傷の痕《あと》が走っている。マウンテン・ブルック・ヴィレッジにある〈ローステッド〉というカフェで働いた最終日の記念すべき負傷。

犬の散歩なんてくそ仕事だけど、少なくとも第二度の熱傷を負う危険はないのだからと思い直す。

ベアーはリードを引っ張って進み、郵便受けが現れるたびににおいを嗅いでいる。わたしは引っ張られるにまかせ、心のなかでは仕事のことよりも、この地区や立ち並ぶ家のことを考えている。それぞれの豪邸の裏には鮮やかな緑の庭が広がっている。だから、ドッグウォーカーが必要になるなんて、わけがわからない。でも、こういう場所に住む人の頭に浮かぶのは〝必要〟という言葉ではない。なにごとも〝欲しい〟かどうかなのだ。

こういうお屋敷とは、そういうものなのだ。

ミセス・リードが夫とふたりで暮らしているのは、バスルーム八つ、寝室七つ、正式な居間と家族の居間、二階にある応接室《ラウンジ》と〝紳士の書斎〟を備えたマグノリア・コートだ。わたしが見たところ、ソーンフィールド・エステートの家はたいてい似たりよったりだ。これまでにこの地区の邸宅四軒にお邪魔している。地区の住人がひとりドッグウォーカーを雇えば、ほかの住人もこぞって必要とする――というか、〝欲しがる〟から。リード家のためにベアーを散歩させているが、いまではプリムローズ小路《レーン》のマクラレン家のダルメシアン犬、メアリー＝ベス、それからオークウッドのクラーク家のシーズー犬、メージャーとカーネルも担当している。最近メープル通りのトリップ・イングラムに雇われて、亡くなった妻のラブラドール犬、ハーパーも散歩させるようになったばかりだ。

あれこれ考え合わせると悪い仕事ではない。〈ローステッド〉で働くよりましだということは間違いない。ここの人たちはわたしの目をちゃんと見て話してくれる。彼らが理想とするのは、〝お手伝いさん〟をファースト・ネームで呼ばない嫌味な人間になるべからずと自らを律するようなタイプだから。〝ジェーンは家族の一員みたいなものよ〟。おおかた、ミセス・リードはカントリークラブでお仲間の女性たちにそう話しているのだろう。すると、そこにいる全員がにこやかに笑い声を上げ賛意を示し、ブラッディ・マリーをおかわりする。

歩道を歩くたびにスニーカーが立てるギュッギュという音を聞いていると、自分が暮らすアパートを思い出す。どうやらまたキッチンで水漏れしているみたいで、天井の一画の黒ずみが、くすんだ灰色ばかりの部屋で存在感を増している。アパートの家賃は安く、周辺も荒れた場所ではないが、ときどきちっぽけなコンクリート箱のなかで暮らしている気分になる。ディスカウントショップで買ってきたポスターや、リサイクルショップで見つけたかわいらしいブランケットでいくら飾り立てようとしても灰色がしつこく反撃してくる。

ソーンフィールド・エステートでは、くすんだ灰色などどこにも見当たらない。

ここでは季節に関係なく芝生は青々としていて、どの家にも植木鉢や植木箱が並び、色とりどりの花を咲かせる立派な植え込みがある。鎧戸《よろいど》は明るい黄色、紺色、深紅、エメラルド・グリーンで塗られている。灰色があるとしても、やわらかくて上品な色だ――いつかミセス・リードがそういう色のことを「ダヴグレイ」（紫がかった灰色）と呼んでいた。芝生管理サービス、カーペットクリーニング業者、家事代行業者などのヴァンが車寄せを出たり入ったりして作業を行う音がひっきりなしに聞こえてくる。それはこんな雨の日でも変わらない。

ベアーが歩道のへりで用を足すために立ち止まったので、わたしは空いているほうの手でレインコートのフードを頭から押し下げる。すると、冷たい雨水が首筋を伝う。レインコートは年季が入っていて、左側の縫い目がほつれているのだが、新品を買う気にはなれない。そのためにお金を使うまでもない気がするし、古いレインコートが一着なくなったって、ここの住人なら気づきもしないと、ときどき思うことがある。

危険すぎる。わたしは自分をいさめるが、それでも、このあたりをおしゃれで見栄えのするものを着て歩いている自分をまるまる二分間ぐらい想像してしまう。それは、冷たい雨水が滲《し》みて身体じゅうぐしょ濡れになるような代物ではない。先週ミセス・クラークが扉のそばにかけていた、バーバリーのジャケットみたいなもの。

そんなこと考えたらだめ。

それで、かわりにミセス・リードのダイヤのイヤリングを思い浮かべる。ふたつともなくなったら、まず怪しまれるだろう。でも片方だけなら？　片方だけテーブルから落ちることだってある。カントリークラブでカーペットの下敷きになっているかも。どこかのポケットに入ったままになっているかもしれない。

ベアーは郵便受けのにおいを嗅ぐためにまた立ち止

まる。でも、わたしは彼を引っ張り、わたしのお気に入りの家へと向かう。

それは、行き止まりになっている通りのいちばん奥、ほかの家よりもさらに道から奥まった場所に建っている、人の出入りがあまりない数少ない一軒だ。庭は地区のほかの庭と同じように青々としているが鬱蒼《うっそう》と茂り、正面でかわいらしい紫色の花をつけている植え込みも高く伸びすぎて一階の窓をふさいでいる。

その地区ではいちばん大きな家で、高くそびえ立ち、両側に巨大な翼棟がふたつ伸びていて、正面の芝生の庭にオークの巨木が二本生えている。ほかの家よりも見るからに古そうで、もしかしたらこのあたりで最初に建てられた家なのかもしれない。

ソーンフィールド・エステートの家はどれも似たりよったりなので、しまいにはどの家も輪郭《りんかく》がぼやけてくる。そんな風に美しくぼやけるのは、わたしが住む地区の気が滅入る単調さよりもずっとましなので、わたしはその点が気に入っているのだが、この家にはなにかある。袋小路の奥に一軒ぽつんと建っていて、通るたびにわたしを引きつけてやまないなにかが。

わたしは歩道から道路の真ん中まで出て、その家をもっとよく見ようとする。

このあたりはいつも静まり返っているので、道路の真ん中に立っていても、危険だとはちっとも思わない。

車の姿よりも先に音が耳に届く。それでもわたしは動かない。あとになってそのときのことを振り返ると、その後の展開がなぜかわかっていたのではないかという気がする。わたしが人生によって導かれていた一点があるとすれば、それはまさにあの家ではないかと。

あの人のもとに。

2

ソーンフィールド・エステートで見かける車種はほぼ例外なく高級SUVだ。地区に立ち並ぶ家の走るバージョンとも言える——つまり、見るからに高価で必要以上に大きい。わたしはそういう車を見ても、もうなんとも思わなくなった。シャンパン色や濃紺の大型車がひっきりなしに道を走っているだけだ。

でも、わたしのお気に入りの家の車寄せから飛び出してきた車はSUVではなかった。爆音を上げるエンジンのついた古いタイプのスポーツカーで、色は光沢のある赤。灰色の一日を切り裂く鮮烈な傷痕のような色だ。

ベアーはうしろ足で立って体をばたつかせ、キャンキャン吠《ほ》えている。わたしはそこからどこうとするが、リードに指がからまり、そのあいだにも車のバンパーはどんどんこちらに迫ってくる。

おそらくアスファルトが雨で濡れていたおかげで命拾いした。あとずさった際に足が滑って転び、上下の歯がつんとかち合うほど激しく身体を地面に打ちつけたのだ。フードが顔をすっぽり覆ったので、くすんだ緑色のビニール地以外は何も見えない。でも、急ブレーキの音と、それに続いて金属がガリガリとこすれる音が耳に入る。ベアーは吠え続け、不安そうに動き回っているので、革のリードが手首に食い込み、わたしは顔をしかめる。

「なんてことだ」男性の声が聞こえる。それで、わたしはやっとのことでフードをうしろにずらす。

その派手な車のうしろ半分が、道路沿いに並ぶおしゃれな街灯のひとつに接触している。それほどスピードが出ていたわけではないが、とにかく軽量な車なので、金属がまるで紙のようにくしゃくしゃになっている。それを見たとたん、わたしの口はからからになり、心臓の鼓動が重くなる。

ばか、ばか、ばか。

ああいう車は一般人の年収以上の価値があるんだか

ら。わたしがカフェで働いていたら、頭金を稼ぐだけでもとてつもない時間がかかる。それなのに、あの車はいま滅茶苦茶になっていて、それはわたしが道の真ん中に突っ立ってあの男性の家にみとれていたせいだなんて。

運転席側のドアが開いている。片手でドアの上部をつかんで身を起こしているその男性をわたしはようやくまともに見ることができる。

わたしがソーンフィールド・エステートで見かけたどの男性とも違っている。ここの男性陣の定番スタイルはポロシャツとチノパンで、若くて健康な人でも、どこかなよなよしたところがある。顎が貧弱だったり、高価な革のベルトの上で腹が少したるんでいたりとか。

でも、この人には貧弱なところやたるんでいるところがない。わざと着古したような雰囲気のジーンズとブーツを身につけているが、値の張るものだとわかる。身につけているものすべてが高級そうだ。しわくちゃの白いボタンダウンシャツでさえ。

「大丈夫ですか?」こちらに歩み寄りながら、彼がわたしに尋ねる。雨が降っているのにアビエーター・サングラスをかけていて、そこにわたしの姿が映り込んでいる。濃い緑色のフードのなかで、楕円《だえん》形の顔が真っ白になっている。

彼はサングラスを取り、それをシャツの胸元にかける。瞳はどこまでも青い。わたしを見下ろすと、鼻梁《びりょう》の上にしわが三本寄る。

心配している人に見つめられるのはひさしぶりの経験で、おしゃれな服や高級車、完璧な容姿よりもそういうところに惹《ひ》かれる。

彼に向かってうなずきながら力を入れて立ち上がり、ベアーをそばに寄せるためにリードを引っ張る。

「大丈夫です」わたしはそう告げる。「道の真ん中に立っていたのがいけなかったんです」

彼の口の片端が上がり、頰にえくぼが現れる。「ぼくも車寄せから大急ぎで出てきたのがいけなかった」

そして、身をかがめて、ベアーの両耳のあいだを素早く掻《か》いた。ベアーは身をよじらせて舌を出す。

「みんなが夢中になっているドッグウォーカーって、きみのことだね」男性がそう言ったので、わたしは咳払いをする。急に頰が火照《ほて》る。

「ええ、そうです」そう答えるが、彼はそのままわたしから目をそらさずに、なにかを待っているようだ。

「ジェーンです」わたしは思わず口走る。「それが……わたしの名前はジェーン」

「ジェーン」彼はそのまま繰り返す。「近ごろじゃあ、あまり聞かない名前だね」

それが本名ではなく、過去のものとなった人生で知り合った、すでに死んでいる女の子の名前だということは言わないでおく。わたしの本名も同じぐらい地味なのだが、きっとジェーンよりはよく耳にする名前だろう。

「ぼくはエディだ」彼は手を差し出しながら、そう告げる。わたしは彼の手を握るが、てのひらがべとべとで、親指の付け根の肉が盛り上がっている部分には道路の砂利がついたままだということを痛いほど意識する。

「エディって名前も近ごろあまり聞かないですけど」

わたしがそう言うと、彼は笑いだす。豊かで温かな笑い声を聞いて、わたしの背骨の奥底でなにかがうずく。

家でコーヒーを飲んでいかないかと彼に誘われて、〝ええ〟と答えたのは、そのせいだろう。

3

間近で見ると、その家は通りから見るよりもさらに堂々としている。アーチ状に弧《こ》を描く玄関扉が目の前にそびえ立っている。こうした巨大な扉はこの地区の家のトレードマークのようなものだ。リード家ではバスルームのドアでも少なくとも二・五メートルぐらいはあって、いちばん狭い部屋にもかかわらず壮麗で重々しい雰囲気だ。

　エディはわたしとベアーを家のなかへと案内する。そのとたんベアーはブルブルと身を震わせて、大理石の床に水滴が散る。

「ベアー!」わたしは首輪を引っ張り、きつい口調で注意するが、エディはただ肩をすくめるだけだ。

「床はきみたちより速く乾くよ。そうだよね? 大物さん」彼はベアーをまたなでると、わたしに向かって廊下の奥についてくるよう身振りで示す。

　右側には重厚な、大理石や錬鉄《れんてつ》がふんだんに使われたテーブルがあり、見事な生け花が飾られている。通り過ぎざまに、わたしは手近な花びらにそっと指を這《は》わせる。

　指の腹でその花びらはひんやりとして滑らかな湿り気を帯びている。それで、生花だとわかる。ということは、彼が——もしくは彼の妻が(現実的になろう)——毎日新しいものと取り換えているのだろうか。

　廊下の先には天井の高い、広々とした居間がある。中間色だらけの、リード家のような部屋を予想していたのだが、この部屋の家具はどれも明るい色で快適そうだ。濃いクランベリー色のソファが一対あり、三脚あるウィングバックチェアの大胆な柄はそれぞれバラバラだが、調和を図ろうとしているのがわかる。床は明るい色の硬材《ハードウッド》で、敷物《ラグ》が何枚か目に入るが、それらもすべて明るい色だ。

　背の高いランプがふたつ、温かみのある金色の水たまりを床につくっている。そして、暖炉のまわりは造りつけの本棚になっている。

「本があるんだ」わたしがそう言うと、エディが立ち止まる。ポケットに両手を入れたまま、驚いたように両眉を上げて振り返る。

わたしはハードカバーの本がぎっしり詰まった棚を顎で示す。

「えっと……こういう棚のある家は多いけど、本が入っているのはあまり見たことないから」

リード家の造りつけ本棚には写真立てがいくつかと、へんてこな形の花瓶が置いてあるだけであとは空っぽだ。クラーク家のお気に入りは小さなスタンドに立てかけられた陶製の皿で、へんてこな銀のボウルと一緒に並べられている。

エディはまだわたしを見つめているが、彼の表情は読めない。彼はようやく口を開く。「よく見ているんだね」

ほめられているのかそうでないのか、わたしにはよくわからない。なにも言わなければよかったと急に後悔が襲う。

わたしは裏庭を見下ろす窓がある壁に意識を向ける。正面の庭と同じように、近隣の庭よりもやや荒れていて、草丈も高く、植え込みも整えられていないが、ほかの家の均質でありきたりの芝生よりも美しい。敷地の先は森になっていて、背の高い木立が灰色の空に向かって枝を伸ばしている。

エディがわたしの視線をたどる。「敷地の裏の土地もぼくたちが買ったんだ。他人の家の裏側を見なくてもすむようにね」

彼はまだ車のキーを握っていて、それが手の中でカチャカチャと音を立てる。彼の雰囲気にはそぐわない、神経質なしぐさだ。

わたしは彼が言ったばかりの言葉を反芻《はんすう》する――ぼくたち。

がっかりするなんて、どうかしてる。彼のような男性には妻がいるものだ。ソーンフィールド・エステートにはトリップ・イングラムを除いて独身男性はいないし、トリップにしても妻に先立たれたのだ。独身男性はこんな場所には住まない。

「きれいな庭ね」わたしはエディに伝える。「人目を気にしなくていいし」

それに、さみしい。そう思ったが、口には出さない。

エディは咳払いをして窓から離れ、キッチンへと歩いていく。わたしは彼のあとに続く。ベアーは相変わらずわたしが歩いたあとをとぼとぼとついてきて、わたしのレインコートから床に水が滴り落ちる。

家のほかの部分と同じようにキッチンも立派で、大型のステンレス製冷蔵庫、黒い御影石のアイランド型調理台、それにクリーム色の美しい戸棚がある。ここではなにもかもがまばゆく輝いて見える。コーヒーメーカーのキューリグに向かい合ってカートリッジを装塡している男性すらも。

「お好みは?」彼は背を向けたままわたしに尋ねる。

わたしはベアーのリードを握りしめたまま、スツールの端にちょこんと座る。

「ブラックで」そう答える。正直なところ、ブラックコーヒーはそんなに好きではない。でも、どのカフェでもいちばん安いのはブラックだから癖になってしまったのだ。

「そうか。タフなんだね」

エディは肩越しに振り向いてほほ笑む。彼の瞳は鮮やかな青色だ。わたしはまた赤面する。

結婚してるんだから。自分にそう言い聞かせる。

それでも、コーヒーの入ったカップを受け取るときに、彼の手にさっと目を走らせる。手入れが行き届いた華奢《きゃしゃ》な指。指のつけ根に黒い毛がちらほら生えている。

指輪はない。

「じゃあ、きみの話を聞かせてくれるかな、ドッグウォーカーのジェーンさん」自分のコーヒーを淹《い》れるために向きを変えながら、彼が言う。「バーミンガムの出身?」

「いいえ」わたしはコーヒーカップの表面にふうっと

息を吹きかける。「生まれはアリゾナ。去年までほぼずっと西部で暮らしていたの」

ほんとうのことだ。でも、ぼかしてある。知り合ったばかりの人にわたしの過去を説明するときのお気に入りの話し方。

エディはキューリグから自分のマグカップを取り出して、カウンターにもたれながらわたしに向き合う。

「どうしてこっちに住むことになったの？」

「新しいなにかを探し求めていたから。学校の友達がこっちに住んでいて、部屋を提供してくれて」

嘘をでっちあげるにはちょっとしたコツが要《い》る。ほんの少しでいいから、嘘のなかに真実を紛れ込ませるのだ。そのわずかな真実が人の心を捉える。それで、それ以外の部分もほんとうらしく聞こえる。

新しいなにかを探し求めていた。そのとおり。ただし、それは古いものから逃げていたということ。

学校の友達。最後の里親の家での生活がうまくいかなかったあとで暮らしたグループホームで知り合った男のことだ。

エディはうなずきながらコーヒーを飲んでいる。いっぽうわたしは、椅子の上でもぞもぞしたくなる衝動に抗《あらが》っている。どうしてわたしを招き入れて世間話なんかしているの？　奥さんはどこにいるの？　なぜ仕事をしていないの？　今朝はあんなに急いでいったいどこに行くつもりだったの？　そういうことを訊《き》いてみたくてたまらない。

でも、彼はわたしと一緒にキッチンに座ってコーヒーを飲み、解こうと挑む難問であるかのようにわたしを見つめているだけで、なんだかしあわせそうだ。

今朝、わたしは道路に頭を激しく打ちつけたせいで、金持ちでハンサムな男性に興味を抱かれるパラレルワールドに迷い込んでしまったのかも。

「あなたは？」彼に質問する。「もともとバーミンガムの出身？」

「妻の地元だったんだ」

　だった。わたしはその過去形の部分を胸に刻む。

「妻がね。彼女はこのあたりで育ったから、戻ってきたがったんだよ」彼はその先を続ける。マグカップの表面をトントンと指で軽く叩きながら。外の通りにいたときもそういうしぐさをしていた。それから彼はマグカップを置き、腕を組んで目の前にあるアイランドにもたれかかる。

「きみはマウンテン・ブルックに住んでいるのかい？」彼にそう訊かれて、わたしは両眉を上げて驚いてみせる。すると、彼が笑いだす。「こういうのは感じが悪いかな？　尋問されているみたいで」

　そうなってもしかたがないが、だれかに興味を持たれるのは悪い気分ではない——ミセス・リードが示すような、取り繕ったうわべだけの興味ではなく、ほんものの、心からの興味であれば。それに、雨が降るなかベアーを散歩させるより、こうやって豪華なキッチンに座ってコーヒーを飲みながらおしゃべりするほうがずっといい。

　わたしは大理石の模様をなんとなく指でなぞりながら、「ちょっとだけ。〝感じ悪いメーター〟の第一段階といったところね」と答える。

　彼の顔にまた笑みが浮かぶ。すると、わたしの背骨の奥でなにかがうずく。「第一段階ならなんとかなるわ」

　わたしは少しくつろいで、彼にほほ笑み返す。「それと、答えは〝ノー〟。わたしが住んでいるのはマウンテン・ブルックじゃない。友達の家はセンターポイントにあるから」

　センターポイントは三十キロほど離れた、さびれた小さな町で、かつてはバーミンガム郊外の一部だったのに、いまでは小規模ショッピングセンターとファストフード店が乱立する場所だ。町の内外には比較的ましな地区も残ってはいるものの、全体的にはソーンフィールド・エステート〉にくらべたら別の惑星のように感じられる町で、エディの表情にもそれが表れている。

「なんと」エディは背筋を伸ばしながら言う。「ここから歩いたらかなりの距離じゃないか」

彼の言うとおりで、わたしのオンボロ車でもたいして変わらないのだが、それでも、あの場所のあらゆる醜悪さをあとにして、手入れの行き届いた芝生が広がり、煉瓦《れんが》の家が立ち並ぶこの地区に通うのは、わたしにとってはそれだけの価値があることなのだ。ジョンのようにセンターポイントで仕事を見つけたほうが無難だったとは思うが、あそこに越してすぐに、わたしは真っ先に脱出口を探しはじめた。

だから車の運転も苦にならない。

「センターポイントには仕事があまりなかったから」わたしは彼に説明するが、これもまた半分だけ真実だ。仕事そのものはある——ディスカウントショップや地元スーパーのレジ打ち、以前はレンタルビデオ店の

〈ブロックバスター〉だった〈フィット・ノット・フアット・スポーツジム〉の清掃担当。でも、わたしが求めているのはそういう仕事ではなかった。自分が理想とするタイプの人に近づける仕事を手に入れたかった。「それで、友達の知り合いにヴィレッジの〈ローステッド〉で働いている人がいたから。そこでミセス・リードと出会ったの。というか、最初に出会ったのはベアーなんだけど」

自分の名前を耳にしたベアーは尻尾《しっぽ》を振り、スツールの足もとに体をぶつける。そろそろ帰らなくては。それなのに、エディは相変わらずわたしを見つめているし、わたしも話が止まらなくなってしまったみたいだ。「この子が外につながれていたから、水を持っていってあげたの。ミセス・リードが飼うようになってから、彼がうなり声を上げなかったのは、わたしがはじめてだったみたい。それで、ミセス・リードにドッグウォーカーにならないかともちかけられて、そうい

うわけで……」

「そういうわけで、いまきみはここにいるんだね」エディは片方の肩をすくめて、そうしめくくる。しわくちゃの服を着ているにもかかわらず、そのしぐさには品がある。彼の口がほほ笑みともにやにや笑いともつかない形をしているのも好きだ。

「そういうわけ」わたしはそう言うと、一瞬彼と目が合う。その瞳はどこまでも青い。だが目の縁には赤みが差し、青白い肌には無精髭の濃い色が目立つ。

この家はよく手入れされていて清潔だが、内側はどこかうつろな感じがする。エディの目もうつろだ――わたしはトリップ・イングラムのことを思い出した。彼の犬を散歩させるのは気が進まない。妻が死んだその瞬間からずっと一時停止ボタンが押されているような、閉ざされて窒息しそうなあの家のなかに入らなければならないから。

そういえば、トリップの妻は亡くなったときひとりではなかったはず。つい半年前、親友と一緒にボートに乗っていて事故でふたりとも亡くなったのだ。はっきり言って、過去の噂《うわさ》なんかそんなに興味がなかったから、その友人の名前など気にも留めていなかったのだが、覚えていればよかった。

だった。彼はだったと言っていたではないか。

「それで、ぼくが車できみを轢《ひ》きかけて仕事を妨害したうえ、世間話に無理矢理つき合わせているわけだね」エディが口を開く。わたしはほほ笑んで、両手のなかでマグカップを回す。

「世間話は好きだから。ま、死にかけなくてもできたけどね」

彼はまた笑う。わたしは急に、別の場所に行かなくてもよくて、きょう一日ここに座って彼と話していられたらという気持ちになる。

「おかわりは？」彼にそう言われて、コーヒーがまだ半分残っているのに、わたしはマグカップを押し戻す。

「結構です。そろそろ行かなくちゃ。ベアーの散歩を終わらせないと」

エディは自分のマグカップをコーヒーメーカーのそばにある小さなシンクに置く。そういうシンクが備えつけられているのは、きっとお金持ちがあと一メートル歩いてメインシンクを使うなんてありえないからという理由なのだろう。

「このあたりで何匹散歩させているの？」スツールから降りてベアーのリードを拾おうとすると、エディに質問される。

「いまのところ四匹」わたしは答える。「えっと、五匹だ。クラークさんのところには二匹いるから。だから、四家族で五匹ということね」

「そこに六匹目を押し込めないかな？」

ベアーが伸びをしているかたわらで、わたしは動きを止める。

「犬を飼っているの？」

彼はまたほほ笑みかける。今度はちゃんとした笑顔だ。わたしの胸で心臓が心地よくひっくり返る。

「一匹飼うよ」

4

「エディ・ロチェスターはいつから犬を飼っているの？」

ミセス・クラーク（彼女のことは〝エミリー〟とファースト・ネームで呼ぶことになっている）がほほ笑んでいる。

彼女がつねに笑みを絶やさないのは、莫大なお金をかけて手に入れた非の打ちどころのない見てくれをひけらかしたいからだろう。エミリーはミセス・リードと同じぐらい痩《や》せていて、同じぐらい金持ちなのだが、ミセス・リードがかわいらしいニットの上下を着ているのにたいして、エミリーはいつも高級スポーツウェアに身を包んでいる。実際にジムに通っているかどうかはわからないが、ヨガクラスがはじまるのを待っているような雰囲気を四六時中醸《かも》し出している。いま、彼女の手のなかにあるモノグラム入りのコーヒー保温マグには、花柄模様を背景にピンク色ででかでかと〝E〟とプリントされている。そんな風に笑っていても、わたしは彼女の目に宿る険しさを見逃さない。里親制度で育つなかで学んだのだが、人の言っていることに耳を傾けるより人の目をしっかり見たほうがいい。口は嘘をつくのがうまいが、目はたいてい真実を告げているから。

「飼いはじめたばかりです」わたしは答える。「先週だと思いますけど」

先週だと知っているのは、エディが自分の言葉をちゃんと実行に移したからだ。わたしたちが出会った翌日、彼はアイリッシュ・セッターの仔犬、アデルを引き取った。その翌日からわたしは彼女の散歩をするようになったのだが、エミリーはその姿を目撃したにちがいない。今朝は開口一番、「昨日あなたが散歩させていたのはどちらの犬かしら？」と訊いてきたからだ。

くびれた腰に片方の拳《こぶし》を当てたエミリーがため息をつき、首を振る。指輪に光が反射して、白いキャビネットの表面に小さな虹の光が散らばる。彼女はそういう指輪をいくつも持っているので、全部はつけられない。

多すぎて、二週間前にルビーの一粒石《ソリテイア》の指輪がひとつなくなったことにも気づかないほどだ。

「それはいいことね」彼女はそう言って、わたしに少しにじり寄る。まるで秘密を打ち明けるかのように。

「あのね、彼の奥さんは死んだの」ほとんどひそひそ声でそう告げる。エミリーの声は〝死んだ〟という部分で消え入りそうなほどか細くなる。まるで、その言葉をはっきりと口に出せば、死神が彼女の家の玄関をノックしにくるとでも言わんばかりに。「というか、わたしたちはそう考えているの。彼女はもう半年も行方不明なのよ。見通しは厳しいわね」

「聞いてます」わたしは平然と言う。さも、昨晩アパートに戻ってブランチ・イングラムについてグーグルで検索なんかしていないかのように。薄暗い寝室に座り込み、〝小売り帝国〈サザン・マナーズ〉創業者のビー・ロチェスターも一緒に行方不明になっており、死亡したものと思われる〟という文章など読んでいないかのように。

それに、そのあとでビー・ロチェスターの夫についてもあれこれ調べなかったかのように。

エドワード。

エディ。

その記事を読んでわたしの胸に咲き誇ったよろこびは、醜く、陰険なもので、そんな気持ちになったらだめだとわかってはいても、気にしてなどいられなかった。彼は自由の身なのだ。妻は死んでいる。そのうえ、いまわたしには彼と毎週会う口実があるではないか。この華麗な地区の、あの華麗な家を訪ねる口実が。

「悲しくてたまらないわ」エミリーが間延びした声で話す。一部始終をわたしにぶちまける気満々だ。瞳がきらきらと輝いている。噂話《ゴシップ》はこのあたりでは通貨のようなもので、彼女はいままさに、惜しげもなくそれを使うつもりなのだ。

「ビーとブランチはね、こんな感じだったの」彼女は人差し指と中指を重ね合わせて、わたしの目の前に差し出す。「親友だったのよ。あの子たちが、そうねえ……おちびちゃんのころからのね」

わたしはいかにも親友がいるとはどんなことなのかよくわかっていますという風にうなずく。もしくは、わたしにもおちびちゃんのころからずっと知っている人がいるかのように。

「エディとビーはスミス湖畔に家を持っていてね。ブランチとトリップもしょっちゅう遊びに行っていたわ。でも事故が起きたとき、男の子《ボーイズ》たちはそこにはいなかったの」

ボーイズ。まるで、ふたりが三十代の男性ではなく、七年生のような口ぶりだ。

「どうしてボートなんて引っ張り出してきたのか、さっぱりわからないわ。ビーはボートがそんなに好きじゃなかったから。エディの趣味だったのよ。でもきっと彼は二度とボートには乗らないでしょうね」

彼女がまたわたしを見つめている。黒い目をわずかにすがめているので、なにか言ってほしいことがわかる。もしくは、ショックを受けたり、先を聞きたがったりしてほしいのだ。相手が白《しら》けていたら、噂をまき散らしたってまったくおもしろくない。だから、わたしは無表情のまま、天気の話題と同じぐらい興味がありませんというふりをする。

彼女がなんとかして反応を引き出そうとしているところを見るのは、気分がいい。

「とても悲惨な事故だったみたいですね」いちおう調子を合わせる。

エミリーがさらににじり寄ってひそひそ声で言う。「何があったかは、まだわかっていないの。無灯火のボートが湖の真ん中で発見されたのよ。ブランチとビーの持ち物はすべて家に置いてあったの。酒に酔ったふたりがボートを引っ張り出してきて、転落したんじゃないかって警察は考えているわ。もしくは、ひとりが転落して、もうひとりが助けようとしたとか」そして、また首を振る。「ほんとうに悲しいできごとね」

「そうですね」わたしは言う。今度は無関心を装うのがちょっぴりむずかしい。そのイメージにはどこか訴えかけてくるものがある。暗い湖面にボートが一艘《そう》浮かんでいて、ひとりの女性がボートの側面にしがみつこうとしていて、もうひとりが助けようと身を乗り出しているが、結局は彼女も転落してしまう……

でも、そう思っていても顔に出したらいけない。そろそろエミリーの笑みが引きつりだし、肩をすくめる動作もどことなくぎこちなくなってきた。「そうねえ、わたしたちみんながつらい思いをしたのよ。この地区全体にとっての大打撃よ。トリップなんてすさんでしまって。でも、それはよくご存知ね」

そう言われても、わたしはなにも言わない。〝すさむ〟という言葉ではトリップのいまの状態を説明するにはぜんぜん足りない。つい先日も、妻の荷物の整理をしてくれないかと持ちかけられたばかりだ。自分はまったく手をつけられないからと。最初、わたしは断るつもりだった。あの家でさらに長い時間を過ごすなんて、考えただけでもぞっとする。でも、報酬を二倍払うからと言われて、前向きに考えているところだ。

いま、わたしはエミリーを穏やかな表情でただ見つめている。彼女はようやくため息をつく。「とにかく、エディが犬を飼いはじめたのなら、前に進んでいるというい兆候ね。彼はトリップほど深刻に落ち込んではいないようだけど、彼とビーの関係は、トリップがブランチに頼りきりだったのとはまた違っていたから。トリップなんか、きっとブランチにお伺いを立てなかったらトイレにだって行けなかったわよ。エディはビーにたいしてそんな態度ではなかったけれど、まあ落ち込みはしたわね」

エミリーがまたこちらを見ようと頭を揺らし、黒髪が肩甲骨をふわっとかすめる。「エディはビーにぞっこんだったから。わたしたちみんなそうだったのよ」

ノートパソコンで検索してたどりついたビー・ロチェスターの写真を思い浮かべながら、わたしは胸に広がる苦々しい気持ちに抗う。ビーははっとするほど美しい。エディもハンサムで、このあたりの既婚男性とは比較にならない。だから、ふたりがお似合いのカップルだったとしても意外ではない。

「では、みなさんとても心を痛めていることでしょうね」わたしが言うと、ようやくエミリーは片手をひらひらさせ、わたしと犬たちを送り出す。

「あなたたちが戻ってくるころには出かけているから、その子たちはガレージのケージに入れておいてね」

わたしはメージャーとカーネルを散歩に連れ出したが、案の定、戻るとエミリーのSUVが消えている。わたしがケージに入れてやると、犬たちはよろこんで体を震わせる。メージャーとカーネルはわたしが散歩を受け持つなかではいちばん小柄で、体を動かすのをあまり楽しんでいないようだ。

「あんたたちの気持ち、わかるよ」ケージの扉を閉めながら、わたしは犬たちに話しかける。そして、メージャーが犬用ベッドに身を沈めるのを見守る。そのベッドは、わたしが二週間働いて稼ぐ以上の値段がする。だから、彼の首輪からスターリングシルバーのネームタグを外してポケットに滑り込ませても、悪いことをしたなんて思わない。

5

「家賃の半分、支払いが遅れてるぜ」

わたしはソファの自分の場所から顔を上げる。十分前にアパートに戻ってきたばかりで、きょうの午後はジョンと顔を合わせませんようにと願っていたのに。

ジョンは地元の教会事務所のアシスタントとして働いている。さらに、〝ユース・ミュージック・ミニストリー〟とやらの活動にも携わっているのだが、それがいったいなにをするものなのか、さっぱりわからない――わたしは熱心に教会に通うタイプの人間ではないから。とにかく、そのせいでジョンの生活時間はわたしの希望に反して不規則だ。アパートに戻ると、ジョンがキッチンでカウンターにもたれかかり、わたしのヨーグルトを手に立っている姿を見るのはこれがはじめてではない。

　ジョンはいつもわたしの食べ物を平らげてしまう。わたしが何度食べ物に名前を書いても、どこから見ても狭苦しいキッチンに隠しておこうとしても、おかまいなしだ。このアパートにはわたしの持ち物などないも同然だ。そもそも、ここはジョンのアパートなのだし、わたしは彼の厚意でここに住まわせてもらっている。ジョンはわたしの寝室のドアをノックもせずに開け、わたしのシャンプーを勝手に使い、わたしの食べ物を平らげて、わたしのノートパソコンを〝拝借〟する。ジョンは痩せていて背も低く小柄な男性だというのに、わたしはときどき、わたしたちがシェアすることの六十五平米の空間を彼がすべて吸い上げているような気になる。

　それもあって、わたしはここから出ていきたいのだ。

　当初、ジョンとの暮らしは一時的なものになるはずだった。わたしの過去を知る人のもとに身を寄せるのはリスクを伴うが、一か月か六週間ぐらい、今後どうするか決めるあいだの仮住まいだと思っていた。

　でも、それは半年も前のことで、わたしは相変わらずここにいる。

　コーヒーテーブルから足を下ろしてわたしは立ち上がり、ポケットに手を突っ込んで、きょうの午後質屋に行ったあとで入れておいた二十ドル札の束を取り出そうとする。

　失敬したものはいつも手放すわけではない。結局のところ、お金が目当てではないから。普段は〝持っていること〟じたいを楽しんでいる。それに、なくなったことにあの人たちが気づいていないという事実を知っているのも愉快だ。なにかの勝負に勝った気になる。

　それでも、まだドッグウォーカーの仕事だけではすべてをまかなえるほどの収入にならないので、きょうは自分のドレッサーに積んであるお宝の山のなかからミセス・リードの一粒ダイヤのイヤリングを抜き取ったのだ。どれぐらいの価値のあるものなのか、よくわからなかったが、このしみったれたコンクリート箱の家賃半分を支払うには充分なお金になった。

お金をジョンの空いているほうの手にねじ込む。彼の指がわたしの指のあいだに滑り込み、少しでも長く触れようとしているのには知らんぷりをして。彼がその気になれば、このアパートではわたしもまたジョンの消費の対象になりうるのだが、ふたりともその事実には気づいていないふりをしている。

「犬の散歩はうまくいってるのかよ？」わたしが背を向けてしょぼいソファに戻ろうとしていると、ジョンが訊いてくる。口の端にはヨーグルトがついているが、教えてやる気になれない。きっとそれは一日じゅうそこにこびりついて、かさぶたみたいに固まり、ジョンが週に何夜かボランティアをするバプテスト学生センターの女の子に気味悪がられるだろう。

その見知らぬ女の子とわたしのあいだにはすでに連帯感が芽生えている。ジョン・リヴァースに言葉にならない嫌悪感を抱く仲間としての。

だからこそ、また腰を下ろし、身体の下から古ぼけたアフガン編みのブランケットを引っ張りだそうとしながらわたしは笑顔でこう言えるのかも。「それが、順調なのよね。クライアントも何人か増えたから、忙しくなっちゃって」

ジョンのスプーンがヨーグルト――わたしのヨーグルトだ――のプラスチック容器の底をこすっている。彼はわたしを見つめているが、片目に黒髪がだらしなくかかっている。

「クライアントねえ」鼻で笑う。「売春婦みたいだな」

ドッグウォーカーのようないたって健全な仕事のことで女性をそんな風に貶《おとし》めようとするのはジョンぐらいのものだ。でも、そんなのは相手にしないにかぎる。もしこのまま順調にいけば、じきにこんなやつとここに住んでいなくてもよくなる。わたしの家、わたしの持ち物、そしてちゃんと自分で食べるわたしだけのヨーグルトがもうすぐ手に入るはず。

「売春してるのかもよ」コーヒーテーブルからリモコンを取りながら、わたしは答える。「ほんとうは売春なのに、あんたには犬の散歩だって言ってるだけかも」

わたしはジョンを見ようと、ソファの上で身をひねる。

彼はまだ冷蔵庫のそばに突っ立っているが、首をますます引っ込め、警戒した目つきでわたしを見ている。それで、わたしはもっと言ってやりたくなる。

「ということは、あんたのポケットに入っているのは、わたしがいやらしいことをして稼いだお金ってことね、ジョン。バプテスト教会の人たちはどう思うかしら?」

ジョンはそれを聞いてたじろぎ、ポケットに手を入れる。お金に触れるか、わたしが言った〝いやらしい〟という言葉に反応して勃起したペニスを隠そうとしているかのどちらかだろう。

エディだったらそんな冗談を聞いてもぎょっとしたりしない。わたしはふとそう思う。**エディだったら笑い飛ばしてる。彼は目でそうするんだから。だれかにびっくりするようなことを言われたら、彼の目は輝き、青みを増す。**

わたしが本があるって気づいたとき、そうだったじゃない。

「一緒に教会にこいよ」ジョンが言う。「きょうの午後でもいいぜ」

「あんたが働いているのは事務所でしょう」わたしは答える。「教会のほうじゃなくて。あんたが古いニュースレターを整理してるところを見学したって、どんないいことがあるっていうの」

普段わたしはジョンにたいしてここまであからさま

に失礼な態度をとらない。そもそもここは彼のアパートで、彼はいつでもわたしを追い出せる立場にあるということは意識しているから。でも、いまは自分を止められない。きっと、エディとキッチンで過ごしたあの日に原因があるのだろう。あのとき、ものごとがぴたっとあるべき場所に収まって、なにかが新たにはじまる予感がした。このしみったれた箱のなかで、このしみったれた人間と過ごす時間も終わりが刻々と近づいている気がする——というか、わかっている。

「おまえってくそ女だよな、ジェーン」ジョンはむっとしてそうつぶやくが、空になったヨーグルト容器を捨てて、自分の持ち物をかき集め、それ以上なにも言わずにドアからそっと出ていく。

　彼がいなくなるやいなや、わたしは奪われていない食べ物が残っていないか戸棚を漁る。ありがたいことに、〈イージー・マック〉（マカロニチーズのインスタント食品）が二つ手つかずで残っていたので、二つとも温めて中身をボウルにあけ、ノートパソコンに向かい、ビー・ロチェスターについてのリサーチを開始する。

　彼女の死を報じる記事はじっくり読まない。すでに噂話で聞いているし、正直なところ、ごくありふれた事件のように思える——女性がふたり、素敵な湖畔の家で酔っ払い、素敵なボートに乗り込んで、まことに素敵な死に呑《の》み込まれる。悲しいできごとではあるが、そこまで悲劇的という気もしない。

　そんなことよりもわたしが知りたいのは、ビー・ロチェスターの人生だ。なにがきっかけでエディのような男性がビーを求めるようになったのだろう。ビーとはどんな女性で、ふたりの関係は周囲からどんな風に見られていたのか。

　わたしはまず彼女の会社のウェブサイトを表示する。〈サザン・マナーズ〉。

「《フォーチュン》誌の選ぶ500社って、駄洒落みたいなものよね」フォークでマカロニを刺しながら、わたしはつぶやく。

サイトのトップページにあいさつ文が表示されているのを見るやいなや、それを書いたのがエディなのかどうか確認するために目をさっと走らせる。

違う、彼の書いたものではない。〝スーザン〟という別人の名前が出ている。きっと右腕としてビーを支えた人物なのだろう。創業者が突然亡くなったときに書いてあると見当がつくありきたりの文言がちりばめられている。社員がいかに悲しみに沈んでいるか、それによるダメージの大きさや、彼女が遺したものに磨きをかけて、これから会社をどうやって続けていくかなどが綴《つづ》られている。

いったい彼女がなにを遺したっていうの。やたらと値の張るお上品なガラクタを売っているだけではないか。

わたしはカチカチとクリックしてページを見ていく。お高い保存用ガラス瓶、〝HEY, Y'ALL!（やあ、みんな！）〟と左胸にさりげなく刺繍《ししゅう》してある五百ドルするセーター、持ち手の先がミツバチの形になっているシルバーのサラダトングなどが現れる。

画面はギンガムチェックの柄であふれていて、まるで『オズの魔法使い』の主人公、ドロシー・ゲイルがサイトじゅうで跳びはねているみたいだが、わたしはやめられなくなり、どんどんクリックしてつぎつぎと商品を見ていく。

モノグラム入りの犬のリード。

ブリキのじょうろ。

一口かじられたりんごの形をした大きなガラスボウル。

どれも高価だが、使えないものばかり。バーミンガムの上流階級の結婚式でギフトテーブルにずらりと並べられていそう。わたしはようやくクリックするのをやめて、ばか高い、かわいこぶった商品の奔流から離れてメインページに戻り、もういちどビー・ロチェスターの写真に見入る。

彼女が立っているのは、温かみのある、よく使い込まれているように見えるダイニングテーブルの前だ。ロチェスター家のダイニングルームに足を踏み入れたことはないが、その部屋があの家にあるものだとすぐにわかった。もう少ししっかり家の奥まで見れば、この部屋が見つかるだろう。なにしろ居間と雰囲気がそっくりなのだ——どれもお揃いではないのに、八脚の椅子にかけられたベルベットの花柄の座席カバーから、濃い紫色の掛け布の上に渡されているオレンジとティールブルーのセンターピースまで、室内にあるものが不思議と調和している。

ビー本人も目を引く。艶やかなロングボブの濃い色の髪が肩のすぐ上で揺れている。腕を組み、頭を片側にわずかにかしげ、カメラに向かってほほ笑んでいる。口紅は見たこともない、とても上品な赤色だ。

紺色のセーターを着て、細めのゴールドのベルトをウエストに巻き、白と紺のギンガムチェックのペンシルスカートを穿《は》いて、セクシーさとかわいらしさを同時に表現しようとしている。わたしはほとんど瞬時に彼女に嫌悪感を抱く。

そして、彼女のすべてを知りたくもなる。

さらに検索に没頭しているうちに、コーヒーカップの丸い跡がついた、ジョンの傷だらけのコーヒーテーブルにのせてあるボウルのなかでマカロニが固まる。わたしの手の動きは速さを増し、わたしの目と心はビー・ロチェスターに占領されていく。

それでも、期待したほどの情報は出てこない。彼女は実際にはそれほど知名度の高い人物ではなかったのだ。人びとが関心を寄せるのは、会社のことや、購入できる商品のようで、どうやらビー自身も注目されるのを避けていたらしい。

意外なことに、インタビュー記事はひとつしか見つからない——もちろん、《サザン・リビング》誌に掲載されたものだ。記事の写真のなかで、ビーはまた別のダイニングテーブルに座っている――真面目な話、彼女は家のなかでこの部屋にしか入らなかったというわけ？　今度は黄色い服に身を包み、彼女のすぐそばにはレモンを入れた透明なボウルが置いてある。そして、デイジー柄がプリントされた琺瑯《ほうろう》のコーヒーカップを片手でさり気なく持っている。

プロフィール欄には彼女を持ち上げることばかり書かれている。ビーはアラバマで育ち、先祖には一八〇〇年代に上院議員を務めた人物がいる。一族はカレラという地に立派な屋敷を所有していたのだが、数年前に火事で焼けてしまった。ビーが〈サザン・マナーズ〉を創業してまもなく母親は亡くなり、彼女は〝母親を追悼するためにあらゆることをした〟そうだ。ランドルフ・メーコン大学の卒業生であることや、バーミンガムに戻ってきたこと、会社を発展させたことなど、すでに知っている情報はざっと流し読みする。

だが、そうしているうちに、とうとうエディの名前が出てくる。

ビー・メイソンがハワイでの休暇中にエドワード・ロチェスターと出会ったのは、三年前のことだった。「出会いを求めていたわけではないのですが」と本人は笑いながら話す。「本を何冊か読み、けばけばしいフローズンドリンクでも飲んでゆっくりするつもりだったんです。それなのに、エディが現れて……」

彼女はそこで言葉を切ると、頭をわずかにかしげ、顔を赤らめる。「そこからはすべてが目まぐるしく進んでいきました。それでも、エディとの結婚はわたしの人生でいちどきりの衝動的決断だったといつも言っているんですよ。幸運なことに、それはわたしがこれまで下したなかで最高の決断でしたけどね」

わたしはふーっと息を吐いて、ノートパソコンから身体を離す。背中が不満を訴え、長いことわたしの身体の下敷きになっていた脚がちょっとしびれている。膝の上のブランケットから安っぽい洗剤のにおいがする。わたしはブランケットをどけて鼻にしわを寄せる。

ハワイだなんて。

どうしてハワイだと都合が悪いのだろう？　なぜふたりには教会やカントリークラブ、そのほかこのあたりにごまんとある安全で退屈な場所で出会っていてほしかったのだろう？

ふたりの出会いが特別なものであってほしくなかったから。わたしの心にそんな言葉が浮かぶ。**ビーに特別な存在になってほしくなかった。**

もちろん、彼女はそういう存在なのだ。美しくて、頭が切れて、お金持ち。自分ひとりの力でなにかを築き上げた女性。裕福な一族出身で、わたしのような人間よりも格段に成功しやすくなる経歴の持ち主ではあったとしても。

わたしは引き続きビーの写真を見つめて、どんな声だったんだろうとか、背はどれぐらいあったんだろうとか、エディと一緒にいるとどんな感じだったのだろうと考えた。

まず間違いなく、見栄えのするカップルだっただろう。セクシーで。でも、ふたりはほほ笑みを交わしたりしていたのかな？　エディがビーの腰に腕を回すとか、ビーがエディの肩に手を置くとか、さり気なく触れ合っていた？　人目を忍んで愛撫したり、テーブルの下で手と手を重ね合ったり、自分たちだけの秘密の合図があったのだろうか？

あったにちがいない。結婚とはそういうものだから。わたしが目の当たりにしてきた結婚の多くがそういう努力に値しないものではあっても。

ということは、ビー・ロチェスターは完璧な女性だったわけだ。成功者として、女性として、妻として完璧だった。〈イージー・マック〉なんて聞いたこともなければ、質屋のなかをのぞいたこともなかっただろう。

それでも、わたしが彼女に勝っている点がひとつだけある。わたしはまだ生きている。

6

翌朝わたしがアデルの散歩に出向くと、そこにエディの姿はない。ガレージから車が消えている。がっかりなんかしていないとわたしは自分に言い聞かせ、裏庭から仔犬を連れ出して散歩に出かける。

ソーンフィールド・エステートは、わたしが以前働いていたマウンテン・ブルック・ヴィレッジから丘をのぼったところにあるので、今朝はアデルをそちらに連れていく。いつもの地区から出ると、彼女の小さな脚がうれしそうに小走りする。同じ道ばかりじゃあ退屈だしね、とわたしはつぶやくが、本音を言えばわたしたちの姿をだれかに見てもらいたいのだ。わたしがドッグウォーカーだと知らない人にエディの犬と一緒にいるところを見られたい。そうすれば、その人たちの頭のなかでわたしはエディの関係者になれるから。

それで、わたしは〈ローステッド〉や、いまでは〈サザン・マナーズ〉の類似品だとわかるようになった品物を売る小さなブティックの前を堂々と胸を張って歩く。ショーウィンドウに明るい柄のキルトのバッグが飾ってある店を三軒通り過ぎる。ソーンフィールド・エステート内のクローゼットにああいうバッグがいくつしまい込まれていることやら。

支払えるからというだけで不細工なバッグに二百五十ドルも散財する女になるのは、どんな気分だろう？

わたしのすぐそばではアデルが軽快な足取りで歩道

にカツカツと爪の音を響かせている。本屋の角を曲がろうとしたところで、ふいに「ジェーン?」と声をかけられる。

声の主はミセス・マクラレンだ。わたしは毎週水曜日に彼女のダルメシアン犬、メアリー＝ベスを散歩させている。いま彼女は手に〈ローステッド〉のカップを持ち、目の前に立っている。彼女はエミリー・クラークのようにおしゃれなヨガウェアをよく着ているのだが、エミリーやミセス・リードよりも小柄で身体にメリハリがあり、ニュアンスの違う色合いが四つほど混ざったブロンドの髪を顔の周りでカールさせている。

「あなたたち、こんなところでなにをしているの?」ミセス・マクラレンはにこやかに尋ねる。それでも、なにかを見とがめられたときのように、わたしの顔はかっと赤くなる。

「ちょっと気分転換に」おずおずと肩をすくめながら答える。どうか見逃してくれますように。でも、彼女はこちらに近づいてくる。視線はアデルに釘づけだ。

「ねえあなた、地区の外に犬を連れ出すのは安全とは言えないわね」彼女はかわいらしい声でささやく。甘ったるい、綿菓子のようなふわふわしたものでくるんだお小言《こごと》のせいで、わたしは彼女が憎たらしくなる。

これではまるで子ども扱いではないか。もしくは、もっと悪いことに、門がある庭園からさまよい出た召使いとか。

「家からそんなに離れてないですから」わたしが答えるそばで、アデルは尻尾を前後に揺らし、リードを引っ張りながら、クンクン鳴いている。

家。

ミセス・マクラレンがさらに近寄り、彼女が腕に提げている買い物袋が揺れる。わたしがさっき通ってきたばかりの小さなブティックの名前がプリントされた袋だ。なにが入っているのだろう? ちょっとでいいからのぞけないかな。今度それが彼女の家で無造作に置かれているのを見つけたら失敬してやるのに。それは愚かな、しょうもない反応で、たんなる腹いせだとわかってはいても、わたしの肌の下でそういう気持ちが激しく脈打つ。

くそ女、あんたがきょうなにを買ったにせよ、それをずっと手元には置いておけないんだから。わたしにこんなみじめな思いを味わわせたからにはね。

「それじゃあ、地区に戻るのよ？」語尾が上がり調子で、質問みたいだ。「それとあなた、メアリー＝ベスはぜったいに地区から出さないでちょうだい。いいかしら？　あの子は興奮しやすい質《たち》だし、こんな……」ミセス・マクラレンがそこで片手を振る。その腕にはまだ買い物袋がぶら下がっている。「やっかいごとに巻き込まれるのはごめんだわ」

今朝はおそらく車を三台は見かけているが、いまのところ起こっている唯一のやっかいごとは、ソーンフィールドのゲートの外に大胆にも犬を連れ出したと言ってわたしを犯罪者扱いして呼び止めるミセス・マクラレンだ。

それでも、わたしはこくりとうなずく。

にこやかに。

口のなかに広がる悪意は呑み込む。それが習い性になっている。そして、ソーンフィールド・エステートへ、エディの家へととって返す。

家のなかに入ると、ひんやりとして静まり返っている。私は身体をかがめてアデルのリードを取り外す。アデルはガラスの引き戸を目指し、大理石とそれに続く硬材の床に爪をカッカッと立てて歩く。わたしは彼女のあとを追い、庭に出られるように引き戸を開けてやる。

あとはリードを正面玄関扉そばのフックにかけ、わたしがここに来て、アデルは外にいるとエディに知らせるメモを残して帰るだけ。そして、セント・ピエール通りのあのコンクリート箱に舞い戻り、大学院進学適性試験を受けたらどうかと考えたり、ドレッサーやバスルームの洗面台、ナイトスタンドのそばなどから失敬してきたいろいろなお宝を仕分けたりする。

　でもそうはせずに、鮮やかなピンクがかった赤いソファと花柄の椅子、それに本がぎっしり詰まった本棚がある居間へと入っていき、あたりを見回す。

　今度は失敬するものを物色しているのではない。エディからはなにも盗《と》る気にならないということが、わたしやエディについて、はたまたわたしのエディへの気持ちについて、なにを物語っているのかはよくわからないが、とにかくそんな気にならない。わたしは彼のことを知りたいだけ。理解を深めたいだけなのだ。

　白状すると、彼がビーと一緒に写っている写真を見てみたい。

　居間に写真は一枚もないが、写真が飾られていたであろう場所がいくつかあるのに気づく。それに、炉《マントル》棚《ピース》になにも置かれていないのも妙で、以前は二対の銀の燭台《しょくだい》以外にもいろいろと置かれていたにちがいない。

　わたしはスニーカーをキュッキュッと鳴らしながら廊下を進んでいくが、どこまでもうつろな空間が続く。

　そして、二階に向かう。

　足もとの硬材は磨き上げられていて、趣味の良い芸術作品が所狭しと並べられている。踊り場には〈サザン・マナーズ〉のものだとわかる、りんごの形をしたガラスボウルをのせたテーブルがある。わたしは通りがかりに指でそっとボウルに触れて、二階へと続くあと数段をのぼる。

　二階は薄暗い。照明はついておらず、朝の太陽も窓から光が差すほどには高く昇っていない。左右両側にドアが並んでいるが、わたしはそのどれも開けようとはしない。

　それよりも、廊下の突き当たりの、丸いステンドグラスの下にある小ぶりな木のテーブルを目指して歩いていく。

そのテーブルには銀のフレームの写真立てがひとつだけ置かれている。それはまさにわたしが見たくてたまらなかったものであり、見なければよかったと思うものでもあった。

ビーとエディが並ぶとどんな風だったのか知りたかったのだが、ようやくそれがわかった。

ふたりは美しい。

でもそれだけじゃない。美しい人なら、とくにだれもが自分の美を維持する財力があるこの地区にはごまんといる。だから、ビーの完璧な髪や隙のないスタイル、はじけるようなほほ笑みやブランドものの水着がその美しさを作り出しているわけではない。ふたりが〝お似合い〟だから美しく見えるのだ。ふたりでその素敵なビーチに佇《たたず》んで、ビーはカメラに向かってほほ笑み、エディは彼女に向かってほほ笑んでいる。

ふたりは自分にぴったりの相手を見つけたのだ。多くの人がそういう相手を探そうとするが結局は見つからない。わたしなどはそんな人は存在しないといつも思っている。だって、この広い世界に、自分にぴったりのたったひとりの相手なんて存在するわけがないから。

でも、ビーはエディにぴったりの相手だったことが写真から伝わる。突然、自分が愚かでちっぽけな存在に思えてくる。確かに彼はわたしに気のあるそぶりを見せたが、きっとそういうことが習い性になっているタイプの男性なんだろう。彼にはビーがいた。わたしなんか求めるはずはない。

「それはハワイだよ」

わたしははっと振り向く。急に力が抜けた指から鍵束が滑り落ちる。

階段をのぼり切ったところにエディが立っている。足首を前後に重ね、壁に寄りかかっている。きょうは青いボタンダウンシャツにジーンズというでたちだ。カジュアルに見えても、わたしがカフェや犬の散歩の仕事でその服の代金を稼ごうと思ったらきっと二週間以上はかかる。だれかの家賃分をシャツ一枚に使ってもどうってことないほどのお金に恵まれているというのは、どんな気分だろう。

彼は手からサングラスをぶら下げて、テーブルを顎で示す。「その写真だよ」なんのことを言っているのかわたしがわかっていないとでもいうように説明する。「去年ビーとハワイに行ったときに撮ったものだ。ぼくたちはハワイで出会ったんだよ」

わたしはジーンズのお尻のポケットに両手を突っ込み、背筋を伸ばしながらごくりと唾を飲み込む。「ちょっとトイレを探していて」わたしがそう言うと、彼がふっと笑う。

「もちろん、そうだろうね」彼はそう言って身体を壁からひょいと離し、こちらに歩いてくる。その廊下は幅広で頭上のはめ込み窓から光が降り注いで明るいが、彼が近づくと、狭苦しくて閉ざされた空間のように感じる。

「その写真だけはどうしても捨てられなくてね」彼はそう説明する。すぐそばに立っている彼の肘が、わたしの脇腹にいまにも触れそうになっていて、わたしはどうしても意識してしまう。

「あとの写真は結婚式のときのものがほとんどで、この家を建てているときのものも何枚かあった。でもこの写真は……」そこで言葉を切ると、彼は写真立てを手に取って、写真をじっくり眺める。「よくわからないんだが、これだけは捨てるにしのびなくてね」

「ほかの写真は捨ててしまったの?」わたしは彼に尋ねる。「結婚式のときの写真も」

彼が写真立てをテーブルに戻すとき小さくカタッと音がする。「実は全部燃やしたんだ。事故の三日後に裏庭でね」

「お気の毒でした」ビーの顔を溶かす炎の前に立つエディの姿を想像しないよう努めながら、わたしはぽつりとつぶやく。

　すると、彼は目をわずかに細めてわたしを見る。

「きみは気の毒だとは思っていないさ、ジェーン」彼の言葉に、わたしの口は乾き、心臓が早鐘《はやがね》を打つ。二階に上がってこの廊下まで来なければよかった。そう思ういっぽうで、やっぱり来てよかったとうれしくもなる。もしここにいなかったら、いまごろエディとふたりでこうして並んでいることも、彼にそんな風に見つめられることもなかったのだから。

「悲惨な事故だったから」わたしはもういちど言ってみる。すると彼はうなずきながら、わたしの肘へと手を伸ばす。その指が肘の先を包み込む。わたしは、彼が触れているその場所を、彼の手が肌に触れているところをじっと見つめる。

「悲惨だった」彼はわたしの言葉をそのまま繰り返す。「だが、きみは気の毒だとは思っていないさ。だって、ビーがいないおかげで、きみはここにいられるんだからね。ぼくと一緒に」

　わたしは抗議したくてたまらない。ひどいじゃない。わたしのこと、そんなひどい人間だと思っているの？

　でも彼は間違っていない――ビー・ロチェスターがあの晩ブランチ・イングラムとボートに乗っていてくれて、わたしはうれしい。そのおかげでエディはひとりになったのだから。

　彼は自由の身だ。

　そんなことを見抜かれたら恥じ入っても当然だが、ただくらくら目まいがするばかりだ。

「あなたと一緒になんかいないじゃない」それでも、わたしは彼に反論する。ほんとうのことだから。そこに並んで立ち、彼の手がわたしの腕に置かれてはいても、わたしたちはべつに一緒にいるわけじゃない。エディ・ロチェスター的世界とわたしとのあいだには、あまりに深い渓谷がまだぱっくり口を開けている。

　それなのに、彼は笑みを浮かべる。ゆっくりと口の片端だけを上げる、若々しくて魅力的に見えるあの笑い方。

「今夜ぼくと食事をする」彼は言う。

質問ではないところが気に入った。

「いいわ」自分がそう言っているのが聞こえる。あっけないものだ。

　ドアを通り抜けるのと同じぐらいあっけない。

7

　エディに迎えに来てもらうわけにはいかない。

　わたしが住んでいる場所をエディに見られたら頭がどうにかなる。それに、エディとジョンがばったり出くわしたらと考えただけで、ぞっとする。そんなのはだめ。わたしはエディの世界だけに存在していたい。突然どこかから完全な形で現れた謎の存在として。

　それだって、じゅうぶん真実なのだから。

　それで、イングリッシュ・ヴィレッジで待ち合わせることにした。そこはマウンテン・ブルック内の一地区で、わたしは行ったことがないのだが、エミリーが話しているのを聞いたことがある。マウンテン・ブルック内にはたくさんの村《ヴィレッジ》がある。カハバ・ヴィレッジ、オーバートン・ヴィレッジ、それにマウンテン・ブルック・ヴィレッジそのもの。同じ地域のなかの別の地区を表すのに、村《ヴィレッジ》という言葉を使うなんて、わけがわからない。英国の田園地帯に暮らしているのではあるまいし。〝地区〟という言葉を使えばいいのに、なにを思い上がっちゃっているのか——でも、わたしになにがわかるだろう。

　あとでエディが車まで送ると言い出しませんようにと祈りながら、エディが予約したフレンチ・ビストロからかなり離れた場所に車を停める。そして、金と黒のストライプ柄のレストランの日よけの下で彼と落ち合う。

彼はチャコールグレーのスラックスに白いシャツというでたちで、わたしの濃い紫色のワンピースをよく引き立てるスタイルだ。給仕長にテーブルへと案内されるあいだ、わたしの腰に置かれた彼の手から温もりが伝わる。

控えめな照明、白いテーブルクロス、ワインボトル。なかでも印象的だったのは、わたしがグラスワインの値段を眺めて、どれならおしゃれに聞こえて値段も高すぎないだろうかと悩んでいるあいだに彼がさっさとワインをボトルで注文したことだ。

彼が注文したボトルは百ドル以上する。彼にとってわたしは高価なワインを注文するに値する女性だということなんだ。そう思うと頬が赤らむ。それからは、メニューを眺めるのはやめて、よろこんで注文は彼に任せる。

「きみがきらいなものを注文したらどうするの？」彼は笑っている。顔色は最初に出会った日ほど青白くはない。青い瞳はもはや赤色で縁取られていない。もしかしたら、わたしが彼をしあわせな気持ちにしたの？そう考えるとくらくらして、ワインよりも先に酔いが回りそう。

「わたし、選《え》り好みはしないタイプだから」わたしはそう答える。色っぽい返事をしようと思ったわけではないのに、結果としてそうなってしまい、エディの頬にえくぼが深く刻まれる。ほかにどんなことを言えば彼にそんな表情をさせられるのだろう。

それから、彼の視線が下がる。

最初、ワンピースの開いた襟ぐりを見ているのだと思ったが、彼は「そのネックレスは」と言う。

しまった。

こんなものをつけてくるなんてうかつだった。普段はこんな手抜かりはめったにないのだが、アパートを出るときに鏡をのぞいたら、アクセサリーなしではなんだか地味だったから。ミセス・マクラレンから失敬したチェーンは派手なものではない。ダイヤモンドや宝石はついていないシンプルなシルバーチェーンで、金と銀の小さなチャームがついている。

そのチャームはミツバチの形をしている。それによ うやく気づいて胃がずしりと重くなり、ナプキンのなかで指がもつれる。

「友達がくれたの」胸の上で温まっているチャームにとっさに手を伸ばして、精一杯屈託のないふりをして答える。

「かわいいよ」彼はそう言って視線を落とす。「亡くなった妻の会社が似たようなものを作っていたから……」

エディの声が小さくなり、指がまたテーブルをトントン叩きだす。

「ごめんなさい。わたし……〈サザン・マナーズ〉は聞いたことがあって、それで――」

「その話はよそう。彼女のことは」そう言ってエディは顔をさっと上げる。そこには笑みが貼りついているが、心からのものではない。わたしはテーブルの上に手を伸ばして、彼の手に触れたくなる。でも、わたしたちはまだそういう関係じゃないよね？　彼にビーのことを根掘り葉掘り聞いてみたい気もするし、同時に彼女の存在を忘れていたい気もする。

聞いてみたい。

でも忘れていたい。

注文した高価なワインをウェイターが運んでくるあいだ、わたしはエディにほほ笑みかける。「それなら、あなたのことを話してくれる？」

彼は両眉を上げて、椅子の背にもたれかかる。「なにを知りたい？」

ウェイターがエディのグラスにテイスティング用のワインを注ぎ、エディがそれを口に含んでうなずき、それぞれのグラスに注ぐようウェイターに合図するまで待つ。こんな光景は映画や裕福な主婦が出演するリアリティ番組でしか観たことがない。いま、そういう場面が目の前で繰り広げられている。いまや、わたしはそういうディナーをいただくような人間のひとりなのだ。

グラスにワインがなみなみと注がれると、わたしはエディの姿勢を真似て椅子に深く座る。

「どこで育ったの?」

「メイン州」エディはすらすらと答える。「シアーズポートという小さな町でね。母さんはまだそこに住んでる。兄弟も。でも、ぼくはできるだけ早く出てきた。バンゴーにある大学に進学してね」エディはわたしを見つめながらワインを飲む。「メインに行ったことは?」

わたしは首を振る。「いいえ。でも、十代のときにスティーヴン・キングの小説はずいぶん読んだから、どんなようすかよくわかる気がする」

期待したとおり、それを聞いて彼は笑いだす。「そうだね、ペット霊園《セメタリー》とか人殺しピエロなんかはあまり聞かないけど、まあ、基本的にはあんな感じだよね」

わたしは身を乗り出して、テーブルの上で腕を組む。彼の視線がわたしの顔からワンピースの襟ぐりに移るのを見逃さない。それはほんの一瞬だったが、男性からそういう視線を投げかけられるのには慣れている。でも、彼の視線は気色悪いものでも、いやなものでもない。そんな風に見られるのはかえって心地よいぐらいだ。

新鮮な感覚。「こっちで暮らすのは、またぜんぜん違うでしょう」わたしがそう言うと、彼は肩をすくめる。

「大学を出たあとはあちこちに住んだからね。中西部じゅういろんな家を転々としながら友達と一緒に働いたんだ。一時はカリフォルニアに落ち着いてた。そこではじめて建築請負業者のライセンスを取得してね。

ずっとそこに住むものだと思っていたけど、あるとき旅行に出かけて、それで……」

彼の声が小さくなる。気づまりな沈黙は避けたかったので、そこでわたしが口を挟む。

「帰ろうとは思わなかったの？」

彼はそう訊かれて驚いたようすで自分にワインを少し注ぐ。「メインにかい？」

わたしは肩をすくめる。「それか、カリフォルニアに」悲しい思い出がつまった場所にとどまり続ける理由がわたしにはよくわからない。お金や上等な服をたくさん持っているというのに、彼はこの地を離れるのにどこか抵抗しているようだ。

「そうだね、〈サザン・マナーズ〉はここが本拠地だから。請負業なら別の場所でもできるけど、ビーは〈サザン・マナーズ〉がアラバマの会社であることにこだわっていた。だからどんな気持ちになるかというと……うーん、きっと裏切ったみたいに感じるだろうな、どこかよそに移ったら。もしくは会社を売却したら」

彼の表情がすこしやわらぐ。「会社は彼女の遺産《レガシー》なんだ。だから、ぼくはそれを守る責任を感じている」

わたしはうなずく。ありがたいことにそのときちょうど料理が届いたので、その会話は自然に尻すぼまりになる。〈サザン・マナーズ〉が彼にとってどれほどかけがえのないものか、わたしはすでに知っている。グーグルで徹底的に調べている最中に、ビーが行方不明になってからの数か月間、エディが彼女の死を法的に宣告する裁判所命令を求めて奮闘したという記事をいくつか読んだ。その措置は〈サザン・マナーズ〉とかかわりがあることで、その記事にはわたしがよく理解できないビジネス用語や法律用語がたくさん出てきたが、要点は理解した——つまり、エディが会社を継承し、ビーが望んでいたように経営するには、ビーは書類上死んでいなければならなかったのだ。

妻の死をそんな公的な、最終的な方法で宣告したとき、彼はどんな気持ちだったのだろう。

ステーキを切り分けながら、彼はわずかにほほ笑んで、わたしを見上げる。

「ぼくのことはたくさんだ。きみの話を聞きたい」

わたしはいくつか聞こえのいいエピソードを披露する。どれもジェーンの半生を脚色したものだ。ほんとうの話もあれば（アリゾナでハイスクールに通ったとか）、半分だけほんとうのものも、友人から拝借した話もある。

でも、彼はわたしの話を楽しんでいるようで、食事のあいだじゅう笑ったりうなずいたりしている。そして、勘定書が届くころには、わたしは思っていた以上にすっかりリラックスして、自信を感じている。

そして、帰り際、彼はわたしの手を取り自分の肘に挟んで、そのままレストランを出る。

それがどれだけおかしな光景なのか、わたしにはちゃんとわかっている。このわたしが、彼と一緒にいる。わたしの腕が、彼の腕とつながっている。

わたしが、彼の人生のなかにいるなんて。

それでも、わたしはこうして彼と一緒に歩道に向かっている。わたしは胸を張って、もう少し彼に近づく。スカートの裾が彼の太ももをかすめる。

夜気は暖かく湿っていて、わたしの髪は顔の周りでふんわりカールし、水たまりや道のくぼみに街灯の光が反射している。彼はキスしてくれるかな？

もしも泊まっていかないかと誘われたら？

応じるつもりだ。

エディは持ち帰り用のパイをひと切れ注文していた。それを彼と一緒に立派なキッチンで食べるところを思い浮かべる。もしくは、彼のベッドで。まさか、そのために注文したの？

あの家に夜入ってみたらどんな感じだろう。暗闇のなかで埋め込み照明がきれいに輝いているだろうな。

日が昇るとき、あの裏庭はどんな姿を見せるのだろう。彼のシーツはどんな手触りで、どんなにおい？　あの家で目覚めるって、どんな感じなの？

「やけに静かだね」わたしを引き寄せて歩きながらエディが言う。わたしは顔を上げて彼にほほ笑みかける。

「白状してもいい？」

「ぼくが止められるとでも？」

それを聞いてわたしは彼を軽く突っついた。彼がそばにいると、温かくて、安心できる。「だれかとデートするなんて、ずいぶんひさしぶりだなって考えていたの」

「ぼくもだよ」

街灯の光のなかの彼はとてもハンサムだ。わたしの胸がうずく。わたしは指を彼のやわらかい上着の表面に走らせる。高級素材で仕立てもいい。わたしが持っているどんなものよりも上等だ。

「わたしは――」言いかけると、彼が顔をこちらに向ける。キスしてくれるんだ。だれかに見られるかもしれない、イングリッシュ・ヴィレッジの路上で。でもその前に、だれかの声がする。

「エディじゃないか！」

わたしたちはほぼ同時に振り向く。歩道には、トリップ・イングラム、マット・マクラレン、ソール・クラークその他のソーンフィールド・エステートのなよなよした男性陣と見分けがつかない男が立っている。

その男は顔をしかめている。口元をゆがめ、眉根を寄せていかにも同情しているという表情だ。薄くなりかけたブロンドの髪が街灯の光でオレンジ色に染まっている。エディと握手しようと片手を差し出したとき、結婚指輪がきらっと光るのが見える。

「ここで会えてよかったよ」男は言う。「ビーのことは気の毒だったな」

エディの身体がびくっとこわばるのが伝わる。「クリス」男と握手しながらエディは言う。「ぼくも会えてよかったよ。それから、ありがとう。花を送ってくれたこと、感謝している」

クリスはただ首を振るだけだ。彼はライトグレーのスーツを着ていて、背後の縁石沿いにベンツが停めてある。助手席には女性が座ったままで、こちらを見ている。その女性の視線がわたしに注がれている気がする。

さすがに一張羅のワンピースのスカート部分を引っ張ったりはしないが、身体の脇で指がむずむずする。

「ひどい事故だったよ。ほんとうにひどい」クリスは続ける。まるで、妻の溺死がひどいできごとだったとエディがわかっていないかのように。それでも、エディはただ顔をしかめてうなずいている。

「どうもありがとう」エディはそう答える。それ以外になんと言えるだろう？　そこで、クリスがわたしをちらっと見る。

「こちらはまたとびきりの女性じゃないか」彼はそう言う。エディを質問攻めにしたくてうずうずしているようすが伝わってくる。

この女はだれなんだ？　つき合っているのか？　本気でビーの後釜にこの子を据える気か？　ワンサイズ大きなワンピースを着た、この青白い顔をした地味な女の子を？

「そうだね」エディは答える。わたしは彼が紹介してくれるのを待つ。

クリスもそれを待っている。でも、エディはただぎこちなく笑うだけで、クリスの肩をぽんぽんと叩く。

「それじゃ、また。ベスによろしく伝えてくれ」

それから、わたしたちはまた歩道を歩き続けるが、クリスが現れてからエディはわたしのほうをぜんぜん見ようとしない。わたしたちのあいだにビーの名前が亡霊のように立ち現れた。

わたしを車まで送るとも言わない。

そして、わたしにおやすみのキスをすることもない。

8

イングラム家にあるすべてのものが、ブランチの帰りを待ちわびているみたいだ。

翌朝、わたしは沈んだ気持ちで足取りも重くその家に入る。昨夜のエディとのデートがさんざんだったせいで、胃のなかに重い岩が入っているようだ。その家に出向いて、トリップのためにブランチの持ち物の整理をはじめるには、どうやらうってつけの日だ。

昨日はビーの亡霊で、きょうはブランチの亡霊。

ブランチが行方不明になってから何か月も経っているというのに、玄関ホールのテーブルの上に彼女のハンドバッグが置いてある。そこに宝石類も山と積まれていて、ネックレスがぐるぐる巻きになっていたり、指輪が無造作に重ねられたりしている。ディナーから帰宅したブランチがそういうものをすべて取り外して、ランプの幅広のガラスの土台にぽんと放り投げ、テーブルの下に靴を脱ぎ捨てるところを思い浮かべる。

ピンクのギンガムチェックのフラットシューズも並べられている。彼女がいなくなったのは七月だった。わたしはその靴とよく合うピンク色のブラウスを着て、白いカプリパンツを穿いているブランチを想像する。このあたりの女性は、夏はきまって花のように着飾るのだ。まるで、鮮やかな緑の芝生やまばゆい青空にきらきらした光が散らばるように。わたしが育った西部とはぜんぜん違う。そこでは黒がいちばんシックな色とされていた。それが、ここでは葬式にラベンダー色の服で現れてもおかしくない。結婚式に着ていくのは、鮮やかなポピーレッドだったりして。

トリップからなにかを失敬しようと試みたことはいちどもない。ぜったいに気づかれるから。

エディとは違い、トリップはブランチが写っている写真は一枚残らずとっていて、それらをよく見えるように飾っている。あとから何枚か追加したのかもしれない。家のなかの平らな場所にはどこも写真立てがぎっしり並べられているようだ。

結婚式の写真だけでも少なくとも五枚はある。見事なブロンドのブランチがほほ笑んでいて、トリップはどことなく彼女の弟のようだ。腹はいまみたいに突き出ておらず、悄然《しょうぜん》としたところもまったくない。

わたしが入っていくと、トリップは居間に座っている。プラスチックのタンブラーの中身は氷とアイスティーであるはずもない、琥珀《こはく》色の液体がなみなみと注がれている。

午前九時二十三分だ。

「おはようございます、ミスタ・イングラム」わたしが家に入れるようにとあらかじめ鍵を渡されていることを忘れているといけないと思い、手のなかで鍵をカチャカチャ鳴らしながら、声をかける。その鍵を渡されたのは、彼がまだ仕事に就くそぶりを見せていたころのことだ。正直なところ、彼がどんな仕事をしているのかさっぱりわからない。弁護士だと思っていたのだが、そんなタイプだからそんな気がしただけなのかもしれない。彼はポロシャツとチノパン以外の服は持っていないようで、ゴルフ用品の残骸が家じゅうに散らばっている――クラブが入ったバッグが玄関扉のそばに立てかけられ、玄関に入ってすぐのところに置いてある籐《とう》のかごにはゴルフシューズが何足も突っ込んであり、妻の宝石と同じようにティーが無造作に落ちている。

彼がいま、わびしい朝食がわりの酒をあおっているタンブラーも、どこかのゴルフクラブのロゴ入りだ。

膝の上には写真アルバムが広げられている。わたしが薄暗い居間に足を踏み入れると、彼はようやく顔を上げてこちらを見る。デザイナー眼鏡の奥の目はぼんやりしている。

「ジャンか」彼は口を開く。〝ジェーン〟だと訂正する気にもなれない。すでに何度か試みたのだが、彼の脳がつねに浸されている、バーボンのウッドフォードリザーブの沼をどうやらいまだに突破することができないでいる。

「きょうは第二客間の整理にとりかかるよう言われてましたけど」わたしは二階を指さしながらそう告げる。少し間があってから彼はうなずく。

わたしはその部屋に向かうが、わたしの心を占めているのはトリップとブランチではない。まだエディのことを、昨晩のディナーのことを考えている。ひとりで車まで歩いていくからとわたしが告げたとき、エディはそっけなくうなずいただけだった。歩道でおざなりにハグをして、さっさと行ってしまった。

わたしは――

くそっ、そんなことはどうでもいいったら。なにかあるんじゃないかと期待していたけど、それは明らかにわたしの見当違いで、いま進行中なのは、わたしがイングラム家の〝第二客間〟とやらに向かっていて、なんであれそこにあるものを整理する仕事なんだから。

その寝室は二階にあった。こぢんまりとした部屋で内装は青い色調と亜熱帯の花の模様でまとめられていた。床には箱やプラスチック収納容器が置かれていたが、トリップが用意したものではなさそうだ。トリップにはたしか姉妹がいたはず。彼女たちがやってきて、わたしが部屋を片づけられるように準備をしていったのだ。トリップがまともだという物語を維持するための下ごしらえのようなものだ。

はっきり言って、彼はまともじゃない。

その部屋にわたしが入って十分もしないうちに、彼がこちらにやってくる物音が聞こえてくる。

トリップは若いころ、ジョンとずいぶん似たところがあったのではないだろうか。もちろんあんなにみじめじゃないし、ブロンドでハンサムではあるが。冷蔵庫の裏の光の差さない場所で育ったという感じもしない。でも、ふたりの雰囲気にはどことなく通じるものがある。たとえば、だれかの名前が書いてある食べ物をおかまいなしに食べてしまうとか。きっと、アラバマ大学の女子学生には、振り向いたらドアのところにトリップが立っていてぎょっとした経験を持つ者がひとりやふたりいたはずだ。そして、こんなに害のなさそうな男なのに突如として薄気味悪く感じることがあるなんて不思議だと思ったことだろう。

でも、酒の飲み過ぎで、そういう気味悪さもうまく発揮できなくなっている。どうせ、この〝青の間〟にいるわたしにこっそり忍び寄る気なのだろうが、彼が廊下をゆっくりと、おそらく音を立てないようにして歩いている足音が丸聞こえだ。

硬材の床をゴルフシューズなんかで歩くんじゃないよ、ばーか。内心ではそう毒づいても、わたしはほほ笑みを浮かべながら、ドアのところに立っている彼のほうに振り向く。

「なにかご用ですか？」そう尋ねると、彼のうるんだ榛《はしばみ》色の瞳がわずかに見開かれる。不機嫌そうな顔つきだ。彼の企てをわたしが台無しにしたのが気に食わないのだろう。女の子っぽい叫び声だとか、箱をどさっと落として、口にはっと手を当て頰を赤らめるとか、そういう反応を期待していたにちがいない。

そんなようすを見て楽しみたかったのだろう。トリップ・イングラムは、急ハンドルを切ったり、エレベーターのなかでジャンプしたり、高い崖から女の子を突き落とすふりをする最低男だということはまず間違いない。

そういうタイプなら、わたしはよく知っている。

「そうしたいのなら、ここにあるものすべてをまとめてもらっていい」トリップはプラスチックのタンブラーを揺らしながら言う。「ブランチにはどうでもいいものばかりだったから」

　それはよくわかる。かわいらしい部屋ではあるが、どこかホテルの部屋みたいな雰囲気だから。置いてあるものはすべて見た目で選ばれていて、個人の趣味が感じられないような。

　わたしはベッドサイドに視線を移して、そこにある昔ながらのブリキのバケツのような外観のランプを観察する。シェードの部分は淡い青と緑の花柄になっているが、同じようなものをどこかで見かけた。でも、意外なことではない――この地区の家に置いてある小物はどれも似たりよったりなのだ。エディの家だけは例外だが。

　そこでふと、このあたりの家にあるものはすべて、エディの家にあるもののさえない類似品なのではという気になる。インクがゆっくりと切れかけているコピー機から吐き出されるものみたいに、どこかぼんやりとして、はっきりしない模造品。

　あのブリキのバケツのランプをどこで見たか思い出した。

「あれは〈サザン・マナーズ〉の商品じゃないですか？」ベッドサイドテーブルを顎で示しながら、わたしは尋ねる。「このあいだその会社のウェブサイトを見ていて――」

　トリップは下品な音を響かせてわたしの言葉をさえぎり、またタンブラーに口をつける。タンブラーを離すと、ぼさぼさの口髭の上にバーボンの滴がついている。その滴をなめる彼のピンク色の舌がちらりと見えて、わたしは顔をしかめる。

「いや、そのランプはブランチのものだ。彼女の母親のものだったか、どこかの遺品販売で手に入れたのか、はっきり覚えていないが」彼が肩をすくめると、ポロシャツの下で腹が揺れる。「ビー・ロチェスターに独創的なアイデアなんてない。あのいまいましい〈サザン・マナーズ〉の商品はみんなそうだ。あれは全部、ブランチのアイデアだ」

わたしは半分詰め込んだ箱を下に置く。「なんですって、じゃあビーはブランチのスタイルを真似たということ?」

トリップはせせら笑うようにして部屋のなかに踏み込んでくる。彼の靴の先がドアの脇に置いてある、ぱんぱんになったゴミ袋に引っかかって小さな穴が開き、そこからピンクの生地がわずかに飛び出したのが見える。

「真似た、盗んだんだ……」わたしに向かってタンブラーを振りながら、トリップは話す。「あのふたりは一緒に育った。アイヴィー・リッジという名の学校でな。寮のルームメイトだったはずだ」

わたしはベッドの上に置いてある本の山に向き直って、足もとにある箱のなかに本を詰めはじめる。「とても仲がよかったって聞いてますけど」わたしはそう答える。トリップ・イングラムからどれだけ情報を引き出せるだろう。ビーが自らの力で光り輝く太陽のようだったと言わないのは、いまのところトリップだけだ。だから、彼が語るべきことがあるのなら、聞いてみたい。でも、噂話には油断も隙もない。あまり興津々のふりをしていると、ふとした瞬間に怪しまれかねない。関心がなく退屈なふりをすれば、相手は打ち明ける気をなくしかねない。でも、エミリー・クラークのように、噂話を暴露したいばかりに、餌に食いついてくるカモに目を光らせているような人もいる。

トリップがどんなタイプなのかはわからないが、彼はいまベッドの端に腰を下ろし、マットレスが彼の重みで沈んでいる。

「ビー・ロチェスターは」彼はぼそっと話しはじめる。「本名はバーサというんだ」

それを聞いてわたしは顔を上げ、髪の毛を耳のうしろに流す。トリップはわたしをじっと見ている。目はとろんとしているが、わたしの顔をしっかり見据えている。

「それ、ほんとうですか？」そう尋ねると、彼はうなずく。足を落ちつきなく上下に揺らし、手のなかで空になったタンブラーをくるくる回している。

「大学入学を機に名前を変えたみたいだな。ブランチがそう言っていた。あるときバーミンガムに舞い戻って『わたしのことは〝ビー〟って呼んで』とのたもうたそうだ」彼は片足を揺らし続け、またため息をつく。

「それで、ブランチはその言葉に従った。おれが知るかぎり、彼女の本名をだれにも漏らしてない」

バーサ。その名前は舌にずしりと重い。わたしは昨晩眺めていた写真を思い浮かべる。赤い唇に艶やかな濃い色の髪。彼女の見た目はバーサという名前からはかけ離れている。名前を変えたがったのも無理はない。

それに、ということは、わたしたちの共通点がひとつ増えた。わたしには胸にしまい込んだ秘密がある。わたしだって、もとから〝ジェーン〟という名前ではない。わたしの別名、過去の名前は遥《はる》か彼方に置き去りにしてきたから、テレビや、どこかの店や、ラジオから聞こえてきたり、人がしゃべっているそばを通りがかったときに耳にした話にその名前が出てきても、ひるんだり、振り向いたりもしない。そんな名の人間はアリゾナの地に葬ってきたのだから、その名前はもうわたしにとってなんの意味も持たない。

でも、わたしは恵まれている。もうひとりのわたしを知っている者はここにはだれもいないから。ビー・ロチェスターはそんな幸運にあずかることはできなかった。自分がどれだけ切実に変化を求めているかをよく知る人のそばで暮らすというのは、どんなものだったのだろう。

トリップは相変わらずしゃべり続けているが、彼の口をついて出るのはどれもしょうもない情報ばかり。バーボンを燃料にして、くどくどとブランチのことばかり話し、彼女の遺品をどうしたらいいか途方に暮れていると愚痴をこぼしている。

ここにくると必ずいちどは聞かされるのだが、ブランチのものを一気に処分して、心機一転、どこかもっとこぢんまりとした、〝ゴルフコースに近いところ〟に引っ越すとうそぶいている。

　でも、そんなことはしないだろう。ブランチに捧げる聖堂としてこの家にとどまり、ずっと守っていく気だ。

　ロチェスターの家は聖堂なんかではない。

　そういうことを考えながら、憂鬱《ゆううつ》な、苦々しい気持ちを抱えて玄関扉を閉め、トリップの家をあとにする。エディがいまも持っているビーの写真は一枚だけ。ハワイで撮ったあの写真だ。すると、彼は前に進んでいるということ？　もしくは、少なくとも進んでいきたいと思っているの？

　きっとそうなんだ。

　ちょうどそのとき、まるでわたしが魔法で呼び出したみたいに、歩道をジョギングしているエディが姿を現す。彼はわたしに気づいて走るのをやめる。眉毛にかかる黒髪が汗でべとついている。

「ジェーン」

「こんにちは」

　わたしたちはそこに立っている。わたしは古いハンドバッグを身体に引き寄せてぎゅっと握りしめ、エディは高級なランニングウェアに身を包み、両手を腰に当てて、はあはあと大きく息をしている。

　汗で濡れたTシャツの下に彼の広い胸がある。そして、わたしは突然、昨晩のこと、彼の死んだ妻のこと、いまどれだけ多くの人に見られているかもしれないことがすべてどうでもよくなる。

「トリップのところで仕事をしてきたの？」眉間に三本しわを寄せながら、彼はそう尋ねる。わたしは肩をすくめる。

「まあね。しばらくは彼の犬の散歩をしていたけど、いまはほとんど奥さんの遺品整理ばかり」

彼はさらに眉をひそめ、指を太ももの付け根にぎゅっと食い込ませている。そして、口を開く。「昨日の晩、ぼくは最低だった」

わたしはすぐに、そんなことはないと首を振る。でも、彼は片手を上げて、それをさえぎる。

「いや、ほんとうに。クリスとは昔一緒に働いていて、彼がビーの話題を出したものだから……それでうろたえてしまって、ぼくたちの関係がまだ早すぎたんじゃないかとか、きみがそのことであれこれ詮索されるんじゃないかとか考えて、それで……」

彼はため息をつき、しばらくうなだれている。顔を上げてわたしを見ると、髪の毛がはらりと額にかかり、まるで幼い男の子みたいだ。そのようすがとてもチャーミングで完璧なので、わたしの指はその髪をうしろになでつけてあげたくてうずうずする。

「二度目のチャンスをもらえないだろうか？」彼が尋ねる。

彼がほほ笑んでいなくても、彼の瞳がそんなに青くなくても、顎が痛くなるほど彼に触れたくてたまらないとわたしが思っていなくても、わたしは〝イエス〟と答えただろう。

時《とき》が止まったかのようなトリップの家のにおいを思い出しただろう。

ミセス・マクラレンがヴィレッジでわたしに向けた目つきを。

エミリー・クラークの険しいまなざしを。

エディの家と、ディナーのときにわたしの手にすっと重ねられた彼の手の感触を。

答えは、〝イエス〟だ。

9

四月

目まぐるしい。

その言葉抜きにエディとの関係は説明できない。でも、その言葉が頭に浮かぶたびに、ビーがエディと休暇旅行で出会った事実を思い出す。

彼女もまた、エディとの関係を〝目まぐるしい〟と表現していたではないか。

でも、エディと一緒にいるとだれでもそうなるのだろう。彼の人生にかかわることになった女性はひとり残らず同じように翻弄《ほんろう》される。エディはいちどその女性が欲しいと思ったら、そんな風にしか振る舞えないのだから。

わたしはエディが望むとおりに二度目のチャンスをあげることにした。ただし、条件つきで。マウンテン・ブルックではデートしない。〝中立地帯〟にする。ソーンフィールド・エステートの住民にばれるのをわたしが恐れているからだとエディは思っている。確かに、わたしたちの関係をまだ知られたくはないし、クリスみたいな邪魔が入るのもごめんだ。でも、それは自分の仕事が心配だからではない。ドッグウォーカーとして働く日々は順調に終わりに近づいていて、チクタク時《とき》を刻む音が聞こえるほどなのだ。

まだ関係を人に知られたくない理由は、秘密があることを楽しんでいるから。地区で最大級の噂話の鍵を握っているのは、このわたしなのだ。

いずればれるとわかっている。でも、それまでにわたしたちの関係を揺るぎないものにして、だれにも邪魔されないようにしようとわたしは心に誓った。

二月から三月へ、そして四月へと移り変わるあいだ、わたしがまともに読めないメニューが置いてあるおしゃれなレストランへふたりで出かける。公園を散歩して、肩や腰を触れさせる。映画を観にいけば、ティーンエイジャーみたいに奥の席に陣取る。彼の手はつねにわたしに触れている。わたしのてのひらに重ねられたり、わたしの鎖骨のラインをなぞったり、腰に当てられてその重みと温もりが伝わってくる。だから、離れていても、わたしは彼の感触を思い出すことができる。

わたしには、それがいちばん意外だった。デートのことでも、エディ・ロチェスターのような人がわたしと一緒に過ごしたがるということでもない。わたし自身も彼を求めているということが。

なじみのない感覚だ。

求める対象がもの̀で̀あれば、意外でもなんでもない。わたしはこれまで生きてきて、つねになにかを欲しがってきた。だれかの腕や首で高価なものがきらめけば、ぜったいに見逃さない。わたしの寝室には、同じ年ごろの思春期前の元気な女の子が興味を持つようなものではなく、理想の家の写真がテープで貼ってあった。

そのいっぽうで、十二歳のころから男の手をかわしてきた。だから、男の人に触られたくなるなんて、はじめての体験なのだ。

きっと触られるのは好きなんだろう。

はじめて彼にキスされたのは、レストランの外に停めた彼の車のそばだった。彼の口はふたりで飲んだ赤ワインの味がして、両手で顔をすっぽり包まれても、わたしは捕まったとは思わずに、ただ……安心できた。それに、美しいキスだった。

わたしがさっと身を引いたときに彼の瞳に落胆がありありと浮かぶようすを見るのは楽しかった。もちろん、彼ががっかりしたのはわたしが引き下がったから。ふたりの関係を育《はぐく》むにはタイミングが肝心だ。やすやすと征服されて、こんな大きなチャンスを台無しにするわけにはいかない。

それで、いまのところ親密な愛情表現は、キスと、たまにある熱を帯びた愛撫にとどめている。彼のてのひらがわたしの腕や太ももをさすったり、わたしの手が彼の腹部の引き締まった筋肉に触れたりすることはあっても、そこから下には行かない。

エディはきっと、これまで長いあいだなにかを待つ必要などなかっただろう。だから、わたしのことは待ってくれるはず。

でも、わたしの頭をくらくらさせるのは、彼とのキスや、わたしが彼に抱く欲望だけではない。エディはとにかくいろいろなことによく気づく。わたしをそれはよく見ているのだ。

三回目のデートで、ヴェスタヴィアのレストランでサンドイッチを食べたとき、わたしはクリームソーダの瓶を冷蔵庫から取り出すついでに、十歳のときに身を寄せていた家の養父のことをつい話してしまった。その男はクリームソーダに目がなくて、〈コストコ〉で巨大なケースごと買い込んでいたが、わたしや、当時その家にいたジェイソンという子には一本たりとも触れさせなかった。そんなわけで、わたしはもちろんクリームソーダが欲しくてたまらなくなった。

そんな話をべらべらしゃべるなんて、我ながらびっくりした。もちろん、ありのままを話したわけじゃない。里親だったことは伏せて、ただ〝パパ〟と言った。それでも、自分の過去をだれかにここまで打ち明けるのは、ほんとうにひさしぶりだった。

エディはそれ以上詮索したり、あわれむような目つきをわたしに向けたりしなかった。ただわたしの手をぎゅっと握ってくれた。それで、翌日彼の家に行くと、冷蔵庫に黒いガラス瓶が何本も入っていた。

しかも、そこに並んでいたのは、ミスタ・レナードが買っていた安物ではなく、おしゃれなデリや高級スーパーでしか売っていない、こだわりのクリームソーダだった。

彼がわたしへの理解を深めるたびに、わたしが心ときめかせていることは、これまで彼には悟られないようにしてきた。

いっぽう、ジョンはなにかが起こっていることに勘づいていて、ビーズのような目がいっそう疑り深そうにわたしの姿をアパート内で追うようになったが、わたしはもうそんなことはどうでもよくなった。わたしたちの関係をジョンにも秘密にしておけるのは愉快でたまらない。わたしはとりすました笑みを浮かべるようになり、生活の時間帯も以前とは変化した。

とはいえ、エディとキスをしたり、ジョンをもてあそんだりといったことも、散歩を終えてベアーのケージの前にしゃがみ、彼をそこへ入れようとしながら、ミセス・リードが携帯電話で話している声に耳をそばだてるいまのわたしの気持ちとはくらべものにならない。

「エディがだれかとつき合ってるらしいのよ」

わたしはちょっとだけにやりとするのを自分に許す。この瞬間をずっと待ちわびていたのだ。でも、想像していたよりもずっと気分がよくて、指輪や時計をくすねてポケットに忍ばせるときに感じるスリルと同じような感覚が身体じゅうを駆けめぐる。

それどころか、それ以上のスリル。

「知ってるわ！」背後でミセス・リードが大声を張り上げるのが聞こえる。その後短い間があって、電話の相手はだれなのか気になる。エミリーかな？ ふたりは友達になったり敵になったりを繰り返しているのだが、今週は友達の時期に入っているはず。だれかのヨガパンツがぴったりしすぎだとか、子どもがいないことをそれとなく当てこするといったささいなことで、いつ険悪になってもおかしくないが、いまのところは親友モードだ。

それで、ふたりしてわたしのことを話している。

でも、わたしだとは知らずに話しているところが笑える。わたしが何週間も待ちわびていた瞬間だ。

にこやかにミセス・リードのところへ行って、ベアーのリードを手渡す。

彼女はそれを受け取ってから電話に向かって「あなた《ガール》、またあとでかけるわ」と言う。間違いない、相手はエミリーだ。彼女たちは親友モードに入るとやたらと〝ガール〟と呼び合うから。

携帯をカウンターに戻しながら、ミセス・リードはわたしに向かってにこやかに笑う。そして、「ジェーン」と、喉をごろごろ鳴らさんばかりに話しかけてきたので、つぎになにを聞かれるのかがわかる。トリップ・イングラムのことで、わたしが彼の家に出入りする際に知りえた情報をなんでもいいから引き出そうとしたときもそうだった。そういう態度をとっても相手に気づかれっこないと思い込んでいるところが、おかしくてたまらない。

だから、「ロチェスターの家で見慣れない顔を見かけなかったかしら」と訊かれても、わたしはいつもどおりの愛想のない笑みを浮かべて、肩をすくめる。

「見かけてませんね」

拍子抜けするような答えにミセス・リードが面喰ってとまどうようすを見てわたしはほくそ笑み、手の指をひらひらさせて彼女の前を通り過ぎる。「それではまた来週！」元気よくそうあいさつする。

玄関扉のそばのテーブルにはシャネルのサングラスと、きれいに折りたたまれた札束が置いてあるが、わたしはそんなものには一瞥《いちべつ》もくれない。

そして、歩道に出るとすぐさま携帯を取り出してエディにメッセージを送る。

＊

わたしからデートに誘って、しかも〝おうちで食べよう〟と提案したことにエディが驚いたとしても、彼はそんなそぶりをいっさい見せなかった。数分後には返信が届き、その日の夜七時にわたしが彼の家に到着したら、すでに彼の手で夕食が用意されていた。

彼に料理をしてほしいとか、オーブンや立派な銅の鍋に放り込んでいかにも自分で調理したように見せかけられる、半分調理済みの見栄えのする食材がずらりと並んだヴィレッジのグルメストアでなにか買ってきてほしいとか頼んだおぼえはなかった。

でも、そんなことはどうでもいい。

重要なのは、テイクアウト料理を注文することもできたのにそうしないで、彼自らその夜のために努力したことだ。そんな彼の努力から、わたしとつぎのステップに進んでもいいというサインが伝わってくる。

わたしはディナーを食べ終わってふたりで居間に戻るまで待つ。

エディはキャンドルをいくつか灯《とも》し、ランプが硬材の床に温かみのある金色の水たまりをつくっている。彼はまずわたしにグラス一杯のワインを注いでくれ、それが終わると自分のウィスキーを用意する。その高級ウィスキーのスモーキーな味は、あとでキスをするときに彼の唇の上で味わうことになる。

そういえば、わたしがはじめてここに来た日、ふたりで一緒にコーヒーを飲み、他愛のない話をした。それが、いまではあのときよりもいい服を着て（わたしは持っているなかでいちばん色あせていない黒のスキニージーンズと、リサイクルショップで見つけたH&Mの模造シルクのシャツを着ている）、コーヒーではなくアルコールを楽しみ、あのときとは打って変わった雰囲気で話している——過去のジェーンとエディが上書きされて、バージョンアップしたみたいだ。

ジェーンとエディ。わたしはその響きが気に入っている。だから、これからもずっとジェーンでいようと心に決めた。逃亡と嘘を重ねた末にわたしはここにたどりついた。この美しい家で、この美しい男性と一緒にいられるのだから、苦労を重ねた甲斐があったというものだ。

あとは最後の仕上げが残っているだけ。

わたしは両手でワイングラスを回しながら、彼に背を向ける。大きなガラスの引き戸の外はなにも見えず、ただわたしと、居間とキッチンを分ける、トップが大理石のアイランドに寄りかかるエディの姿だけが映っている。

感傷的な口調になるよう気をつけて、「素敵な夜ね」とわたしはつぶやく。「きっとあとでこの家が恋しくなるだろうな」

寂し気な口調でそう言うのはぜんぜんむずかしくない——ここを去ると考えただけで、わたしの胸はきゅっと苦しくなるから。それもまた、なじみのない不思議な気持ちだった。このわたしが、どこかにとどまりたいと思うなんて。逃げ続けることに疲れただけなのか、それとも別の理由なのか、どちらだろう？　どうしてここがいいの？　なぜいま、このタイミングで？

自分でもよくわからない。でも、この場所が、この家が、この地区が、ほかの一時しのぎの場所が与えてくれなかった安心感をもたらしてくれることははっきりしている。

ガラスに映るエディの顔がゆがむのが見える。「どういうこと？」

振り返って彼に向き合い、わたしは肩をすくめる。「あとどれぐらいバーミンガムにいられるのか、正直なところわからないの」わたしは彼に告げる。「いつまでも犬の散歩をしているわけにもいかないし、ルームメイトときたら最低だから。西部で大学院に進めないか考えていて……」わたしはそこで言葉を切り、肩をすくめようかと思う。でも、そうはせずに、ただ憂鬱そうにため息をつくだけにとどめておく。

「ぼくたちはどうなる？」彼が訊いてくる。わたしは思わずにんまりしそうになるのを必死で抑える。

わたしは首をかしげて彼を見つめる。「エディ」と口を開く。「これまでほんとうに楽しかったけど……その、わたしたちに未来があるってわけじゃないでしょう？　あなたはきっとだれか別の人を求めるようになる……もっと洗練された人を」わたしは空いているほうの手をひらひらさせる。「もっと知的で、美しい人をね」

　そこまで言うと、わたしは深く息を吸う。「あなたにはわたしの過去をちゃんと伝えていなかった……ここに来るまでのことを」

　彼はじっと立ったままわたしを見つめ、待っている。そして、「わかった」と口を開く。彼の声は穏やかで、ゆったりしている。「いまそれを伝えたいのかい？」

　わたしはうなずき、一世一代の賭けに出る。彼に真実を打ち明けるのだ。

「わたしは三歳のときから決められた年齢になるまで里親制度で育ったの。このあいだ話したお父さんは……ほんとうの父親じゃなくて、里親だった。あまりいい親じゃなかったけど。ほんとうの両親がだれなのか、わたしは知らない。名前は知っているけど、書類で見ただけだから。親の記憶はまったくないの。自分がほんとうはだれなのかさえ、わたしにはわからない。あなたはそんな人と一緒にいたい？　どこの馬の骨とも知れない女と？」

　彼はグラスをカウンターに置くと、大股でわたしに近づいてくる。

「もちろん」エディが答える。その声は低く、彼の両手がわたしのむきだしの両腕に触れる。その感触はわたしのつま先まで突き抜けて、わたしが下唇を歯で嚙むと、その動きを彼の目が追っているのがわかる。

「正直に打ち明けてくれてありがとう、ジェーン。きみのことがわかって、きみがどんな経験をしてきたかと思うと……」彼の声はそこで小さくなり、彼の目がわたしの目を探る。そこにはあふれんばかりの共感と優しさが宿っていて、わたしの脚がわずかに震える。

「きみと一緒にいたくないなんて、とんでもない。それを聞いて、きみのことがますます欲しくなった」彼はそう言い切る。そんな素敵なこと、これまでだれにも言われたことがない。

「エディ」そう言いかけると、彼はさらにぎゅっとわたしの腕をつかむ。

「そんなことあるもんか」彼は答える。「エミリー・クラークやキャンベル・リードみたいなタイプが好みなら、そういう連中とつき合うさ。ぼくがきみと一緒にいるのは、きみが欲しいからにきまってるじゃないか、ジェーン」

　エディはそのまま頭を下げて、唇がわたしの唇にかすかに触れる。彼の歯がわたしの唇を嚙んだので鋭い痛みが走り、欲望の奔流がわたしの身体を駆けめぐって震えそうになる。

「ぼくのジェーン」そうささやく彼の声は低く、荒々しい。わたしはごくりと唾を飲み込む。もう見せかけの関係じゃない。錯覚でもなんでもない。

「わたしはあなたのものじゃないわ」なんとか口にする。「鳥みたいに自由なんだから」

　それを聞いてエディは笑顔になる。そして、もういちどキスをしてきたので、わたしは彼の唇の、さっき彼がわたしを嚙んだのと同じ場所を歯で嚙んであげる。

　今夜は帰らない。ふたりともわかっている。

　わたしはもうここから離れない。

第二部

ビー

七月、ブランチから一日

わたしはだれに向けてこれを書いているのだろう。

おそらく、自分のために。記憶が鮮明なうちに、ことの顛末をすべて残しておく手段として。将来だれかがこれを見つけてくれるという希《のぞ》みなどもてない。いまはなにを願っても、つらくなるだけだから。

それでも、すべてを文章で綴れば、少しでも理解できて、頭がおかしくならずにすむ。

昨晩、わたしは生まれてはじめて、精神の健全さがかくも脆《もろ》いものだということを思い知らされた。

エディが差し入れた日用品のなかに、わたしが大学生のときから持っている安物のペーパーバックが一冊混じっていた。さらに、つい二、三か月前にふたりでここまで運び上げたベッドサイドテーブルの抽斗《ひきだし》の奥にペンが一本入っているのを見つけた。

若いころ何度も読み返した物語に重ねて自分自身の物語を書くのは、すごく妙な気分だ。

でも、そこに真実を記すのは、さらにむずかしい。

昨晩、わたしの夫、エドワード・ロチェスターは、わたしの親友、ブランチ・イングラムを殺した。

ブランチは死んだ。エディに殺された。そして、わたしは自宅に監禁されている。そういう事実を何度自分に言い聞かせても、それはなにかの間違いで、ひどくばかげたことに感じられ、おかしな幻覚を見ているだけではないかと思えてくる。もしくは、わたしもブランチと一緒に溺れ死んで、いま地獄にいるとか。

そう考えたほうが、よっぽど腑《ふ》に落ちる。

でも、そうじゃない。わたしはブランチと週末を湖畔の家で過ごすために出かけた。女どうしで羽根を伸ばすいい機会になるはずだった。このところ、どちらも忙しくしていた――わたしは〈サザン・マナーズ〉の経営に、ブランチはトリップの相手をするのに。だから、ティーンエイジャーのときみたいに、ただ親友と座って話し込み、ワインを飲んでげらげら笑い合うのは……完璧だ。完璧な週末になるはずだった。

わたしはそのときのようすを残らず頭のなかで再生して、つぎに起こったできごとの予兆はまったくなかったと確認する。

なにしろ、すんなりとは理解できないことなのだ。

エディが不意にやってきたのは覚えている。それで、三人でボートに乗って、真夜中のクルーズに出かけることにした。ボートを操縦していたのはエディで、わたしはブランチと、スピーカーから流れる音楽に合わせて踊っていた。しばらくして、なんだか頭が重くなり、考えがまとまらなくなって視界が薄暗くなった。ブランチが叫んでいた。わたしは水のなかにいた。お風呂のお湯みたいに生温かい水のなかに。とにかく泳ぎ続けなきゃと思った。でも、岸に着くと、エディがそこに先回りしていて、わたしの頭に激痛が走り、すべてが真っ暗になった。目を開けるとわたしは……ここにいた。

この部屋に。

三階にパニック・ルームを増設するというのは、エディの発案だった。ドキュメンタリー番組の《60ミニッツ》で、そういう部屋を新設するのがブームになっていると知ったのだ。彼の改築にわたしは反対しなかった。新しい家には最高のものを備えておきたかったし、それでエディがよろこぶのなら反対する理由などない。

わたしはエディをよろこばせるためなら、なんでもした。

その部屋を空き部屋にしておくのはもったいないというのも、エディの意見だった。ベッドを入れようと提案したのは彼だ。

「ここにしばらく閉じ込められることになったときに備えてね」と、わたしをそばにぐっと引き寄せて、腰に腕を回しながら、彼はそう茶化した。当時、結婚して一年近く経っていたが、彼がはじめてキスしてくれたときと同じ興奮がわたしの身体じゅうを駆けめぐった。

エディにたいしては、ずっとそういう気持ちでいた。だからこそ、こんなことになると予見できなかったのだ。わたしは愛に溺れ、彼を信じ切っていた——

*

前回の部分を書いている最中に、エディがやってきた。ドアが開く前に本をベッドの下に押し込むことができたから、ありがたいことに書いているところを見られずにすんだ。つぎからはもっと用心しないと。

だからといって気分がよくなるわけでもないけど、彼はひどい姿だった。普段エディは身ぎれいにしているのに、今日の彼は目が真っ赤で、肌はくすみ、ほとんど灰色だった。常軌を逸した、信じがたい状況に置かれているにもかかわらず、わたしは一瞬彼に同情した。助けてあげたいと思った。もともと、わたしたちの結婚はいつもそんな調子だったのだ。計画を立てるのはわたしで、それを実行に移すのはエディ。

わたしは彼が口を開くのを、いったいどんなばかげたことが起こっているのか、せめて説明してくれるのを待った。彼に向かってわめいたり、突進したり、殴りかかったりしてもよかったのかもしれない。なんでもいいから、すべきだったのかも。

でも、わたしは身じろぎもせずに、そこに座り込んでいた。

そんな状態も、何であれわたしとブランチが盛られた薬のせいにしたいところだが、彼が入ってきたその瞬間から、恐怖とショックがないまぜになって、わたしは身体が麻痺《まひ》したようになっていた。

彼がこちらに背を向けたまま、ドアのそばのテーブルに水のボトルやピーナッツバター・クラッカーの包み、それにりんごやバナナをいくつか置いている姿をただ見ていることしかできなかった。

エディがブランチを殺した。

彼女を殺したのだから、わたしだって殺せた。

エディ、わたしの夫、わたしのパートナー。わたしがよく知っていると思い込んでいた男。出会ったあの日、彼の目にはやさしさがあふれていた。わたしがその日のできごとや、仕事のこと、夢を語ると、じっくり耳を傾けてくれた。つまらない、ささいなことでもよく覚えていてくれた――お気に入りのチリソースや、コーヒーを飲むときは普通の砂糖と甘味料のスプレンダをひと袋ずつ入れるのが好きだということも。

そんな人が、エディが、人を殺すなんて。

そんなことばかり考えていると、そのうち叫びだしたくなって、いちど叫ぶと止まらなくなるのではないかと心配になる。だから、そうせずに、わたしは深呼吸をする。〝四つ数えながら吸って、四つ数えながら息を止め、六つ数えながら吐く〟というリズムで、先月ブランチと一緒に受けたヨガクラスを思い出すことになっても。

それがひと月前のことだなんて。すでに別の人生のできごとのようだ。

エディはなにも言わずに食料や水を置くと、ドアから出ていった。彼がいなくなると、わたしは床に寝そべって泣きだした。身体がガタガタ震えて歯の根も合わない。

どうしてあんなモンスターと結婚してしまったの？

なぜ手遅れになるまで気づけなかったんだろう？

＊

ブランチから四日

今日、エディはまた追加の水と食料を持って部屋に入ってきた。わたしは今度こそ話しかけようとしたのだが、彼の名前を口にしたとたん、彼はさえぎるように片手を上げてわたしに顔をぬっと近づけた。

まるで、見慣れたエディに生き写しの他人を見ているようだった。こんなに冷酷で、危険な男はわたしの知っているエディではない。彼が出ていくと、ほっとするばかりだった。今度は涙も出なければ、震えもしなかった。おそらく、こうやって書いていることが少しは役に立っているのだろう。

＊

ブランチから六日

エディが最後にここに来てから二日経った。そのあいだにわたしは落ちつきを取り戻し、頭も働くようになってきた。

彼がなにを企んでいるのか、なぜわたしをここに閉じ込めておくのか、どうしてわたしはブランチと一緒に湖の底に沈んでいないのかは、まだわからない。それでも、必ずなにか理由があるはずで、わたしはそれを突き止めてみせる。

賢くならなければ。

エディよりも。

それが、この部屋から生きたまま脱出する唯一の方法なのだ。

ビーは遅れるつもりはなかったのだが、道が混んでいて、雨はひっきりなしに降っていた。ビーとブランチのお気に入りのレストラン、〈ラパス〉のボックス席に座るブランチの正面にビーが滑り込むころには、ブランチはすでに二杯目のマルガリータを飲んでいるところで、チップスが入ったバスケットもほぼ空になっている。

ビーが腰を下ろすやいなや、ブランチはウェイターに合図を送り、まず自分のグラスを指さしてから、内心とまどっているビーを指さす。ビーはいつもならマルガリータを飲むところだが、今夜は飲む気はなかった。

さらに、ビーは見るからにそのとまどいをうまく隠しおおせておらず、「火曜日に三杯もマルガリータを飲もうってわけ？」と、ブランチに放った言葉が思った以上にとげとげしい響きを帯びる。

ブランチはただ肩をすくめて、サルサソースがのっている青い小皿からチップスを引き抜く。「楽しめるときに楽しまなくっちゃ」と陽気に言うが、ビーの耳には虚勢を張っているようにしか聞こえない。

ブランチは最近どこかおかしい。でも、ビーにはどうしてなのかわからない。原因はトリップなのかも。ブランチはトリップと結婚してまだ一年だが、ふたりのあいだにはすでに不穏な、緊迫した空気が流れている。つい先週もビーはふたりの家で飲んだのだが、彼らがたがいにそっけない態度をとり、愛情を装った、ちょっとした嫌味やあてこすりの応酬をするなかで二時間じっと座っていなければならなかった。

そして、いまブランチと向かい合わせで座っているビーには彼女の両目がわずかに腫れ、顔色もいささか冴えないのがわかる。三杯目のマルガリータのことで、あんなきつい言葉を投げつけるんじゃなかった。

注文した飲み物が並べられると、ビーは塩で縁取られた重いグラスを持ち上げ、それをブランチのグラスに当てる。「わたしたちに」と彼女は言う。「それと、〈エル・カロール〉の砂糖まみれの、あのばかでかいマルガリータをもう飲まなくてもいいことに」

それを聞いて、ビーが期待したとおりブランチはかすかにほほ笑む。〈エル・カロール〉は、ビーとブランチがティーンエイジャーのころ在籍したアイヴィー・リッジ校の近くにある、チープなメキシコ料理店だ。二十一歳になるまで何年もあったのに、ふたりは金曜の夜になるとほぼ毎週そこに入り浸って、メニューにのっているなかでいちばんどぎついマルガリータを注文した。それは、いろいろなものが混ぜ合わされたフローズンタイプの代物で、巨大なボウルに入って出てきた。派手な赤や青、蛍光グリーンの色が彼女たちの唇と歯を染めた。

最上級生のときにふたりで撮った写真をビーはまだ持っている。ふたりがカメラに向かって舌を突き出している写真で、ブランチの舌は紫、ビーの舌は真っ赤に染まり、ふたりの目はアルコールと若さできらきら輝いている。

それは、ビーのお気に入りの写真だ。

そこに映る少女たちが、ビーには懐かしくてたまらない。

今夜は少しでも当時の気分を味わえるかもしれない。

そんなことを考えていると、メニューを取り上げたブランチが腕につけているブレスレットがビーの目に入る。

ビーは無意識にブランチの腕に手を伸ばして、それをじっくり見る。かわいらしい華奢なシルバーのサークレットで、ブランチの星座であるサソリをダイヤモンドでかたどった優美なチャームがついている。

「来年これと似たようなものをうちの会社から出すのよ」もっとよくブレスレットを見ようとブランチの手首をひっくり返しながら、ビーが口を開く。「でも、チャームはエナメル仕上げにして、カラーストーンを選べるようにするつもり。ひとつあげるわ」

　ブランチは手をさっと引っ込めるが、彼女の肘が危うく飲み物をひっくり返しそうになる。その動きがあまりに素早く、大げさだったので、ビーはしばらく自分の手を引っ込められずに、チップスとサルサソースの上に漂わせている。

「このブレスレット、気に入ってるから」メニューに目を落とし、ビーと目を合わせないようにして、ブランチが言う。「もうひとつは結構よ」

「わたしはただ——」ビーは言いかけるが、思いとどまって、自分のメニューを開く。いつも同じものを頼んでいるにもかかわらず。

　それはブランチも同じだ。でも、まるでブリトーやエンチラーダなどのさまざまな料理の説明に宇宙の秘密の暗号が隠されているかのように、食い入るようにメニューを見つめている。

　ふたりのあいだに重々しくてぎこちない沈黙が流れる。ブランチと一緒にいて、最後にこんな風に感じたのはいつだったか、ビーは思い出そうとする。ビーが生まれてはじめて親元を離れ、新しい、華やかな学校になんとか溶け込もうとしていた、おどおどした十四歳のころからずっと、ブランチはビーの親友なのだ。

　ウェイターがふたりの注文をとると（いつもと同じで、ビーはエンチラーダ・ベルデ、ブランチはトルティーヤスープ）、さきほどの沈黙が戻ってくる。しかたがないので携帯電話でもいじっていようかとビーが考えていると、ブランチが「それで、あの男はどうしてる？」と訊いてくる。

　ビーの内側にまたとまどいが駆けめぐる。

「エディなら元気よ」どういうわけかブランチが使いたがらない彼のファーストネームを強調しながら、ビーは答える。ビーはきまってエディを〝あの男〟と呼び、たまに〝あの人〟になるが、いちどなど、アイヴィー・リッジ校時代の友達とのランチで、〝ビーのかわいいボーイフレンドくん〟とのたもうた。

ブランチのそういう辛辣《しんらつ》だが頼もしい発言をビーは長年、何度も耳にしていたのだが、それが自分に向けられたのははじめてで、そのとき彼女はランチを途中で抜けた。

いま、ブランチは残りのマルガリータを飲み干して、「エディ、ね」とつぶやく。テーブルの上で腕を組み、身を乗りだす。チュニックの袖が、彼女の手首のすぐそばにあるサルサソースにもうちょっとで触れそうだ。「そんなニックネームを使う男、わたしだったら信用できないな。だって、大人なんだからさあ。ロバートだったら、〝ボビー〟じゃないでしょう? まったく。ジョンだって〝ジョニー〟じゃない」

「そうね」ビーは言わずにはいられない。「〝三世〟とつく名前なのに、〝トリップ〟と名乗ってる男もいたわね」

それを聞いてブランチは目をぱちくりさせる。そして、ビーには意外なことに、けらけら笑いだして、背もたれにもたれかかる。「わかったよ、降参。なかなかやるじゃん」と言いながら、ブランチはどこか投げやりだ。ビーは張りつめた空気がいくらかほぐれたのを感じるが、今夜のこのひとときは果たして救いようがあるのかどうか、わからなくなる。

そう思っていると、ブランチがまた身を乗り出してビーの手を取る。すっかりできあがっている。最初の二杯のマルガリータが着手した仕事を三杯目が完成させたというわけだ。びっくりするような力で握ってくる。

「でも、ほんとうに、ビー。あなた、その男のなにを知っているというの? ビーチで出会った男よ。休暇旅行からボーイフレンドを持ち帰る人なんていないわ」

「正確には婚約者よ」ブランチの目を見つめながら、ビーが言う。「先週彼にプロポーズされたの。だから、きょうあなたと約束をしたのよ。このニュースを伝えたくて。驚いたでしょ！」

　ビーは両手をぎこちなく顔の両側に当てて、指を落ちつきなく動かし、にこやかにほほ笑む。だが、ブランチからそれを受け取ることはないとわかっている。ほかの女性たちがそれを経験するのを彼女は見てきた。ブランチのときも、ビーは彼女にそういう経験をさせてあげた。少し間があって、それからキャーッという甲高い声が上がって目に涙があふれ、相手をひしと抱きしめると、すぐさまお祝いやパーティーが企画され、指輪やドレスやハネムーンについての質問が飛ぶ。

　そんなことは起こらない。

　世界でたったひとりのビーの親友、ブランチは彼女にたいしてそんな態度をとらない。

　そのかわり、座席の背にもたれて、驚きのあまり口をぽかんと開けている。いま、ブランチの髪はブロンドだ。丁寧に染められてはいるが、彼女には少々きつい色合いで、一瞬、自分と向かい合って座っているのは他人ではないかという気がしてくる。

　それからしばらくして、ブランチはまた肩をすくめて、グラスのなかの氷をカラカラと鳴らす。「それなら、せめてトリップに婚前契約を整えさせてよね」

　そのとき、注文した料理が届く。ウェイターが皿を並べているあいだ、ビーはブランチをただ見ていることしかできない。またふたりきりになるのを待って、〝それはありがとう、助かるわ〟とうわずった声で言うつもりだ。

　すると、ブランチが降参とばかりに両手を上げ、シルバーのブレスレットが彼女の華奢な腕を滑り落ちる。

「ビー、わたしになにを言ってほしいの？　わたしがよろこんでいると？　ビーチで近寄ってきたとびきりセクシーな男性と結婚するのに賛成だと？」

「それはちょっと違う」ビーは膝の上にナプキンを広げ、あたりを見回しながら言う。ふたりは声をひそめて話してはいるものの、もうちょっとで架空のリアリティ番組、《リアル・ハウスワイフ・オブ・バーミンガム》の一場面を提供してしまいそうだ。それだけは避けたい。

以前のブランチなら、そんな事態は避けたがるはず。でも、この痩せ過ぎで、飲み過ぎで、派手なブロンドの新しいブランチはなにを考えているのかわからない。

「あなたはわかってないのよ」ブランチが食い下がる。ほら、思ったとおり。別のテーブルに座る女性が眉毛をわずかに上げて、こっちをちらちら見ている。「ビー、あなたはいまやお金持ちなの。それも、普通の人とは桁違いの。成功した弁護士でも医者でもないのに。莫大な富が約束されていて、その男はそれを知ってる」

「彼がお金目当てでわたしに興味を持ったということ?」ビーは尋ねる。顔はかっと火照っているが、身体のそれ以外の部分は冷たく感じられる。「わたしがお金を持っているから? それって偶然にも、あなたが気に食わないところと同じね。わたしが施《ほどこ》しの対象だったときは、わたしと友達でいてもさぞや気楽だったでしょうね」

ブランチはそれを一笑に付して、どっかりと座り直したので座席が揺れる。「いいよ、わかった。わたしはただ、あなたに気をつけてほしいだけ。相手がやさしくしてくれるからってのめり込むのはよくないって言いたかったの。でも、どうやらあなたはすっかり夢中みたいだから、わたしがなにを言っても無駄ね」

ビーはわなわなと震えださんばかりで、料理に手をつけるどころではないので、皿を押しやると、飲み物を手に取る。すでに氷は解け、マルガリータは酸っぱくて塩辛い強烈な代物になっているが、どうにかしてそれを飲み干す。

「気をつけてほしいだけよ」表情をやわらげて、ブランチが言う。「あの男のこと、ほとんどなにも知らないでしょう？　つき合ってどれぐらいだったっけ？　一か月？」

「三か月よ」ビーが返事をする。「知っておくべきことはすべて把握してる。彼がわたしを愛していて、わたしが彼を愛しているって、ちゃんとわかってるんだから」

ブランチは顔をゆがめる。「そうね。いちばん大切なのは愛ってやつよね」

「トリップとあなたがいまゴタゴタしてるのは知ってるけど――」

「〝ゴタゴタ〟じゃないわよ」指で空中に引用符を描いて、ブランチが反論する。「結婚ってね、あなたが考えている以上に大変なんだから」それから、彼女は首を振って、フォークを置く。「まあでも、彼はセクシーで、あなたはリッチだから。あなたたちなら楽勝かも。きっとそれが秘訣なのね」

栓が抜かれたように、ビーのなかから怒りが急速に退《ひ》いていく。

ブランチは嫉妬してるんだ。

そういうことだったんだ。

ブランチは嫉妬している。わたしのお金に、成功に、そしていまや、わたしが手に入れた男に。

ブランチが自分のものを欲しがるなんて、ビーは考えたこともなかった。そしていま、ブランチはなんでも欲しがっている。

そのおかげで、ビーはブランチの手をやさしく取りやすくなる。「休戦を宣言してもいいかな？」そう穏やかに提案する。「おたがい口をきかなかったら、付添人になってもらうのに、すっごく気まずいでしょ？」

それを聞いてブランチはフンと鼻を鳴らすが、一分後にはビーの手を握り返している。

第三部

ジェーン

10

シーツからやわらかいにおいがほんとうにするなんて、知らなかった。でも、エディのシーツはそういうにおいがする。

ヘッドボードが布張りになった大きなベッドで毎朝目を覚ますたびに、わたしはシーツを鼻まで引っ張りあげて息を吸い込み、どうしてこんな幸運を手に入れられたのか不思議でたまらなくなる。

わたしがエディの家になんとなく居ついてから二週間が経つ。この二週間は、やわらかいシーツにくるまれ、午後になると居間のフラシ天のソファに身を沈め

て、ばかでかいテレビでくだらないリアリティ番組を観て過ごしている。

もうこの家から離れない。

ベッドからゆっくり出て、わたしの足を受けとめようと待ち構えているフラシ天のラグに丸めたつま先を下ろす。寝室は正統派の豪華さであふれている――ダークウッド、落ちついた青の色調、そこに差し色として入るグレー。中間色が基調の男性的な部屋。

エディはこの部屋ばかりはビーのスタイルを排除したことが伝わってくる。きっと以前は、ここもこの家のほかの部分と同じように、くらくらするような明るい色が使われていたのだろう。ピーコックブルー、サフランイエロー、ブリリアント・フクシャ。でも、この部屋はエディの好みだけだ。

そして、いまそこにわたしが加わった。

ふらふらとキッチンに入っていくと、仕事用に着替えをすませたエディがそこにいる。

彼はわたしにほほ笑みかける。手のなかでコーヒーカップが湯気を立てている。

「おはよう」と言って、そのカップをわたしに手渡す。

わたしがこの家で迎えた最初の朝にエディが淹れてくれたのは、はじめて出会ったときに飲んだような、シンプルなブラックコーヒーだった。じつはブラックコーヒーはあまり好きじゃないと、わたしはおそるおそる打ち明けた。それで、いまではわたし専用の高価なミルクフローサーと、いろいろな種類が選べる高級フレーバーシロップが用意されている。

きょうのカップからはシナモンの香りがする。口をつける前に、その香りを深く吸い込む。「なんて言ったらいいのかしら。わたし、このコーヒー目当てであなたと寝てるみたいね」そう言うと、彼はわたしにウィンクをする。

「ぼくのおいしいコーヒーを淹れる才能こそ、ほかの短所を帳消しにする唯一の美点だからね」

「ほかにもちょっとはあるんじゃない?」そう言うと、彼は驚いたように両眉を上げて、わたしをちらっと見る。

「ちょっとだけかよ」

わたしは親指と人差し指を立てて、その二本の指を近づける。すると、エディが笑いだして、その笑いがコーヒーと同じぐらいわたしを温めてくれる。

彼のことが好きだ。心からそう思う。いくらわたしが家やお金に目がないからといって、ほんとうに、ただそれだけではないのだ。エディと一緒にいると……心地よい。

それに、彼はわたしが好きなのだ。つくり上げたわたしだけじゃなくて、わたしが彼にちょくちょく見せている、素《す》のわたしも好きでいてくれる。

彼にはありのままのわたしをもっと見てもらいたい。わたしはしばらく前からそんな気持ちになっている。

エディはシンクに戻って自分のコーヒーカップをす

すぎながら、「それで、きみのきょうの予定は？」と訊いてくる。

二週間のあいだ、この瞬間を待ちわびていた。わたしが一日なにをして過ごすのか訊いてくれないかとずっと思っていたのだ。わたしはまだ犬の散歩を続けている。エディの家で暮らして、エディが買ってきた食べ物を食べてはいるが、そのほかはすべて自分でまかなっている。自分の車のガソリン代や衣服代、その他こまごまとした出費。厳密には、アパートの家賃だってまだ払わないといけない。

「犬の散歩」わたしはそっけなく答える。すると、彼が顔を上げる。眉間にわずかにしわが寄っている。

「その仕事、まだ続けてたの？」

彼に感じていた温もりがほんの少し冷める。いったいわたしが一日じゅうなにをしていると思っていたのだろう？　ただぼーっと座って、彼の帰りを待っているとでも思っていたのだろうか？

それでも、そんな風にいらついていることはおくびにも出さずに、肩をすくめてスツールから立ち上がる。

「まあね。お金は稼がないといけないから」

エディはキッチンのあちこちにある〈サザン・マナーズ〉のタオルで手を拭きながら、顔をしかめる。そのタオルは、端がぱっくりかじられた輪切りスイカの柄だ。「必要なものがあれば、ぼくのクレジットカードを使ってもらってもいい。それと、ぼくの決済口座をきみが使えるようきょうじゅうに手続きしよう。ぼくの個人口座で、〈サザン・マナーズ〉の口座じゃないけど。会社の口座を使えるようにするには、面倒くさい書類が必要なんだが、その口座もいずれ使えるようにしよう」

そう言うと、彼はくるりと向きを変えてタオルを丸め、キッチンの横にある洗濯室に放り投げるが、わたしはそこに立ちつくしている。

そういうことって、彼みたいな男の人にはいとも簡単にできるの？　まるでなんでもないことのように、巨万の富を自由に使える権利をわたしに差し出そうとしている。そして、わたしはただ……それを受け取ればいい。わたしが望めばなんでも手に入るなんて。

　おそらく、こういうことなんだ。エディはわたしにそんなことができるなんて、思っていない。だれだって、とくに女性なら、そんなことができるとは思いもよらないんじゃないかな。

　それでも、その申し出はわたしがまさに求めていたものだったので、わたしは首をわずかに振って、彼にほほ笑みかける。「それは……それは素晴らしいわ、エディ。ありがとう」

「ぼくの大切な人が使えないお金なんか持っていてもしかたがないだろ」エディはカウンターのところに来ると、わたしの腰に腕を回し、髪に鼻を埋《うず》める。

「それと」身を離す前に彼が言う。「前に住んでいたところから荷物を引き上げて、こっちに持ってきたらどうかな。正式に移ってくるんだ」

　わたしは胸に手を当てて、できるかぎりとびきりの色っぽい表情をつくって見せる。「エドワード・ロチェスター、あなた、一緒に暮らしてほしいって頼んでいるわけ？」

　彼はドアのほうへあとずさりながら、にやりと笑う。

「そのようだね。答えは〝イエス〟かい？」

「まあね」わたしがそう言うと、エディは満面の笑みを浮かべて背を向ける。

「クレジットカードは玄関のそばに置いておくから！」彼が大きな声で言う。プラスチックのカードが大理石にぺしっと投げつけられる音が聞こえ、それから扉が開いて閉じる音がする。そして、わたしはこの家でひとりになる。

　わたしの家。

　もう一杯コーヒーを淹れて、それを持って二階に戻り、寝室とひと続きになっている大きなバスルームに入る。これまでのところ、この家でのわたしのお気に入りの場所だ。

この家の他のほぼすべてのものと同じで、そのバスルームは広々としているのだが、圧倒されるような気はしない。もちろん、ここにもビーの刻印が残されている。エディがこの場所をデザインしていたら、もっと垢《あか》抜けた、モダンな感じになっていただろう。ガラスやスチールの空間にサブウェイタイルなんかが使われて。でも、このバスルームはまったくそんな感じではなく、大理石や銅が使われ、床はモザイクタイル貼りで、中央にけばけばしいマグノリアの花があしらわれている。

わたしはその花の濃い緑の葉っぱを裸足で踏みつけて、バスタブへと向かう。

アパートにもバスタブはあったが、覚悟を決めないと入れない代物だった。狭苦しくて隅々が黒カビで汚れているというだけでなく、ジョンがシャワーを浴びる場所に身体を浸すと考えるだけで気色悪くて、どうしてもいやだったのだ。それで、いつもシャワーは世界最高のスピードで済ませ、シャワーカーテンが身体に触れるたびにびくついていた。

わたしにふさわしいのは、こういうバスタブなんだ。

バスタブのへりに座って、身をかがめ、コーヒーを片手に持ったまま、空いているほうの手で温水の蛇口をひねり、お湯が出るか確認する。これからずっと、朝はここでお風呂に入るのだ。こんな風に朝の時間を過ごすのだ。もうセンターポイントから車を運転してこなくたっていい。

犬の散歩もしない。

それで、きょうのお風呂が終わったら、着替えてあのしみったれた狭苦しいアパートまで車で行こう。アパートをあとにしたら、二度とうしろは振り向かない。

＊

エディが〝実用的〟と呼ぶメルセデス・ベンツのSUVに乗り込み、緑あふれるマウンテン・ブルックから、小さなショッピングセンターやみすぼらしいアパートが立ち並ぶわたしの古巣へと車を走らせる。以前わたしがおんぼろのヒュンダイを停めていた場所に、こんなに立派な車を停めるのはなんだか落ちつかない。新しい革のサンダルを履いてコンクリートの階段を上がっていくのは、それ以上に落ちつかない。ヒールがカツカツと甲高い音を響かせるので、びくついてしまう。

二三四号室はどういうわけか、またさらに薄汚くなったみたいだ。わたしはハンドバッグを探って鍵を取り出す。

でも、鍵穴に鍵を差し込んだら、鍵がかかっていない。わたしは顔をしかめながら室内に踏み込む。ジョンはアホには違いないが、こんな不用心なことをするタイプではない。

それから、不用心なのはわたしのほうだと悟った。今朝ここに来る前に教会に電話をしておけばよかった。ジョンがちゃんと仕事に行っていて、目の前でいま彼がしていることをしていないと確認しておくべきだった。いま、彼はわたしのアフガン編みのブランケットにくるまって、くだらない朝のテレビ番組を観ている。

「ご帰館かよ」シリアルをほおばりながら、ジョンが言う。ジョンは毎食シリアルでも平気なのだろう。子ども向けの安くて甘ったるいシリアルをいつも食べている。有名メーカーのものではない、〝フルーティー・O〟とか〝シュガー・フレークス〟という代物。彼がいまなにを口に押し込んでいるにせよ、そのフレークは牛乳を濁らせ、灰色にしている。わたしは嫌悪感を隠しもせずに、「教会に行ってるんじゃなかったの？」と訊く。

ジョンはテレビから目を離さずに肩をすくめる。

「きょうは休みだ」

最高だ。

ジョンはもっとなにか言おうとこちらを振り向くが、わたしの姿を見るやいなや目をわずかに見開く。「おまえ、どういう格好してんだよ？」

そういう言葉はネット上のガールフレンドにかけるべきだと冗談を言ってやりたくなるが、そんなことをしてもやりとりを長引かせるだけで、それだけは避けたかったので、彼に向かって片手を振り、自分の部屋へと向かう。

確かに閉めておいたはずの部屋のドアが開いている。わたしはむかついて口をぎゅっと引き結ぶ。それでもベッドは整えられたままで、抽斗を開けると、下着はすべてそろっているようなので、その点はほっとする。ベッドの下に手を伸ばして、くたびれたダッフルバッグを引き出し、さっさとそれを開けるが、ふと手を止めて、あたりを見回す。

いかにもわびしい部屋だって、わかっていなかったわけじゃない。わたしがどんなに頑張ったところで、その部屋からは薄汚れた感が抜けず、ちょっと施設っぽくて、まるで独房みたいだった。

でも、エディの家で二週間過ごしたいまでは？

ここには、わたしが持っていきたいものなんて、ひとつもない。

陰鬱さ、安物の衣類、ほつれた袖口——そのすべてをここに置いていきたい。

それだけでは足りない。

すべてまとめて火のなかに投げ込んでしまいたい。

わたしは寝室からなにも持たずに出てくる。ダッフルバッグもベッドの下に押し戻した。下着もいらない。ジョンが好きなだけ変態行為に使えばいい。ソーンフィールド・エステートじゅうの家から失敬してきた小さなアクセサリーやお宝すらも、そのままにしてきた。

ジョンはテレビを消している。ソファの上で立てた膝にわたしのアフガン編みのブランケットをかけたままで、わたしと向き合う。顔には薄ら笑いを浮かべている。きっと、わたしがブランケットを返せと言ってくると思っているのだ。それで、下品なやつだと思われるような(実際にそうなのだが)、きわどい言葉をかける気満々なのだ。

ブランケットだってくれてやる。

「わたし、引っ越すから」お尻のポケットに両手を突っ込んで、わたしは単刀直入に言い渡す。「家賃はすべて払ってるはずだし――」

「そのまま出ていくなんて、できないぜ」

わたしの胸のなかで怒りの火花が散るが、それに続いてなにか別の感情が湧き上がってくる。

それはよろこびだ。

こんな最低男の顔はもう見ずに済む。気が滅入るアパートで眠ったり、生ぬるい水がぽたぽた落ちる、しょぼいシャワーを浴びたりしなくてもいい。ジョン・リヴァースに手渡すためのお金をポケットからひねり出すことも二度とない。

「それでも、わたしは出ていきます。本気だから」

ジョンが目を細める。「おれに二週間前に予告する義務がある」彼がそう言ったので、わたしは頭をのけぞらせて、笑いだす。

「大家でもないくせに」と言う。「あんたは、わたしをここに住まわせたらやらせてくれるかもしれないと期待してた、かわいそうな男でしょう? それに、家賃だってぼったくりだったし」

赤い色が彼の首をじわじわとのぼってくるのがわかる。彼は下唇をわずかに突き出している。これで最後なんだ、もうこんなやつと話すこともないんだと思うと、わたしはまたほっとする。

もうすぐ、ジョン・リヴァースのような人間はわたしにとって存在しなくなる。いまだって、ほとんど存在していないも同然だ。

「おまえとやりたいなんて、いちども思ったことはねえ」ジョンが相変わらずむっとした口調でつぶやく。「ちっともそそられねえし」

以前なら、そう言われて傷ついていただろう。ジョンのような男に言われたとしても。わたしは自分がどこから見ても地味で、ちびで、たいした特徴がないことはいつも意識していた。高い頬骨と大きな瞳の周りで艶やかな濃い色の髪が揺れるビーの写真を目にしたとき、それをまざまざと思い知らされた。ほっそりした身体なのにどこか豊満な感じがする。それに引きかえ、わたしはつま先からてっぺんまで平らで、少年のような身体つきだ。

でも、エディはわたしを求めた。ちびで、地味で、なんの変哲もないこのわたしを。

それだけでわたしは美しくなれた気がした。そして、自信がついた。

だから、わたしはジョンに向き合って、薄ら笑いを浮かべる。「ずっと自分に言ってな」そう言うと、くるりと向きを変え、そのまま立ち去る。

ドアが閉まった音がしたかどうかはわからないが、とにかくせいせいした。車に戻るあいだ、ヒールが立てる音が心地よく耳に響く。その音が大きければ大きいほどいい。

くそっ、たれ。一歩ずつ心で念じる。**くそっ、たれ。くそっ、たれ。**

ベンツの停めてある場所に着くころには、わたしは満面の笑みを浮かべている。キーを取り出して、小さなボタンを押し、ドアを解錠する。駐車場の真向かいに見慣れた赤い車が停まっているのに気づくのにしばらくかかる。最初は、このあたりの住人があんないい車に乗っているなんて変だなと思う。

その車の運転席からエディが降り、わたしに向かって歩いてくるのを見てようやく、わたしの頭はそれがエディの車で、彼が……ここにいるということを完全に理解する。センターポイントに。わたしのしみったれたアパートに。

彼の姿を見て気が動転したわたしは、本能的に逃げだしたくなる。わたしの車（〝彼の車だってば〟と、わたしのおばかな脳が訂正する）に飛び乗って、ここから離れないと。

「やあ、お嬢さん」彼が近づきながらそう言う。指先に鍵束をぶら下げている。

「尾《つ》けてきたの？」わたしは思わずそう言ってしまう。サングラスをかけていてよかった。わたしがどんな表情をしているか、彼にははっきりとわからない。わたしが慌てているのは、つけてくるなんて、エディらしくないということもあるが、彼がここにいるせいだ。この場所を、わたしが彼に隠そうとしてきた、狭苦しくてみっともない巣穴を見られてしまった。このすべてを捨て去るとしても関係ない。この場所が実在すると彼が知っているという事実だけで、涙が出てきそう。

エディはため息をついて、両手をお尻のポケットに突っ込む。風が吹いて彼の髪を乱す。この駐車場に、この人生に彼が立っているなんて、いかにも場違いではないか。

目まいのような感覚が強くなる。

「わかってるよ」エディが口を開く。「ばかみたいなことをしてるって。それに、こういうことはしちゃいけなかったって」

それから、彼はわたしにおずおずと笑いかける。サングラスをかけていないから、まぶしい光を浴びて目を細めている。

「でも、きみがぼくをこんなおばかさんにするんだから、どうしようもないじゃないか」

太陽がさんさんと照りつけているのに、わたしは悪寒が走るのを感じる。

確かにエディはロマンチックだ。それに、間違いなく情熱的。でも、これは……こんなのは彼らしくない。

知り合ってまだ日が浅いから、彼のことがよく理解できていないのかも。わたしは自分に言い聞かせる。

この場を切り抜ける方法はひとつだけ。わたしは目をぐるっと回してほほ笑む。「すっごく悪趣味ね」そう言うが、うれしがっているように見えるよう注意して、それをアピールするために下唇を噛みしめる。

どうやらそれが功を奏したようだ。彼はほっとしたようすで肩をわずかに下げ、歩み寄ってわたしの腰を両腕で抱え込む。

わたしは額を胸に押しつけながら、すうっと彼を吸い込む。**ばかなことをしてる。**そう自分に言い聞かせる。これまでさんざん男に嘘をつかれ、いいようにあしらわれてきたので、ありもしないものが見えてしまうのだ。きっと、エディはだれかに夢中になると、ちょっとばかり度を越すタイプなんだろう。彼のことで、わたしが理解できていない点がまだたくさんある。

「あんたがボーイフレンドか？」

ふたりそろって振り向くと、Tシャツとだぶだぶのスウェットパンツを着たジョンが外階段に立っている。裸足《はだし》で、べとついた髪の毛が上に向かってはねている。ジョンを間近で見ると、エディとおなじ人間の男だということがにわかには信じがたい。

「そのようだね」エディは返事をする。落ちついた口調だが、筋肉がきゅっと締まって彼がわずかに身をこわばらせたのがわかる。

「そりゃあ、すげえな」わたしとエディを交互に観ながらジョンがつぶやく。ここで起きている事態を彼なりに理解しようとしているのだ。

エディはジョンにたいして相変わらずにこやかにして、友好的でリラックスした雰囲気だが、彼の内側からなにかが発散されているようだ。どす黒くて、激しいなにかが。わたしがうつむくと、彼の身体の横で拳がぎゅっと握りしめられているのが目に入る。

でも、ジョンはそんなことにはまったく気づいていない。そのまま階段を下りてきて、わたしたちの正面に立つ。こんなに近づいたら、彼の汗のにおいや、どんなシリアルを食べていたのか知らないが、その甘ったるい香りまでわかる。

「ジェーンには出ていく二週間前に俺に予告する義務があるんすよ」ジョンがそう言うと、エディは驚いたように両眉を上げる。

「そんなことない」わたしは反論する。「言いがかりよ」

「そんなことあるんだよ」ジョンは食い下がる。その態度から、彼が必死にこの場の主導権を握りたがっているのが伝わる。それでも、これが最低な状況なのには変わりがなく、わたしの胸のあたりから上に向かって皮膚がじわじわと赤くなり、わたしの顔はどくどくと鈍く脈打つように火照る。

「ぼくの弁護士に書面で通知してくれないか」エディが言う。そして、財布のなかから名刺を一枚取り出す。

エディはにこやかにそれをジョンに渡す。名刺を手にする前から、ジョンの視線が名刺とエディの顔に交互に向けられているのがわかる。

「ああ、そうさせてもらう」ジョンはそう言うが、それ以上なにも言ってこないだろう。なにしろ、選択肢のない女性にしか強く出られない最低男なんだから。エディのような人が相手なら？　かっこいい車を持っていて、〝ぼくの弁護士〟とさりげなく口にするエディだったら？　ジョンに勝ち目はない。

でも、ジョンは最後に捨てゼリフを吐かずにはいられない。

「幸運を祈ってますよ」視線をわたしに滑らせながら、ジョンは言う。「この女、手に負えねえっすから」

恥ずかしさが喉の奥からせりあがってきて、わたしは窒息しそうになる。こんな最低男がわたしの人生の一部だったとエディに知られてしまった。彼が見つける前のわたしの生活が、いかにみじめなものだったかが、ついにばれた。そんなの、いやだ。

エディは片手をわたしの腰に置いて、そっとつまむ。

「ジャニー、ぼくの車から携帯電話を取ってきてくれないか？　なにかあったときに備えて、ジョンの電話番号を知っておきたい」

エディの反応にわたしは意表をつかれる。おそらくそのせいで、わたしはそのままうなずいて、駐車場を横切りエディの車へと向かった。

エディの車の後部バンパーのところまでくると、肩越しにふたりをちらっと振り返る。

ふたりはさっきよりも近づいている。エディは頭をかしげてジョンになにか話している。

エディはジョンにけっして手を出さない。相手よりも背が高いのをいいことに、ジョンを見下ろしたり、威嚇《いかく》したりしない。でも、彼の身体の輪郭のあちこちから剣呑《けんのん》な雰囲気が伝わってくる。いまにもジョンをそばの車のフロントガラスに叩きのめしそうだ。

ジョンはアホかもしれないけど、それに気づいている。顔が青ざめている。にこやかな表情を崩さないエディがなにを言っているにせよ、ジョンはスウェットパンツのポケットに手を深く突っ込んだまま、あとずさりしている。慌てた拍子によろめき、腕をばたつかせるが、エディはジョンを助けようとはしない。ジョンが自分で体勢を立て直すまで、よろめかせておく。

ジョンは最後にわたしにいやな顔をしてみせると、向きを変えて、アパートへと戻っていく。

それは、いまや彼のアパートだ。彼だけの。二度とわたしのアパートにはならない。

それから、エディは車に向かって歩き出す。足取りはゆったりともとの調子に戻っていて、さきほどの緊迫した雰囲気が嘘のように消えうせている。

そして、わたしが立っているところまで来ると、両手を差し出してわたしの手をぎゅっと握る。

「あのいけすかない野郎がきみの元彼だとか言わない

でくれよ」彼はにやにやしながらそう言う。そのとき

わたしのなかで欲望が少しもうずかなかったと言えば、嘘になる。彼がそばにいるからなのか、わたしをジョンから守ってくれたからなのか、それはよくわからないけど。

どっちにしろ、わたしが彼ににじり寄って、「わたしの男の趣味を見直してほしいものね」と言ったのは、すべてが演技というわけではなかった。

相変わらずにやついたまま、エディは身をかがめて、わたしの鼻先にキスをする。

「きみがぼくにぞっこんだっていうのに、どうしてそんなことができる？」

11

ソーンフィールド・エステートの女性たちとわたしの最初の〝偶然の〟出会いを計画するのにはずいぶん時間がかかる。なにしろ、その瞬間は完璧でなければならなかった——与えられたチャンスはいちどきりで、わたしはなんとしてもそれをものにしたかった。〈ローステッド〉でばったり出会うとか、お高いブティックの買い物袋を提げて歩道をぶらぶら歩くとか、ヴィレッジでなにか計画できないかと考えた。

長い時間をかけて、そういうシナリオの展開を頭のなかで想像するが、いい気分にはなっても、望むようなインパクトには欠ける。

ならば、大胆にも彼女たちにメッセージを送って、エディの家でのランチに招待したらどうかと考えた。でも、ビーの影がまだ色濃く残る家に招いたら、わたしが彼女のいるべき場所に居座る、冴えない模造品みたいに見えるんじゃないかと心配になる。

それから、エミリー・クラークとキャンベル・リードのふたりは午前中に近所の散歩をするのが好きだと

いうことを思い出すと、最初の出会いをどんな風におぜん立てすればいいかが突然はっきりした。

それで、わたしはいまソーンフィールド・エステートの歩道を散歩している。リードにつながれたアデルがわたしを引っ張っていく。

仕事としてお金をもらってするのではなくて、ただ犬の散歩をするのは楽しい。天気は上々で、アデルはお行儀よくしている。なにかを見つけると、いちいちわたしのほうを振り返り、尻尾を振って、犬の笑い顔を見せるのだが、そのようすがかわいい。

たぶん、アデルをさらに愛おしく感じるようになったのは、彼女がわたしの犬だからなのかも。ビーの死後しばらく経ってから迎え入れた、エディと一緒に飼っている犬だから。

エディとなにかを共有しているという思いで頭がいっぱいになって、わたしはエミリーとキャンベルがこちらを見ている瞬間を見逃しそうになる。

でも、ふと顔を上げると、そこにふたりがいる。ふたりとも白い服を着て、派手な蛍光色のスニーカーを履き、大きなサングラスをかけているので、顔の半分が隠れている。

そのせいで、わたしが望むようには彼女たちの表情がわからないのが残念だが、エミリーが口をわずかに開け、キャンベルの足が少しもつれたのを見るだけでも充分だ。

「ジェーンなの？」

エミリーが先に歩み寄る。そのうしろからキャンベルが腰に手を当てて悠然と歩いてくる。

「あら、おはよう！」わたしは片手を上げて、あいさつする。それから髪を耳のうしろに流し、首をちょっとすくめて、いかにもおどおどしたふりをする。

「犬の散歩はやめたんじゃなかったの？」アデルに目をやりながら、エミリーが尋ねる。わたしはかすかに笑って、リードの一部をてのひらに巻きつける。

「やめました」わたしは答える。「アデルをちょっと運動させようと思って」

その言葉で相手がピンとくるのを待つ。ふたりには自力でヒントをつなぎ合わせてもらわないと。ここでわたしがしゃしゃり出たら、思い上がった女だという噂話が広まるだろう。

誤解しないでほしいのだが、わたしはいま、思い上がって有頂天になっている。それでも、エミリー、キャンベル、キャロライン・マクラレンにはわたしが敵ではなく、友達だと将来的には思ってもらいたい。ということは、彼女たちが、ドッグウォーカーではない、エディのガールフレンドとしてのわたしに最初に出会うこの瞬間をなんとしてもうまく運ばないと。

「エディがアデルをあなたに譲ったということ？」エミリーに訊かれて、わたしはため息が出そうになるのをこらえる。このあたりの女性のなかでは、エミリーがいちばん性格がいいのだが、おつむのほうはあまりよろしくない。ふと、キャロラインがここにいてくれたらと思う。彼女相手なら、こんな苦労はせずに済む。

ありがたいことに、キャンベルが助け舟を出してくれる。サングラスを頭の上にあげて、目を見開く。

「謎の女はあなただったのね」そう言って、エミリーを肘でつつく。「ほら、エディがだれかとつき合ってるって、話してたじゃない」

滑稽《こっけい》な感じであんぐり丸く開いたエミリーの口から〝ああ〟という短い声が漏れる。

わたしは空いているほうの手を振って、重心をわずかにずらす。「突然のことだったので。まだつき合いはじめたばかりで、どうのこうの言うのもおかしな気分で……」そこで言葉を切る。それから、ちょっと唸って、両目をぐるっと回す。「あの、わたしいま、すっごく落ちつかないです」

これも、わたしが長年のうちに身につけた小技だ――――相手に優位に立っていると思わせておけば、早々に信頼を勝ち取れる。すでに、キャンベルの表情がやわらぎ、エミリーの笑顔が心からのものになっているのがわかる。

わたしは脅威でもないし、侵入者でもない。〝とてつもない幸運を手にして、そのことをわきまえているかわいいジェーン〟なのだ。

彼女たちにもそれが伝わるはず。

エミリーは手を伸ばして、親しげな感じでわたしの腕をぺしっと叩く。そして、「あなた、不埒《ふらち》な女だったのね」とおどける。〝不埒〟なんてはじめて聞く言葉だが、エミリーの口調からすると、どうやらふさわしい言葉のようだ。

それから、わたしが期待したように、彼女は自分の家を身振りで示す。「道の真ん中で立ち話するにはもったいない話ね。わたしの家にどうぞ」

*

エミリーの家に客として招き入れられると、また違った気分だ。

わたしはアデルをメージャーやカーネルと一緒に裏庭に出す。尻尾を振る犬たちにほほ笑んで、キッチンへと戻る。キャンベルとエミリーがカウンターに立っている。きっとわたしの話で持ち切りだったのだろう──わたしが入っていくなりふたりはさっと顔を上げ、少し離れたから──でも、疑ったり、憤《いきどお》ったりはしていないようだ。ただ驚いているだけだろう。

それに、白状すると、わたしはそういう風に話のネタになるのはきらいじゃない。

エミリーがカットしたフルーツをジューサーに押し込み、モーターがブーンと唸ると、どろどろした濃い緑色のジュースができあがる。わたしはそれを受け取り、口をつけてほほ笑む。

刈った雑草にショウガをひとかたまり放り込んだよ

うな味だが、エミリーとキャンベルがこういうものを飲むのであれば、いまいましいけど、わたしだって好きにならないと。

「それじゃーーーーーあ」エミリーがカウンターに寄りかかり、パジャマパーティーのティーンエイジャーよろしく拳の上に顎をのせて間延びした声で切り出す。「洗いざらい話してもらうわ」

わたしは笑いながら肩をすくめる。「そんなにおもしろい話じゃないんですけど。わたしたち、あるとき午後の時間帯に話し込んじゃって、エディにコーヒーに誘われて、それで……」わたしはそこで言葉を切り、はにかんで、遠慮がちにカウンターに視線を落とす。

細かいところまで全部話すよりも、相手に想像力を働かせてもらうほうがいい。

それなのに、キャンベルはこと細かに知りたがる。もちろん、彼女はそういう人なのだ。

「それで、あなたたちふたりのいまの関係は？」自分のグラスを指でトントン叩きながら、キャンベルが訊いてくる。彼女の人差し指には新しい指輪が輝いている。ダイヤモンドがちりばめられた華奢なゴールドの指輪。わたしはそれを見つめないように、物欲しそうにしないように自分を抑える。「つまり、真剣につき合っているの？」

目が合うと、キャンベルはにっこりほほ笑む。彼女がエミリーやキャロラインとよくしているのを何度も見かけた、いわくありげに頭をかしげる〝ガールトーク〟の体勢をとってはいても、彼女の目はどこか険しいところがあって、顎の筋肉もひくついている。

慎重に、慎重に。

一瞬、また〝かよわい純情路線〟に逃げようかと考える。〝えっと、わかんないです。成り行きまかせですから〟とかなんとか言って、ごまかすのだ。でも、わたしのなかの別の部分が、それはいやだと訴える。わたしがここで暮らしていると彼女たちに認識してもらい、その事実に早く慣れてもらわないと。

だから、わたしは肩をすくめたりしない。赤面したりもしない。キャンベルの目をまっすぐ見据えて、「ええ、そうなんです」と答える。

エミリーが短い叫び声を上げて、手を伸ばし、わたしの腕をつかむ。

「すっごくわくわくするわ！」

キャンベルがエミリーをちらっと見る。わたしには彼女のとまどいがわかる。エミリーがわたしの味方になったら、キャンベルも同じようにするしかない。

彼女もそれを悟ったにちがいない。ようやくわたしにほほ笑んで、「ほんとうに。おめでとう、ジェーン」と言う。

これで〝控えめ〟路線に戻っても大丈夫だ。「わたしたち、ただつき合っているだけで。結婚するとか、そういうことじゃありませんから」

「でも、一緒に暮らしているんじゃない？」エミリーが尋ねる。わたしがすぐに答えられないでいると、彼女は「ええと、わたしはそう思ったのよ。気分転換でアデルを散歩させているなら、そういうことかしらって」とつけ足す。

「ええ、そうなんです」わたしは伏し目がちに、とまどっている感じで答える。「わたしのアパートは街とは反対の方向なので、そのほうがなにかと都合がよくて」

エミリーとキャンベルがさっと目配せしたのをわたしは見逃さない。でも、それがなにを意味するのかまでは、わからない。こんなに早く男の家に転がり込むなんて、尻軽だと思われている？　わたしを住まわせるなんて、エディが軽率だと思われてる？

さっぱりわからない。でも、わたしがなにか言う前に、エミリーが肩をすくめる。「それなら、結婚前提じゃないかしら。そんな気がするわ」

彼女の視線が巨大なステンレスの冷蔵庫に移るのが

わかる。そこには、エミリーとキャンベルが裏庭でバーベキューをしている写真が貼ってあり、ふたりのあいだにはビー・ロチェスターとブランチ・イングラムがいる。

写真のなかで彼女たちはにっこり笑っていて、エミリーはビーの腰に腕を回している。

わたしはエミリーとキャンベルに、わたしがその写真を見ているのに気づかせ、ふたりのほうを振り返る。

「ビーがいないとさみしいでしょうね。それに、ブランチも」

エミリーはわずかに顔を曇らせて、首にかけている真珠があしらわれた小ぶりなゴールドの十字架を指でいじくる。キャンベルはジュースを飲み干す。

「あのふたりがいないと、ぜんぜん違う」ようやくエミリーが口を開くが、ゆっくりとした、たどたどしい話し方だ。彼女の顔がますます曇る。

「波乱《ドラマ》がなくなったのは、確かね」キャンベルはそうつけ足してから、わたしのほうを振り返って、片手を振る。「そんなこと、ほんとうは言ったらいけないんだけど」

そんなことこそ、もっと教えてほしいんですけど。

〝ドラマ〟ってどういうこと？

思い上がっていた気持ちがわたしから少しずつ漏れ出して、わたしはエミリーの家のカウンターに座りながら意気消沈する。ここは、目に見えない底流が存在する、物語《ストーリー》や、しがらみや、むなしさでいっぱいになった世界なのだと思い知らされる。ようやく少し理解できたと思ったら、新しいことが出てきて、わたしが新参者なのだと否応なく気づかされる。わたしはよそ者だと。

「その写真は、みんなで最後に集まったときのものなの」冷蔵庫のほうに歩いていきながら、エミリーが説明する。「独立記念日の七月四日にね。おかしいんだけど、ブランチからメッセージが届くんじゃないかって、いまでも思うの。それか、ビーがつぎの〈近隣美化委員会〉のことなんかでわたしにメールを送ってくるとかね」エミリーは首を振る。「あのふたりがいないことに、いつまでも慣れないわ」

ちょっと、こんな雰囲気になるなんて。こんなの望んでいない。わたしは、どこかにしがみつける岩が出っ張っていないかと慌てて探す気分になる。状況を好転させるなにかを探さないと。

残念なことに、わたしが唯一見つけられたのは、「〈近隣美化委員会〉って？」という質問だった。

いまとなっては、あんなことを言ってしまった自分を殺してやりたいぐらいだ。

エミリーの眉毛がわずかに上がって、目が見開かれる。「ああ、そういえば。しばらく打ち合わせをしていなかったわね……そうね、ビーとブランチの一件があってからはいちども。委員会もあのふたりがいないと、なんだか変な気分だもの。でも、これから夏になることだし、なにか計画しなきゃね。そう思わない、キャム？」

キャンベルはうなずいてスツールから降り、グラスをシンクに運ぶ。「そうね。地区の入り口の看板のそばの花壇ったら、まったくそひどいありさまよね」

昨日、その花壇のそばを通りがかったとき、すごく素敵だと思った。色鮮やかで、ちょっとワイルドで。でも、いまわたしはキャンベルに、ちょっと大げさなぐらいに同意している。「ほんとうにそうね！」

つかの間の沈黙が降りるが、若干長い。それで、自分が先走りすぎたことに気づく。「わたし、この地区には住みはじめたばかりですけど、委員会でお手伝いが必要なら、よろこんでします」

この地区の女性たちと花について話すのに時間を費やすなんて、考えただけで死にたくなるが、ビーがしていたことなら、わたしだってしたいはず。それに、彼女たちにわたしに慣れてもらいたい。わたしがすぐにここから消える人間ではないと、わかってもらうためにも。

キャンベルがそれに異を唱えたがっているのがわかる。わたしがエディの家の居候で、家の持ち主ではないとか、いまこの瞬間まで存在しなかったルールをでっちあげるつもりだ。彼女がどういうタイプの人間なのかは、よくわかっている。

でも、エミリーがわたしに満面の笑みを向ける。

「楽しくなりそうね！」

少し遅れてキャンベルもほほ笑む。歯をむきだしにするような感じで、わたしのほうを見ている。「すっごく楽しくなりそう」

12

五月

ガス灯風ソーラーライトなんかに千ドル以上も出すなんて、わたしには理解できない世界だ。

それなのに、わたしはいまここで、エディのSUVの後部にそういうライトの箱をいくつも積み込んでいて、わたしの財布に入っている彼のクレジットカードはぷすぷすと燻《くすぶ》っている。エディは気にしないってわかっている——〝エミリーがぜったいに必要だと思うものならなんでも〟買うように言われていた。でも、わたしはつい数か月前まで、ほぼ毎食インスタント麺とシリアルでしのいでいた人間だ。だから、たかだかライトを買うのに、〈ホーム・デポ〉のレジ係に「千二十三ドル七十八セントになります」と言われて、心が痛んだ。

わたしの〈近隣美化委員会〉第一週の滑り出しは、間違いなく順調だ。

これまでにエミリーの家でいちど打ち合わせが行わ

れた。集まったのは、五人だけ──エミリー、キャンベル、キャロライン、わたしが会ったことのなかったアナ・グレース、そしてわたし。一時間のあいだ、みんなほとんど白ワインを飲んでいるだけで、この地区にはどんなものが似合うのかだらだら話し、ようやく最後の十分になって、おしゃれなソーラーライトを設置してはどうかとエミリーが提案した。「花壇を照らしてくれるし、充分な数がそろえば歩道にだって使えるじゃない！」

わたしはばかみたいにライトの調達係に立候補したのだが、自分で支払いをして、ソーンフィールド・エステートまで荷物を運んでくることまで係の仕事に含まれるとは、気づいていなかった。

それで、いま、オレンジのエプロンをつけた男性が最後の箱を車にのせるのを手伝ってくれるそばで、わたしは週末まで待てばよかったと後悔している。エディとの楽しい外出になったのに。でも、水曜日の午後は、彼は仕事だ。最近は仕事に忙殺されている。なにしろ自分の請負業と、〈サザン・マナーズ〉の両方を経営しなければならないのだ。それで、ときどき夜遅くまで家に帰ってこない。

彼がいないと心細く感じるなんて、意外だった。家と車とお金さえあれば、孤独をそんなに感じなくてもすむと思っていたのに、この家は……とにかく広い。それに、家のなかはまだビーのものであふれていて、わたしの持ち物で存在感を主張できるようなものはなにもない。つぎは、この問題をなんとかしないといけないんだろう。

わたしはキーの小さなボタンを押して、SUVのテールゲートを下げ、運転席に向かおうとする。すると、「ジェーン」と呼ぶ声がする。

ビニール袋を提げたジョンが、まぶしい陽光に目をすがめてこちらを見ながら駐車場に立っている。

一瞬、ジョンの幻《まぼろし》かと思う。どうしてジョンがこんなところに？　でも、マウンテン・ブルック内のおしゃれなホームセンターはわざと避けて、ヴェスタビアの〈ホーム・デポ〉まで車を走らせてきたんだったと思い出す。こっちのほうが安いと思ったから。

昔からの習慣で。

そして、ジョンが働いている教会もヴェスタビアにある。それを思い出さないのは迂闊だったが、アパートを出て何週間も経っているから、ジョンのことなんてすっかり忘れていたのだ。

わたしはジョンを無視するが、車を解錠するボタンを押すはずが動揺のあまり警報装置を作動させてしまい、実際よりもひときわ大きく聞こえる警告音があたりに響き渡る。

「くそっ」わたしはつぶやき、どれでもいいから音を止めるボタンを押そうとする。ようやくどこを押せばいいかわかったら、ジョンがすぐそばにいるではないか。〝マウンテン・リンクス〟だの〝フレッシュ・アイスバーグ〟とかいう名前の、彼が使っている安物の制汗剤のにおいが嗅げるほど近くに。

「おまえとばったり会うとはうれしいぜ」ジョンが言う。わたしはあとずさる。肩甲骨がSUVのサイドミラーに当たる。

「あんたとばったり会って、わたしはまったく反対の気持ちだけど」そう答える。「だから――」

「おまえのことを尋ねる電話がアパートにかかってきた」

わたしは凍りつく。手の指先から麻痺しはじめて、それが腕まで広がる。でも、そんな反応をするのもばかばかしいではないか。電話をかけてきた人物は、だれの可能性だってある。〈ローステッド〉の人が復帰してほしがっているのかも。連絡先として、アパートの固定電話の番号を記入しなかったっけ？　それに、こちらに引っ越してきた当初、数え切れないほどの仕事に応募したではないか。それは随分前のことだけど、昔の願書が見直される場合だってある。可能性はいくらでもある。あいつらのはずがない。

とはいえ、わたしの内側の本能的な部分はすでに答えを知っていた。

「それで?」とわたしは言うが、口調にキレがなく、さりげなくそこに込めようとした〝そんなのぜんぜん興味ないし〟というメッセージも伝わらない。

わたしはいままさに追い詰められた気分で、おびえ切っている。

「フェニックスからかけてるみたいだったけどな」

わたしの胸で心臓がずんと重くなり、鼓動が速く、激しくなる。麻痺した感覚はいまや顔にまで広がり、わたしはふいに、口が開かないんじゃないかと不安になる。

「そいつら、ヘレン・バーンズって女を知ってるやつを探しているみたいだったぜ」

ジョンが唇をなめ、舌先がちらりとのぞく。わたしは、自分の反応を抑えきれないことや、ジョンにびびっている姿を見られるのが、いやでたまらない。ジョンにこの瞬間を提供しているのが、いやでたまらない。

でも、その名前は。

わたしはくるりと向きを変えると、手をドアに伸ばす。もうスマートキーなんかどうでもいい。わたしの車(〝エディの車でしょ。エディのだってば。ここにあんたのものなんて、なにもないじゃない〟)を解錠して、ジョンから逃げないと。

「おれはそんな名前の女は知らねえ」ジョンが続けて言う。彼のスニーカーの先がわたしの靴のかかとに触れ、スニーカーのゴムの部分がわたしの足首をかすめるほど近くににじり寄っている。

「でも、その男の説明を聞くと、おまえのことを言ってるみたいだったけどな。ヘレンはいま、二十代前半で、背が低くて、茶髪で、目も茶色。右腕に傷痕がある」

そこまで聞いて、わたしはジョンのほうを振り向く。彼と車に挟まれて、わたしの背中で金属とガラスが熱くなっているのがわかる。「それで、その人になんて言ったの?」

するとジョンが笑う。あの日エディにたいしてそうだったように、おどおどしてみじめな感じではない。服にはしみひとつなく、髪の毛は整えられている。そこでふと、恐ろしい考えが浮かぶ。ジョンはばったりわたしと会ったわけじゃない――はるばるヴェスタヴィアまでわたしを尾《つ》けてきたんだ。こうやってサシで話すために、彼の望みどおりにことが運ぶように。

そう考えると、彼と暮らしていたときにたびたび感じた気色悪さを上回る卑劣さだ。

ジョンはわたしの新しい人生にいるべき人物じゃない。彼や、フェニックスで起こったあれやこれやとは、永遠に決別しなければ。

ジョンはわたしの質問への答えを、つかの間と呼ぶには長く引き伸ばしている。そのあいだ、わたしの胃は重くなり、心臓は早鐘を打つ。ジョンなんてきらい、きらい、大きらいだ。

ようやくジョンは肩をすくめる。「おれじゃあ役に立てないって伝えた。そんな名前で、そういう特徴に当てはまる女は知らねえってな」

それを聞いてどっと押し寄せた安堵《あんど》感は甘美すぎて痛いほどだったが、すぐに、これでジョンに借りができたと気づいて口のなかの甘美さが台無しになる。

「もちろん、相手はおれの言ってることを全部信じたわけじゃない」両手をポケットに突っ込み、身体をうしろにゆらゆら揺すりながら、ジョンが先を続ける。このくそ男は、この事態を楽しんでいる。

「番号を教えておくから、なにか思い出したら電話してくれって言われた」

わたしを見下ろして、ジョンはにやりと笑う。「それでさあ、きょうおまえにばったり会ってちょうど思い出した――」

「なにが欲しいの？」

彼の瞳のなかでわずかな輝きが翳《かげ》る。きっと、この話し合いを長引かせたいのだ。わたしが窮地に追い込まれてうろたえる姿を見たいのだ。このあいだはわたしの目の前でエディがジョンをとっちめたから、今度はわたしが苦しむ番というわけだ。上等だ。ジョンにはほとんど満足感を与えずにこの状態を切り抜けたい。

「家賃が欲しいの？」わたしはハンドバッグに手を伸ばす。バッグのなかには札束が入っている――エディのお金ではなくて、わたしのお金。犬の散歩や盗んだガラクタを質に入れて得たお金で、バッグの底にずっと入れておこうと思っていたものだ。それは、決別した過去を思い出させてくれるもので、わたしはハンドバッグに二百ドル入っていても気にも留めず、使う必要すらない女になりたかったのだ。

わたしはその束を出して、ジョンの手に押しつける。

「ほら。〝二週間前の予告〟で払わなきゃいけない額以上ある。これで充分でしょ」

ジョンは目をぱちくりさせながら、しわくちゃになったお札を見つめ、それからわたしを見る。いったいこんな状況で、彼はなにを期待していたのだろう？

たぶん、自分でもわからないんだろう。

でも、お金目当てというわけでもなかったようだ。お札をポケットに押し込みながらも、彼がこの状況の主導権をなんとか握ろうとしているようすが伝わってくる。「ありがとよ」彼はようやくそう言って、笑顔になる。

「びっくりしたんだけどさあ、あのさ、おれの記憶、また消えちまったみたいだ」彼は指で自分の頭の横側をトントンと叩く。「記憶っておもしれえよな。消えたりよみがえったりするみたいだな」

ジョンはそのばかばかしいセリフを鏡の前で練習したにちがいない。いつもなら、わたしは相手に歯向かうところだが、今回はそのまま車に乗り込んで、震える手でイグニッションにキーを差し込む。

　バックミラーをのぞきこむと、ジョンが自分の車のほうへ歩いていくのが見える。わたしはハンドルの高さまで頭を下げ、鼻から深々と呼吸して、彼が視界から消えるまで待つ。

　ジョンはフェニックスのことも、ヘレンのことも知らない。あのいまいましいできごとは、わたしがジョンにグループホームで出会う何年も前のことだったから、状況が悪化して、どこにも行く当てがなくなったとき、彼のところなら安全だと思ったのだ。

　もしくは、まあまあ安全だと。

　でも、どんな場所も安全ではありえず、どんな人間も安全ではないと思い出すべきだった。

　エディ以外は。わたしは自分に言い聞かせる。**エディなら安全だ。ソーンフィールド・エステートは安全だ。わたしはいま安全なんだ。**


　それでも、わたしは車を運転して家にもどるあいだずっとバックミラーをチェックし続ける。

13

「あなた《ガール》、チーズストロー（米南部でよく食べられるチーズを練り込んだ細長い形状のクッキー）をもう一本食べたら、わたし死んじゃうわ」

　エミリーは皿をわたしに回しながら、チーズストローをもう一本つまむ。だから、彼女に死が差し迫っているとは思えないのだが、わたしは同情したようににっこり笑う。「わたしも」そう言って、やや長すぎる間があいたのちに〝ガール〟とつけ足す。

　ありがたいことに、エミリーはそれに気づいていない。わたしたちは彼女の家の居間の床に座っている。わたし、エミリー、キャンベル、アナ・グレース、ランドリーがいる。最後のふたりの姓は定かではなく、どの通りに住んでいるのかもまだ知らないのだが、アナ・グレースもランドリーもこれまでにソーンフィールド・エステートで知り合った女性たちとそっくりだ。かわいらしくて、スリムで、歯がきれいで、素晴らしい宝石を持っている。そして、わたしが到底真似できないカジュアルな服の着こなし。ほかの女性たちと一線を画すふたりの特徴は妊婦だということだ。ランドリーのほうがわずかに進んでいて、水色のトップスの下でお腹がふっくらしているが、アナ・グレースのほうは、昼食にピザを一切れおかわりしただけのように見える。さきほど彼女がエミリーに、女でも男でも子どもの名前は〝ヒリアード〟にするつもりだと話していたのを耳に挟んだので、わたしは床に座りながら彼女のふくれたお腹に同情のまなざしを投げかける。

はじめて出席した前回の話し合いに〈リリーピュリッツァー〉のワンピースを着ていったら、ほかのメンバーがレギンスにゆったりとしたトップスを合わせて、裸足の足を優雅に硬材の床に投げ出すなか、わたしだけぎこちなくソファに座る羽目になった。ちょっとフォーマルで、ぱりっとしたものがいいかと思ってワンピースを着ていったのに、どうやらまたしても外してしまったらしい。

でも、きょうのわたしはエミリーとほぼおそろいの格好だ。ふたりとも中間色の服を着ている。エミリーはサンドベージュのような色合いで、わたしはエッグシェルクリーム（この色を着ると、血色が悪く見えるということはわかっている）だ。でも、今回はアナ・グレースとランドリーが、わたしを招かれざる客のように見てはいないから、この点はクリアできたんだろう。

それとも、例のソーラーライトを買ってきて、レシートを提出するという野暮な真似はしなかったので、自分の価値をどうにか証明できたのかも。

いずれにせよ、きょうはわたしもエミリーととなり合わせで床に座っていて、エミリーのかたわらには彼女がコーヒーテーブルとして使っている布張りの大きなオットマンが置いてある。きょうはその上に大きな木のトレーが置かれていて、そこにのっている氷が入ったワインバケットのなかで、わたしたちの白ワインのボトルがいまちょうど汗をかいているところだ。きっとそのすべて――オットマン、トレー、ワインバケット、わたしたち全員が口をつける彩色グラス――が〈サザン・マナーズ〉の製品なのだろう。

　わたしはついそのことを尋ねそうになるが、いまこの場でビーを話題に出すことだけはぜったいに避けたい。ありがたいことに、最初の話し合いの席ではだれひとりとしてビーの話題を持ち出さなかった。わたしだって、わたしたちふたりがそれとなく比較対照される機会を自ら提供するつもりもなかった。

「それじゃあ」キャンベルが、先週買ったモノグラム入りバインダーを引っ張りだしてきて言う。「やさしいジェーンがロックスターみたいに、新品のソーラーライトを奮発してくれたの。ありがとう、ジェーーーーン」

　わたしはみなにほほ笑みながら、ワイングラスを掲げてみせる。「どういたしまして《ノープロブレム》！」元ルームメイトに〈ホーム・デポ〉の駐車場で脅迫されたことと、ライトみたいなくだらないもののためにエディのクレジットカードが千ドル以上の損失を計上したことを除けば、まったく問題ない《ノープロブレム》。

「それから」ページを指でめくりながら、キャンベルが続けて言う。「アナ・グレースによると、義理のお父さまの造園会社が正面エントランス用に芝生を寄付してくださるそうよ」

　キャンベルは胸に手を当てて、わざとらしく悲愴《ひそう》な面持ちをつくって頭をかしげる。「あなたたって、〝生ける天使〟ね」

　アナ・グレースなんて、電話一本かけただけで、無料でくそみたいなものを手に入れただけじゃない。そんなんで天使の地位を手に入れるのにふさわしいとは思えないけど。でも、わたしになにがわかるだろう。

　皿からチーズストローをもう一本つまむ。ジョンとのことがあったばかりで気が立っているせいで、普段よりも意地悪になっている。しなければならないのは、わたしも仲間なのだとこの女性たちに証明してみせることで、彼女たちをライバル視することではない。それは肝に銘じておかないと。

　キャンベルは深く座り直して、バインダーに戻る。

「オーケー、これでわたしたちの夏の目標はほとんどクリアしたわ。先に進んで秋のことを考えてもいいわね」

「あなた《ガール》、〝ママ〟って言葉を口にしたら、わたしは出ていくわよ」ランドリーが目をぐるっと回しながらそう言うと、そこにいる全員が笑いだす。

　わたしも笑う。ただし、またしても一テンポ遅れて。どうにか理解できるのは、彼女たちの言葉が外国語みたいだということ。

「いいえ、〝ママ〟なんて言わないから。ベタすぎるのはダメよ、ランドリー」キャンベルはほほ笑んで、ランドリーを安心させる。それから両手を組んで顎をその上にのせる。指には指輪がきらめいている。「フットボールがらみでなにかおもしろいことができないかしらと考えているの。花壇の半分は赤と白にして、もう半分はオレンジと青にするとか」

　それを聞いてほかのメンバーからどよめきの声が起こる。わたしはにこやかにあたりを見回す。でも、またしてもなにがどうなっているのか、さっぱりわからない。

　ランドリーはわたしの表情に気づいたにちがいない。少しにやっと笑って、身を乗りだしてくる。「〝アイアン・ボウル〟のことよ」それですべてが説明できると言わんばかりの口調だ。それを聞いて、わたしは相変わらずほほ笑みながら、困ったように両眉を上げる。まだくそみたいに途方に暮れて。

「あなたは〝バマー〟、それとも〝バーナー〟？」ワインボトルをバケットから引き出しながら、アナ・グレースが尋ねる。でも、ボトルはほとんど空になっていたので、エミリーが舌打ちしてキッチンに向かう。

「ジェーンは南部出身じゃないから」キャンベルがリストにチェックマークを入れながら口を開く。それから、わたしをちらっと見上げる。「オーバーン大学とアラバマ大学よ。このあたりでは大きな大学で、フットボールの宿敵どうしなの。ほとんどの人が生まれたときから自分はどちらの味方か宣言しているわ」

「ランドリーとわたしはアラバマ大出身でね」アナ・グレースが口を挟む。「だから、〝ロール・タイド〟（「潮をうねらせろ」の意。アラバマ大学の運動部を応援するときの掛け声）って叫んで応援するのよ」

「で、わたしはオーバーン大の卒業生だから」栓を抜いたワインボトルを手にキッチンから出てきたエミリーがつけ足す。「掛け声は〝ウォー・イーグル〟（「闘いのワシ」の意。オーバーン大学の運動部を応援するときの掛け声）なの」

　わたしはエミリーに勧められてワインをおかわりするが、頭がくらくらしてくる。なんでカレッジフットボールなんか気にしなきゃいけないわけ？

「あなた、どちらの大学を出ているの？」アナ・グレースに訊かれる。

　彼女はキャンベルやエミリーよりもぱっとしない雰囲気で、顔の印象もちょっと骨ばっていて、髪も白い肌には少々きついブロンドだ。彼女が腕を組むと、手首につけているブレスレットがカチャカチャ鳴る。わたしはそれを手に入れたくなる衝動を抑えなければならない。わたしが買えるものではなく、彼女がつけているものが欲しくてたまらなくなる衝動を。

　はったりをかまそうかと考える。彼女たちが聞いたことのない、適当な大学をでっちあげて。でも、すでにたくさん嘘をついたし、アナ・グレースがこちらを見る表情から察するに、彼女は家に帰ったらグーグル検索するか、その大学に行っていた友達をでっちあげる気だ。わたしがうろたえるようななにかを仕掛けてくるはず。

それで、わたしは……そう、真実ではないけど、それに近いと思われることを伝えた。「わたしはまずコミュニティ・カレッジに通って、それからオンラインで講座をとったの。たくさん働いていたから、そのほうがスケジュール的に都合がよくて」

「そう、キャンベルとエミリーから、あなたがドッグウォーカーだって聞いていたけど？」

アナ・グレースは質問口調だが、実際のところ質問なんかではない。

わたしはにこやかに笑う。「ええ、間違いないわ」

「で、それがきっかけでエディと出会ったの？」

「まあね」わたしは欲しくもないチーズストローをもう一本つまむ。ぼろぼろになったかけらが、わたしの真新しいベージュ色のレギンスに脂《あぶら》っこくて濃い色のしみをつけている。それに、だれがつくったのか知らないけど、赤唐辛子を入れ過ぎだ。鼻につーんと来て、もう少しで涙が出そう。

「まあ、もし犬を散歩させるだけで、妻に先立たれた、セクシーでリッチな男に出会えると知っていたらねえ。あんなあほくさいデートアプリなんか使わずにすんだのに」ランドリーが口を挟む。わたしはふと、数か月前にエミリーとキャンベルが、彼女の医師をしている夫が製薬会社の営業社員と不倫していたと噂していたときに、彼女の名前をよく聞いていたことを思い出した。

「たまたまラッキーだったのよ」わたしはつくり笑いを浮かべてそう言う。それでも、ほかの人たちにたいするときのような謙虚さの皮をうまくかぶれない。それは、彼女がわたしを見る目つきのせいかもしれないし、そういうくだらないことをするのに飽き飽きしたせいかもしれない。ねえ、わたしはここにいるでしょう？　それだけじゃ足りないの？

「バーミンガムに来る前はどこにいたの？」もたれかかっていたソファのクッションをふかふかにしながら、ちょっと背筋を伸ばして座り直しながらランドリーが尋ねる。

そういう質問が来ると覚悟していたし、そうなったらごまかして切り抜けようと思っていた。「まあ、それは、ほんとにいろいろな場所を転々としてたわ」わたしは肩をすくめながら答える。「わたしの家族はしょっちゅう引っ越してたから」

実際には、さまざまな家族に預けられて、しょっちゅう引っ越しをしていたのはわたしだけだ。こちらの親戚の家。あちらの親戚の家。そして、里親の家。それから最後の、フェニックスの家。

そのことを思い出しただけで、わたしの口のなかでワインが酸っぱくなり、胃の調子が突然おかしくなる。それで、わたしは手にしていたグラスをトレーに戻すが、トレーのへりにグラスをぶつけそうになって、危うくピノ・グリージョをあたりにぶちまけるところだった。

「いままで南部に住んだことがなかったのは、確かね」わたしはもういちどにっこり笑って、その場の気まずさを取り繕おうとする。「でなかったら、〝ロール・タイド〟のことは、〝ウォー・イーグル〟から聞いているはずだし」

それで、わたしの狙いどおりにみんなが笑ってくれる。花や応援旗やその他彼女たちが望むしょうもない話題に戻ってくれたらいいのにと思う。わたしを話のネタにするのをやめてくれたら、芝生を照らすくだらないライトにもう千ドル出したっていい。

「でも、あなたにはこのまま南部に残るつもりでいてほしいわ」やたらと甘ったるい声でランドリーが話しかけてくる。「あなたとエディはいまや……」

彼女は片手を振って、そこで言葉を切る。

とげとげしい口調ではなかったし、ランドリーの視線はアナ・グレースの目つきのような、探るようなものとはかけ離れているが、単刀直入に質問するのをためらっている感じが伝わってくる。

すると、じっと考えていたキャンベルが口を開く。

「彼はどうして関係を進めてあなたを妻にしないのかしらね、ガール」

「ほんとよね」自分にワインを注ぎながらエミリーがうなずく。「これからもあなたと一緒に暮らすつもりなら、せめて指輪をはめておかないと」

「ケイレブは結婚前にわたしと同棲したがったのよ」

アナ・グレースが首を振りながらそう言うと、ポニーテールが揺れて彼女の背中をかすめる。「でもわたしは〝そんなの、ありえない！〟と思ったわ。そもそも男性が女性に妻になってほしいのなら、まずはその女性を妻にしてあげなっくちゃね」

ほかのメンバーはそれに同意してフンフン言っている。わたしは、木曜日の真っ昼間から飲んでいる女たちを見回す。どうやらここにいる全員が、〝結婚すること〟が女にとっての成果の極みと考えているようだ。

それで、わたしはようやく事情が呑み込めた。

どんなに地域の委員会に参加して、ふさわしい格好をして、フットボールとかくだらないことに詳しくなって、ふさわしい発言をしたとしても、どれもまったく意味がない。

エディがプロポーズしてくれないかぎり、わたしは彼女たちの仲間にはなれないのだ。

14

あれから一週間、わたしはどうにかしてエミリーやキャンベルや、彼女たちにまつわることを頭のなかから締め出し、手にしている以上のものを欲しがる気持ちを抑えようとしている。いまわたしが手にしているものは、しょせんは桁《けた》外れの宝くじに当たったようなもので、これ以上欲を出せばいずれ痛い目に遭うということが、これまでの経験で身に染みている。でも、それはわたしの皮膚の内側でむずむずする――彼女たちがわたしを見る目つき、数々の質問、冗談めかした侮辱。

しかも、ソーンフィールドの女性たちだけではない。ジョンだって、彼に電話をかけていろいろ聞き出そうとした人物だってそう。あの日、〈ホーム・デポ〉の駐車場でジョンは望んでいたものを手に入れたんじゃないだろうか――偉そうな態度をとって、わたしが恐れと不安に襲われるようすを眺めるだけでは飽き足らず、話の流れで二百ドルもせしめたのだから。あいつにはそれで充分だったはず。奇妙に聞こえるかもしれないけど、だからこそわたしは彼のことを信じる。

まあ、〝信じる〟だと語弊があるか。

あいつのことを〝よくわかっている〟と言ったほうがいい。ジョンみたいな人のことは。生まれてからずっと里親制度のなかで育ち、グループホームやシェルターで顔を合わせるわたしたちは同類だ。ジョンはわたしを尾けたかもしれないし、そのうちいやがらせの電話をかけてくるかもしれない。でも、わたしを警察に突き出すような真似だけはしないだろう。

というか、ジョンがそんなことをするとは思えない。ミセス・ロチェスターの地位を手に入れれば、そういう脅威からわたしを守る壁が厚くなる気がする。ジョンだって、エディを巻き込むと考えたら、そんな所業に及べるわけがない。

だから、それが計画《プラン》だ。わたしの新しいプラン。

エディと一緒に暮らしているだけではだめなのだ。ガールフレンドになったぐらいでは、とても入り込めない。妻にならなければ。

そのためには、まずは婚約者にならないと。

だから、それからの数日間、わたしはエディをじっくり観察する。男性がプロポーズを考えているときどんなそぶりを見せるものなのか、わたしにはさっぱりわからない——これまでの人生で婚約した人に出くわしたことなんてなかったから。わたしがつき合ってきたのは、独身を貫いている人か、すでに結婚している人ばかりだった。そして、こんなことを思うのははじめてではないけれど、友達がいたらいいのにと思う。ひとりでいいから、真実をなんでも知っている相談相手がいたら。

でも、わたしの場合、頼りになるのは自分だけ。

＊

委員会の話し合いから一週間ぐらい経ったある日、早い時間に仕事から帰宅したエディに、アデルを連れてカハバ・リバー・ウォーク公園に行かないかと誘われる。

その公園はわたしたちの住んでいるところからそれほど離れておらず、つき合いだしたころ、彼によく連れてきてもらった場所だ。川の流れに沿って遊歩道が蛇行し、木陰がたくさんある閑静なその公園はわたしのお気に入りで、彼にそう言われてすぐに気持ちが明るくなる。

その公園がわたしのお気に入りだと彼は知っている。以前一緒によく訪れた、わたしたちにとって特別な場所。

それに、エディが早い時間に帰宅するなんて、これまでいちどもなかった。

もしかしたら、わたしがなにも手を打たなくてもプロポーズしてくれるのかもと考えただけで、くらくらしてきて、車から降りるとき、わたしは足の裏に力を込めて跳びはねんばかりになる。

エディは笑いながらわたしの手を取る。アデルはわたしたちの前を走り、リスに向かって吠えている。

「うれしそうだね」とエディが言う。わたしは身を乗り出して、彼の頬にキスする。

「ええ、うれしいわ」

心からそう思っている。でもそれは、エディが川沿いのベンチにわたしたちを座らせて、携帯電話を取り出すまでのこと。

「すまない」わたしたちの足もとでアデルがあえぎながら体をばたつかせるなか、彼は言う。「送らなきゃいけないメールが何通かあって、きょうじゅうに片づけないといけないんだ」

公園で過ごす優雅な昼下がりもここまで。エディがメールを打つあいだ、わたしは汗ばみ、いら立ちながらベンチに座っている。川では男性がふたり、カヤックに乗っている。散歩している人もいる。トレーニングショーツとぴったりしたTシャツ姿の女性がふたり、通り過ぎざまにエディをちらっと見るのがわかる。ビーみたいにつやつやした髪とくびれたウエストをしたブルネットのほうがわたしを見て、〝ふん、どういうことよ〟とでも言いたげだ。

わたしの顔がかあっと熱くなるのは、気温のせいだけではない。わたしだって座りながら考えている。ちょっと、どういうことなの？

エディは相変わらず携帯と向き合っている。それで、わたしはほのめかし作戦に出ることにする。

「マニキュア塗らなきゃ」わたしは顔の前で指をくねらせながら、ため息交じりにつぶやく。「このあいだエミリーの家にお邪魔したとき、みんなのきれいな爪ばかり気になっちゃって。あの人たち、きれいな爪で、宝石をじゃらじゃらとつけているのよ。わたしだったら、指輪を二つ以上つけたらもう落ちつかないけどね」

わかっている。最後の部分はほのめかしレベルを超えているが、なにしろ非常事態なのだからしかたがない。

それを聞いてエディはふふんと鼻で笑う。でも、顔は上げない。「あんなに宝石を身につけるのは悪趣味だってビーはいつも思っていた。彼女たちはほとんど一日じゅう家にいるんだから、なおさらだよ」

「ええ、そうね。わたしもべつにダイヤモンドに囲まれて暮らしたいわけじゃないんだけど、爪はもっとお手入れしなきゃ」

相変わらず携帯を見つめたまま、エディはわたしの手を取ると、ぼんやりしてわたしの指を唇に運ぶ。

わたしの爪のことなんてそんな風に考えたことがなかっただとか、気づいていなかったとか言わせたかったのだが、彼はそんなことは言わずに、「それならヴィレッジに評判のいい店があるよ」と言う。

わたしはうなずいて、手を引っ込め、シャツの裾を指でいじくる。「そこはビーが通っていた店なの?」わたしがそう言うと、ようやくエディがこちらに注意を向ける。

エディは画面から顔を上げて、目をしばたたかせている。「ぼくが知るかぎりではね、そうだよ。このあたりの女の子《ガールズ》はみんなその店に行ってる」

「〝女性《ウィミン》〟でしょう」と言うと彼が顔をしかめたので、わたしはちょっと背筋を伸ばす。「だって……あの人たちは少なくともみんな三十代でしょう。女の子じゃないわ」

彼の顔がぱっと明るくなって、わたしが見たことのない笑顔になる。

それはセクシーなにたにた笑いでも、わたしが彼を喜ばせることを言ったときのような上機嫌で唇をねじるのとも違う。それは……わたしの発言を大目に見るというか。

どこか上から目線。

なんだかむかつく。

「そうだね、すまない」彼はそう言って、携帯に戻っていく。「女性だ」

「ねえ、あなたはわたしより年上で、世の中のこともわたしより知ってるって、わかってる。でも、そんな上から目線はやめてほしいの」思わずそんな言葉が口をついて出る。素のジェーンではなくて、彼が望むようなジェーンにならなきゃと思っても時《とき》すでに遅し。

でもそれから、エディはときどき素のジェーンも好きなんだったと思い出す。

彼は携帯を下ろして、わたしとしっかり向かい合う。

「ぼくはいやなやつになっていたね？」

「まあ、ちょっとは」

すると、エディは彼らしく笑って、もういちどわたしの手を取り、ぎゅっと握る。「すまない。いますごく忙しくてね。でもきょうはきみとゆっくり過ごしたかった。きみを家から連れ出したかったんだ。ここ一週間ぐらい、なんだか元気がなかったから」

ジョンとばったり会ってから。

わたしは座ったままで頭を働かせる。なんて言ったらいい？　どこまで打ち明ければいいかな。目の前にチャンスが、きっかけが転がっている。真実のなかにささやかな嘘をしのばせる好機が。もしかしたら、指や指輪のことをほのめかすよりもずっと早く、望んでいるものが手に入るかも。

「それはきっと、わたしたちの関係がこれからどうなるのか、考えていたせいじゃないかな」わたしがそう言うと、彼は顔をしかめ、眉間に深いしわが刻まれる。

川ではカヤックの漕ぎ手が相方に呼びかけていて、ジョギングをしている別の女性二人組が、わたしとエディをちらっと見ながら、目の前を通り過ぎていく。

「あなたと一緒にいるのが、いやってわけじゃないの」わたしは続ける。「わたしはこの暮らしを気に入っている。心から。でもね、生まれてからほぼずっと施《ほどこ》しの対象として生きていると、そういう気持ちに耐え切れなくなるものなのよ」

エディは携帯を置き、背筋をすっと伸ばして座ると、膝のあいだで両手を組み合わせる。「それ、どういうこと？」

わたしは目の前を流れる川を見つめ続ける。遊歩道をベビーカーを押して歩く家族連れを、たがいの腰に腕を回すカップルを見る。

「わたしが住んでいた場所を見たでしょう？　あなたと出会う前、わたしがどんな人生を送っていたか、わかったでしょう。わたしは……ここに溶け込んでいるとは思えない」

それを聞いて彼は苦笑いする。「まただ。きみの言っていることがさっぱりわからないよ」

わたしはサングラスを頭に上げて、彼のほうに身体を向ける。

「わたしがエミリーやキャンベルとは違う――」

「きみに彼女たちのようになってほしいわけじゃないよ」エディがわたしの手を取りながら言う。「ぼくがきみを好きなのは、きみが彼女たちみたいじゃないからだ。きみが……」彼はそこで言いよどむ。生唾をごくりと飲んで彼の喉が動くのがわかる。

〝きみがビーじゃないから〟と言いたいのだ。わたしにはわかる。急に日をそらした彼の態度がなにかを伝えているとしたら、わたしがそれを理解していることを、彼もまたわかっている。でもそこではじめて、だったらどうしてそんなことを言いかけたのか、わたしは気になる。エディはビーを心から愛していたはず。じゃあなぜ、わたしがビーとまったく違うことが、それほどうれしいのだろう。

「申しわけない」彼はわたしの手をぎゅっと握る。「ぼくがきみにどれほどここにいてほしいのか、ちゃんと伝えられていなかったとしたら申しわけない。ぼくがどれほどきみのことを必要としているか、それから、そう、きみがここに溶け込んでいることも」

こちらを振り向きざまに、彼が首をすくめたので、わたしたちの額はぶつかりそうになり、彼の唇がわたしの唇をかすめそうになる。「きみが好きでたまらないんだ、ジェーン」彼がそうささやくと、わたしの背骨を電流が突き抜ける。わたしの顔にかかる彼の息は生温かい。「それがいちばん大切じゃないか。エミリーとかなんだとか、そんな近所のしょうもないこと、なんでもないさ。ただの雑音だよ。これが」彼はわたしたちのつないだ手を持ち上げて、ぎゅっと力を込める。「これが現実だ。これがいちばん大切なもの」

エディはわたしの拳にキスをする。わたしはじっと息を殺して待つ。プロポーズの瞬間というものがあるとしたら、まさにいまだ。暮れなずむ公園で、彼がそんな風にわたしを見つめ、わたしは大きく目を見開いた魅力ある女性のふりをする必要すらない。わたしが手に入れたかったのはこれだと、どうしてもっと早く気づかなかったんだろう？

それなのに、彼はわたしたちの手を下ろすと、身体の向きを変えてため息をつく。「でも、ぼくもそんなに留守ばかりしないようにするよ。いいかい？〈サザン・マナーズ〉は、ケイトリンにもっといろいろなことを任せよう。二つの事業の面倒を見るのは、ほんとうに骨が折れるよ。でも、いまはどちらもほったらかすわけにはいかないから。それはわかってくれるね？」

わたしはまだそこに座ったまま、指に触れたエディの唇の感触の余韻に浸っている。どうしてその瞬間は遠ざかってしまったの？わたしたちはなぜ彼の仕事のことなんかに話題を戻して、婚約していないの？それで、わたしはただこくりとうなずいて、なんとか弱々しく「ええ」と絞り出すことしかできない。

咳払いをして、首をちょっと振る。ほら、ジェーン、しゃきっとしなきゃ。

わたしは身体をぐっと彼に寄せ、片腕を彼の肘にくぐらせて、頭を彼の肩にもたせかける。お腹には重くて固い失望が居座っている。それは、ミセス・ロチェスターとしての地位を確実にするという目標が遠ざかったと感じているせいだけではない。

心から、エディにわたしを求めてほしいのだ。

わたしはエディが欲しいのだ。

15

つぎの〈近隣美化委員会〉はエディの家で行われる。

わたしの家。ときどき、そんな風に思う。でも、思うのと実感するのはまったく別もので、話し合いが終わって空のワイングラスをシンクに運んでいると、どうしても振り出しに戻ったように思えてくる。家の女主人というよりも、召使いになった気分。

その日の話し合いはほとんど中身がないもので、奥様連中が会を開くことに賛成したのは、この家にまた入れるチャンスだったからだろう。ピンタレスト（ネット上の画像を集めておけるサービス）のボードだの、〝お祭りの秋の楽しい飾り〟だのについて話しているあいだ、彼女たちの目は、なにがなくなって、なにが新たに加えられたかを数え上げているようだった。

ほかの女性たちが帰ったあとも、キャンベルとエミリーは片づけを手伝うという口実で居座っているが、もっと詮索したいという動機が見え見えだ。

「この家、とても素敵ね」白ワインのボトルをリサイクルボックスに投入しながら、キャンベルが言う。「あの、いままでも素敵だったけど、なんとなく前よりも明るくなったというか。そう思わない、エム？」

エミリーは自分のグラスに残ったワインを飲み干しながら、ふんふんと同意する。

「同感ね」

彼女たちが最後に来たときから、この家が変わったはずはない。写真が何枚か片づけられたかもしれないが、わたしはなにも模様替えに夢中になっていたわけではないのだから。

彼女たちが単に愛想よくしているのか、それとも探りを入れているのか、わたしにはさっぱりわからない。だから、こっちも少し探りを入れることにする。

「素敵なものばかりだったから、あまり手を加えたくなくて。ビーのセンスって抜群だったのね」効果音として、はにかみ気味の短い笑い声をつけ加える。「ま、それが彼女の専門分野だったんでしょうね。抜群のセンスの持ち主であることが」

エミリーとキャンベルは顔を見合わせるが、わたしは気づかないふりをする。

「彼女はどういうものを合わせればいいか、よく知っていたから」キャンベルはようやく同意すると、キッチンカウンターまでやってきて、わたしのとなりに立ち、大理石の天板に両肘をつく。「でも、正直なところ、わたしはブランチの家のほうが垢抜けてるって思ったな。気を悪くしないでね、ジェーン」彼女は慌ててそうつけ加える。わたしはイングラム家を思い出しながら、〝いいのよ〟と手を振る。確かに、あの家には垢抜けた感じのものがいくつか置いてあった。でも、おそらくトリップのせいで全体的にどんより薄汚れた感じになって、わたしにはそれがわからなかったんだ。

「ねえ、覚えてる？　ビーの居間が《バーミンガム・マガジン》のクリスマス特集で大々的に取り上げられたときのブランチの怒りようといったら」キャンベルがそう言うと、エミリーがわたしのほうをさっとうかがうのがわかる。

「ブランチはクリスマスにやたらとこだわっていたわね」エミリーがそうやんわりと答えると、キャンベルは顔をしかめる。

「ブランチはビーにこだわっていたのよ」

キャンベルは耳に髪をかけながら、わたしのほうを向く。「ごめんなさい。あなたのキッチンにいるっていうのに、昔の噂話なんか蒸し返したりして」

「気にしないから」わたしはそう答えるが、それは本心だ。そういう話を聞くと、わたしが思い描いていたビーやブランチとは違う姿を垣間見ることができる気がするからどんどん話してほしい。ビーがどんな人だったか、わたしなりにちゃんと理解できたら、彼女がまだこのあたりにいるような気はしなくなるだろう。彼女が角の向こうからいまにも現れるんじゃないかとは感じなくなるだろう。

ときどき、そんな風に感じるのだ。つい先週も、配達トラックが生花を届けにきた。ビーの発注がいままで継続していて、エディがキャンセルしないから。

彼女が姿を消してから一年近く経つというのに、わたしの家の玄関に置いてあるテーブルに百合とマグノリアの花を手配したのは彼女で、わたしはその前を通るたびに、彼女の姿を見逃したのではないか、ふと彼女が姿を現したのではないかと思ってしまう。

でも、いまエミリーとキャンベルはふたりとも首を振っている。「いいえ、わたしたち、きょうはあなたに迷惑ばかりかけたから」エミリーはカウンターまでやってきて、わたしの頬にキスをする。「会場を提供してくれて、ありがとう！」

「いつでもよろこんで」わたしがそう答えると、キャンベルはほほ笑んで、わたしの腕をぽんぽんと叩く。

「あなたはとてもやさしいのね。エディにきょうここで話し合いをさせてくれてありがとうって、忘れずに伝えてね！」

ほーら、きた。彼女たちだって、ここがわたしの家だとは思っていないのだ。

ふたりを玄関まで送るあいだ、わたしの笑顔は引きつっている。こんな風にあからさまにしないといけないのは不本意だが、どうやらわたしには選択肢が残されていないようだ。すべてがゆっくりと確実に、音を立てずに消えはじめているのがわかる。エディとの婚約が早々に成立しなければ、この地区の女性たち相手に手に入れたわたしの立場が危うくなる。

だから、その約一時間後にエディが帰宅したとき、わたしはiPadを手にソファに座っている。

わたしがそうすると思っていたとおり、彼はソファの端に身をかがめて、わたしのこめかみにキスをする。「ぼくの彼女《ガール》はここにいた」そうつぶやきながら。彼が画面に目を落としたのがわかる。

わたしの背後で彼が身をこわばらせたから。

「UCLAだって?」

iPadを隠したり、おどおどしたりせずに、わたしはただ肩をすくめる。この作戦を成功させるには、わたしが本気だと思ってもらわないと。

「大学院に行こうかと考えているって話したじゃない」

彼は身を起こして背筋を伸ばす。ソファの肘掛けに置かれたままの彼の拳は真っ白になっている。「カリフォルニアに?」

わたしは脚を床に下ろして、身体をよじり、エディを見上げる。「エディ、あなたのことは愛しているわ。ここでの暮らしも。あなたと一緒にいることも。でも、自分のことも考えないと。それはわかるでしょう」

彼はあとずさって、胸で腕を組む。「そうなのか。でも、ぼくは……ここにいてほしいとはっきり伝えたと思ったんだが。ここがきみの場所だと。ぼくと一緒にいる場所だと」

わたしは立ち上がって彼と向き合い、顎をくっと上に傾ける。「生まれてからほとんどずっと、自分だけを頼りに生きてきたの。愛しているってみんな口では言っても、結局は約束なんて守れないのよ」

もう一歩、彼に近づく。彼の手首に触れる。「わたしは自分だけが頼りなの、エディ。それを身をもって知ったの。わたしが計画を立てるからって、あなたには責める権利はないわ。わたしはそうやって生きてきたんだから」

彼の顎の筋肉が動く。わたしはほとんど息を止めて、じっと待つ。

彼はくるりと向きを変えて、寝室のほうに歩み去る。わたしの内側ですべてがずしんと沈む。

台無しにしてしまった。焦って強引に押しすぎたのだ。エディはわたしを捨てるつもりだ。なんてこと、大学院になんて行けやしないのに。カレッジだって卒業してないんだから、わたしが——

エディが部屋に戻ってくる。手のなかにベルベットの小箱があるのが見える。

感情の急激な起伏にわたしは目まいがしそうになるが、彼はさっとわたしの前に来ると、片膝をついて、その箱を開ける……

「結婚してほしい」かすれた声でそう言う。

わたしの目は、差し出されたきらきら輝くエメラルドの指輪に釘づけになる。大ぶりな緑の石をダイヤモンドがぐるりと囲んでいる。

「何週間も前にこうすべきだった」彼は続ける。「ずっとこうしたかったんだ」

「そうでしょうとも」わたしが震える声でそう言うと、彼もちょっと笑う。こちらに手を伸ばしてわたしの手を取る彼の表情もリラックスしている。

「お願いだ、ジェーン。ぼくの妻になってくれ」

彼はわたしの左手に指輪を滑り込ませる。金属はなめらかで光沢があり、年月のなかで磨きがかかっている。やや小ぶりな指輪ではあるが、申し分ない。

自分の手にはめられたその指輪をわたしはじっと見つめる。こんなに華やかな宝石が、わたしの地味で、ずんぐりした指にはめられているなんて。わたしの爪はまだちょっとギザギザで、薄ピンクのマニキュアは剝がれかかっている。そのうえ、わたしの肺には空気が入ってないみたいで、心臓は胸から飛び出してしまいそう。このうれしさを、勝利を、〝すっげー、やったじゃん〟という気持ちを自分に伝えたくてたまらない。でも、これはそれ以上のもの。

そんなことよりも、もっとずっと素晴らしいもの。だからこそ、わたしは怖くなる。生まれてはじめて、これだけのものを望んでもいいと言われた気になる。これを受け取ってもいいのだと。

「もう、なんてこと」わたしがささやくと、エディが片膝をついたまま、にやっと笑う。

「それって〝イエス〟ってこと?」

わたしは彼を見る。その素晴らしい硬材の床に片膝をついている彼の端整な顔立ちを、青い瞳を。それから、こくりとうなずく。

「イエス」そう答えると、彼は床からがばっと立ち上がって、わたしを両腕で抱きしめ、激しいキスを浴びせる。そのせいで、わたしの内側でなにかがスパークする。わたしはすぐさま彼をソファに押し倒し、服を引っ張って彼に覆いかぶさる。

それから、わたしたちはわずかに汗ばみながら、重なり合ったままでそこにじっと横になる。ふたりとも服は半分着ているが、半分脱げている。わたしは彼のうなじの、湿り気を帯びた髪をもてあそぶ。

「もっと雰囲気のあるところでプロポーズすればよかったね」わたしの鎖骨に向かって、彼がそうつぶやく。

「ディナーに連れていったりして」

「でも、そうしたら、こんなことできないじゃない」太ももを彼に押しつけながら、わたしは指摘する。

「できるかもしれないけど、レストランの人に、出てけ、二度と戻ってくるなって言われる気がする」

彼は軽く笑ってから顔を上げ、わたしをじっと見つめる。

「ほんとうにいいのかい?」そう念を押す。「ぼくと結婚しても。こんなやっかいな男なのに?」

わたしも身を起こして、彼の唇にそっとキスをする。

「わたしがあなたと結婚するのは、あなたがやっかいな男だからよ」そう答えると、彼はまた笑って、わたしにまたもたれかかる。彼の肩越しにわたしの指輪がちらりと見える。

ミセス・ロチェスターなんだ。

16

婚約した。

正真正銘の婚約。

わたしは婚約指輪を飽きもせずに眺める。指輪が陽の光を受けてきらめくようすを眺め、ひんやりとした重さを指に感じる。

きらびやかではあるが、奇妙なことに、これは単なる指輪以上のものだ。

それは、わたしがプロポーズを望むようになる前から、エディがこれを用意していたということを教えてくれるもの。

彼はこうなってほしかったのだ。彼はわたしを選んだ。

わたしを選んでくれる人なんて、これまでだれもいなかった。ずっとたらい回しにされて、じろじろ見られる人生を送ってきたわたしが、いまこれをはめているなんて。

ヴィレッジのブライダルショップの前は何度も通っている。それは、小さなモールやショッピングセンターに入っている、大きなドレスショップとは別ものだ。繊細なレースやシルクの品が飾られている厚い一枚ガラスのショーウィンドウを眺めては、女の子らしい女ではないわたしも、なんだか、そう……うらやましい気持ちになっていた。

だから、その店のドアを開け、頭上でベルがチリンチリンと鳴っているいまこの瞬間も、わたしの胸はときめいている。

　店内には天井照明がなく、巧みに配置されたランプと、大きなウィンドウ、そして天窓があるだけだ。そして、ドレスはといえば、何列も並んだラックに、重いスカートやビーズのついたボディスがぎゅうぎゅうに吊り下げられ、あまりにごちゃまぜすぎてなにがなんだかわからない状態にはなっていない。

　それどころか、ワイヤーでできた古風なトルソーに着せてあるドレスがあるかと思えば、いかにも花嫁が脱ぎ捨てて、近くの衣裳簞笥《だんす》にかけておいたような風情で、アンティーク家具にふわりとのせられているものもある。

　ここは、ドレスになにかをつけられたり、ぐちゃぐちゃにされる心配など無用の店なのだ——こういう店で買い物をする人はそんな行儀の悪いことはしない。だから、安っぽいブライダルショップのように、薄汚い手からドレスを守るビニールを大量に用意する必要もない。

　こちらに近づいてくる女性は、やわらかいブロンドの髪を上品なシニョンにまとめて、写真のなかのビーを彷彿《ほうふつ》とさせるような服を着ている。それは、上品であると同時に女っぽさも感じさせるいでたち。光沢のある黒のシースドレスに真珠を合わせ、かかとに明るいピンクの小さなリボンのついた千鳥格子柄のパンプスを履いている。

　名前はハントリー。いかにも、という感じ。

　彼女がわたしの指輪に目を落とすのがわかる。このハントリーなら頭のなかで計算ができないほど鈍いはずがないとわかってはいても、彼女がほほ笑むとわたしはほんの少し温かい気持ちになる。

　挙式当日を夢に見る女の子がたくさんいることは知っている。でも、わたしはいちどもそんな夢を見たことはない。それが実現可能な領域からあまりにもかけ離れていたからかもしれないし、それよりももっと深刻な不安があったからかもしれない。でも、どうやらわたしはこういうくだらないものが、大好きらしい。

わたしはハントリーと店のなかを歩き回って、白とアイボリーの色味についてや、エッグシェルとクリームの色の違いについて話し、髪はアップにするのかダウンにするのか、それによってどんなヴェールの選択肢があるのかについて話す。わたしに見せようと、布地のサンプルがぎっしり詰まった本をハントリーが持ち出してきたので、わたしは気が遠くなりかける。

店をあとにするころには、わたしの頭はすっかりふらふらになっているが、心地よい高揚感があって、それはハントリーと話しながら飲んだ二杯のシャンパンのせいばかりではない。

わたしはエディ・ロチェスターと結婚する。

彼の妻になって、あの素晴らしい家に住み、こんな午後が――犬の散歩やテーブルの給仕、車でウーバーの配達をしたり、だれかにコーヒーを淹れたりしなくていい午後が――一時的なものではなく、わたしの未来になる。

「ジェーン?」

コーヒーカップを手に、エミリーがそこに立っている。大きなサングラスで顔は隠れているが。

〈アイリーン〉の店の縞模様の日よけを見上げて、彼女は口をぽかんと開ける。「あなた《ガール》、目的があってこの店に来たって言ってちょうだい」

わたしは嘘っぽさがまったくない、心からの笑顔を浮かべる。「彼がついに指輪をはめてくれたのよ」

それを聞いた彼女は歓声を上げて駆け寄り、両手をわたしの身体に回して、わたしは〝サンタル33〟の香りがするハグを受ける。

その香りはわたしのものでもある。つい二か月前、彼女の家のバスルームから一本失敬していたから。

「見せて、見せてちょうだい」身を引き離しながら彼女はそう言って、わたしの手をぺしぺしと叩く。

歓喜のような感情がわたしにまた押し寄せるが、きっと勝利したときに出るアドレナリンの奔流だろう。

指輪を見せるという一連の動作はまだ完遂していない。手首を曲げて、指輪をじっくり見せるだけでなく指輪にキスしてもらうのを待つ、テレビで観た女の子たちを真似したくなる衝動をわたしは必死に抑える。

そのせいで、検査してもらうために中途半端に手を差し出すような感じになって、きらきら輝くエメラルドが、マニキュアが剝げかかっているずんぐりした指には似つかわしくないような気がしてくる。

それでも、エミリーはただほうっとため息をつく。

「すごく素敵ね。それにあなたも！」

わたしはまた片手を上げて、自分でもじっくり指輪を眺める。「まだ慣れなくて」わたしは言う。「というのも、すべてが目まぐるしくて。でもこの指輪があるから現実だって思えるの」

わたしは彼女に向かってほほ笑む。

「そういう気持ち、懐かしいわ」彼女が応じる。「指輪が現実を確かなものにしてくれるのよね」

両眉を上げながら、彼女は訊いてくる。「その指輪、あなたが選んだの？」

わたしはダイヤモンドにぐるりと囲まれたエメラルドに視線を戻しながら、首を振る。「いいえ、エディが選んだの。わたしだったら、こんなに大きなものは選ばないわ。でもエメラルドは大好きだから、文句なしね」

エミリーはうなずく。「エディの宝石の趣味はずば抜けているから。わたしはずっと――」

彼女はそこで言いよどみ、唇をぎゅっと引き結ぶ。ビーのことを話したいのだろう。その言葉が彼女の喉元で押しとどめられている。この瞬間をビーの思い出にぶち壊されたくなかったので、わたしはとっさに口を挟む。

「この店はちょっとのぞいてみただけよ。式がいつごろになるのか、わたしたちにもわからないの」わたしがさり気なくそう言うと、エミリーの肩がわずかに下がる。

「盛大なお式にするつもり？」彼女が尋ねる。「親族をたくさん招いて」

そう言われるまで、エディとの結婚式がどんなものになるか、わたしにはぴんと来ていなかった。彼と結婚すること、ミセス・ロチェスターになることばかりに気をとられて、結婚式のことなんて具体的にはほとんど考えていなかったのだ。

でも、大きな教会で、エディの側にはメイン州から勢ぞろいした彼の親族が座り、わたしの側は、シリアルをボウルから食べているジョン・リヴァースのほかにだれもいない光景ばかりがいまは浮かぶ。

そのイメージがあまりにも寒々としたおぞましいものだったので、わたしはそれを文字どおり頭から追い出そうと首を振ったが、どうやらエミリーはそれが答えだと思ったらしい。

「じゃあ、こぢんまりしたお式なのね！」と彼女はほほ笑みながら言う。「わたし、そういうの大好きよ。おしゃれで、洗練されていて。ぴったりじゃない」

わたしはまた自分の手に目を落とすと、今度は提げている袋をずらして指輪が見えないようにして、彼女やキャンベルやキャロライン・マクラレンから習得した、できるかぎり柔和な笑みを向ける。「そうなのよ」甘ったるい声でわたしはそう言って、うしろの道を指し示す。「とにかく、まだ用事がたくさんあって――」

「まあ、そうよね」エミリーはそう言って、片手を振る。彼女自身の婚約指輪は最低でも三カラットはある、プリンセスカットのダイヤモンドで、それが陽の光を受けてきらめく。「それと、わたしの口は堅いから！」

「そんな必要はないわ」わたしは軽く肩をすくめて言う。「秘密にしてるわけじゃないから」

正直なところ、彼女にはこのニュースを瞬《またた》く間に広めてほしい。夕食どきにはソーンフィールド・エステートじゅうの住民に、このことを話題にしてもらいたいのだ。

近いうちにコーヒーでも一緒にというあいまいな約束を交わして、わたしはエミリーと別れる。エミリーはすぐさま携帯電話に文字を打ち込んでいる。つぎの〈近隣美化委員会〉の話し合いの場では、みなの知るところになっているだろう。それで、わたしは注目の的になるんだ。

家に帰る途中で〈ホールフーズ・マーケット〉に寄って、食料品の買い物をする。エディと出会ってから、いちども彼に料理をしてあげたことがない。だから、たまには料理をするのもいいかもしれない。春も終わりに近づいた気持ちのいい日だから、郊外生活の定番、バーベキューをするのもいいな。

駐車場に入りながらそう考えていると、わたしの顔がほころぶ。

広々とした通路のある店内は落ちついたBGMが流れていて、わたしが以前買い物をしていた〈ピグリー・ウィグリー〉とは別世界だ。

カートを押して通路を進みながら、ジャンクフードを買ったらエディは気づくかなと考える。人並みに高級食材は大好きだけど、正直なところ、そういう食事ばかりでちょっと飽きてきた。このあいだ、マカロニ&チーズが食べたくてたまらない自分に気づいた――しかも、〈アニーズ・オーガニック〉のものではなく、それなりにちゃんとしている冷凍食品でもなく、一ドルで買える、青い紙箱に入ったやつが。

なんちゃってね。わたしは鼻で笑いながら、別の通路へと進む。ここは〈ピグリー〉じゃなくて、こだわりの品を集めたスーパーなんだから。それで、フムスとオリーブのタプナードが五十種類は並べてある棚を眺めるが、心のなかでは帰る途中でガソリンスタンドに寄ったほうがいいかなと考えている。多分、そこならマカロニ&チーズが買える。

「おやおや、こんなところで会うとはな」

振り向かなくても、声の主がだれかわかる。

ポロシャツとカーキの短パン姿で、買い物かごを提げたトリップ・イングラムが背後に立っている。

かごのなかにさっと目を走らせると、クラフトビールの缶がいくつかと、表向きはヘルシーそうな冷凍食品がたくさん入っている。

トリップは、わたしが最後に見たときよりも、いくらかましな感じだ。とはいえ、でっぷり太っていて、驚くほど丸く盛り上がってすべすべしたお腹の上でピンクのポロシャツがぴんと張っているが、顔はむくんでおらず、目も充血していない。きょうは髪もきちんと梳《と》かしつけてある。

どうやら、昼まで酒を飲まずに頑張ったようだ。

わたしはぎこちなく笑って、ちょっと手を振る。

「こんにちは、ミスタ・イング——トリップ」

彼の口の片端が上がって、笑みをつくったような、薄笑いのような表情になる。

「そうだな、きみはぼくのところでもう働いていないんだから」彼はそう言って、つけ足す。「近々おめでたいことがあると耳に挟んだが」

なんてこと、エミリーの仕事は予想以上の速さだ。

「ありがとう」わたしは言う。「わたしたち、とてもしあわせです。それでは、お会いできて——」

わたしはさっさと行こうとするが、彼は通路の真ん中に立ったままだ。わたしのカートをトリップ・イングラムにぶちかませたら、さぞせいせいするだろうが、わたしは立ち止まって、彼に向かって両眉を上げる。

「それで、いつの間にそんなことになったんだ?」トリップは空いているほうの手を振りながら尋ねる。

「きみとエディは? だってさ、まったくの想定外だったから」

「わたしたちもそう思ってました」とわたしはほほ笑みを浮かべる。うまくやってのけた、何も知らない大学出たてのドッグウォーカーという、トリップがわたしに抱くイメージを壊さないようにしなきゃと自分に言い聞かせながら。いつになったらこういう演技をやめられるんだろう。いつになったら、ただありのままの自分でいることが当たり前に感じられるようになるんだろう。

「おれにはエディにまつわる〝あれ〟がよく理解できんのだ」

トリップは両手を上げて空に引用符をちょんちょんと描いてみせる。肘にかけられた買い物かごが重そうに揺れる。

どういうことなのか、わたしはわざわざ訊いたりしない。というのも、ひとつには、彼はあからさまに訊いてほしがっているし、そしてひとつには、ただもうここから離れたいから。ところが、こと女性がかかわると、興味の欠如というささいなことでは、トリップ・イングラムは止められない。

「つまり、あいつはハンサムだろう。それに、中古車セールスマンみたいな魅力がある。ところが、どうだ、このあたりの女性たちの態度から、やつの一物は三十センチはあるんじゃないかと思えてくる」

そうか、トリップにお酒が入っていないと勘違いしてたんだ。

でも、ちょうどいい——これで、わたしが単にいらついているだけでなく、ひどく気分を害されてむかついているという感じで、堂々とカートで彼を押しのけて歩く正当な理由が手に入った。

カートが当たる寸前でトリップは脇に寄るが、わたしが通路の端まで来るとうしろから大きな声が聞こえてくる。「きみがボートがきらいだといいんだが」

振り向くと、彼はぞっとするような、おぞましい表情を浮かべている。「エディ・ロチェスターとボートの周囲では、女性が不運に見舞われるからな」彼はそうつけ足すと、踵《きびす》を返してとぼとぼと歩み去る。

わたしはぐるっと青果コーナーまで戻ると、半分まで一杯になったカートをその場に残して出口へと向かう。

車で家に戻る道中だけでは、不安な気持ちを、トリップ・イングラムが――よりによって、あの最低最悪なトリップ・イングラムが――わたしに植えつけた突然の恐怖を払拭《ふっしょく》するには足りない。そして、またしても青白く、緑色になったビーが水底に沈む姿が浮かぶ。車寄せに駐車しながら、わたしの胃は飛び出しそうになる。

「やめて、やめて、やめて」わたしは両手で顔を覆って、そうつぶやく。エディの妻は事故で親友とともに溺れ死んだ。エディはその場にいさえしなかったのだし、女性たちは酔っ払っていて、きっとひと悶着《もんちゃく》あったのだろう。くそみたいなことが起こったのだ。

わたしはもういちどブライダルショップを思い出そうとする。にこやかにほほ笑むハントリーが、わたしが高級クラブの新入会員であるかのように対応してくれた。すごくいい気分だった。それに、婚約指輪を見たときのエミリーのハグとはじけるような笑顔。

いま大切なのは、そういうことなのだ。

わたしが家に入っていくと、エディは先に帰っていて、短パンとボタンダウンシャツに着替えていた。いまやわたしは彼のクローゼットをのぞけるので、彼が色違いでそういうシャツをたくさん持っていることを知っている。男とはそういうものなのだ――見栄えのいい服を見つけると、死ぬまでずっとそれを着ている。だいたいそんなもの。

「ぼくのガールが帰ってきた」わたしが入っていくと、彼がうれしそうに言う。わたしはほほ笑んであいさつするが、エディがすぐに眉をひそめたところを見ると、間違いなく動揺している。

「すべて順調かい?」

わたしはそのまま歩いて彼の腕のなかへと進み、両腕に包まれながらため息をつく。わたしの頭が彼の顎の下にぴったり収まる。

「ウェディングドレスを探し回って大変だったわ」わたしがそう言うと、彼はくすっと笑う。わたしを落ちつかせようと彼の手が背中を上下になでる。

「お疲れのようだね」彼が言う。「ビールでも?」

わたしはうなずく。さっき飲んだ二杯のシャンパンのせいで頭痛がちょっとするうえに、まだ午後三時にもなっていないけど。

わたしの額にキスをすると、エディは身を離して冷蔵庫へと歩いていく。そのあいだ、わたしはハンドバッグを置いて、キッチンに入っていき、カウンターのシルバーのボウルからライムをいくつか取る。

「ほんとうに大丈夫かい?」エディがわたしの背中をさすりながら訊く。わたしはビールに添えるライムをくし形に切りながら彼に笑顔を見せる。

「ええ、大丈夫よ」そう答えて、額にかかった髪を手の甲で押し上げながら首を振る。「きょう偶然トリップ・イングラムに会ったんだけど、あの人なんだかおかしかったから」

エディが動きを止めて、わたしを見下ろす。「おかしかったって、どんな風に?」

どこまで打ち明ければいいものやら、正直なところよくわからない。わたしはまだ気が立っているから、ほんとうのことを言ったら、エディが誤解しかねない。トリップがエディとボートのことを言ったせいで、わたしがここまでおびえていると。

そんなことはないと、わたしは自分に言い聞かせる。

それで、彼を見上げてほほ笑み、ナイフをカウンターに置く。「まあ、いかにも彼みたいな男のしそうなことよ」

わたしは彼の首に腕を絡ませ、身をぎゅっと寄せる。「あの人はわたしがお金目当てであなたと結婚すると思っているの」

エディの顔から用心深さが少し消える。彼はわたしのウエストに腕を回し、腰に両手を置く。「セックス目当てで結婚するんだって言い返してくれただろうね」

「もちろんよ」わたしがそう言うと、エディは頭を傾けてキスをしようとする。わたしは彼の下唇を噛み、トリップ・イングラムや彼の不気味さのことなど忘れてしまう。

17

その後、わたしたちは庭に出て木製のアディロンダックチェアに座り、目の前では大きな石の輪のなかで火がぱちぱちと燃えている。そのすぐそばではバーベキューグリルから煙が上がっている。肉が焼ける香りは、フェニックスの夏の夜の記憶をよみがえらせる。空気は淀《よど》み、乾燥がひどくて、わずかな火花でもすべてを燃え上がらせることができるのではないかと思うほどだった。

バーベキューグリルがひっくり返って、燃えさかる石炭が砂利の地面に散らばる。ジェーン、ほんもののジェーンが泣いている。片手に水滴のついたビール缶を持ち、もう一方の手でトングを握っているミスタ・ブロックの顔が真っ赤だ。

彼が着ている〝KISS THE COOK（料理人にキスを）〟のエプロンには、真っ赤な唇をいやらしい感じ

にすぼめた大きなカエルが描かれている。わたしは岩の上で手足を伸ばしている。手が焼けるように熱くて、顔がひりひりする。なんであんなおかしなエプロンをつけているんだろう。ミスタ・ブロックみたいな男がわたしたちに絶大な権力を振るうなんてばかげていると考えながら。

もう長いあいだ思い出さなかったのに。そんな記憶はすっかり封印していたのに。それでもいま、こんなに完璧な場所で、あのいまいましい記憶が戻ってくるなんて。

わたしはうつむいて、また婚約指輪をじっくり眺める。手をあちこちに向けて、指輪が炎の光を受けてきらめくさまを観察する。

あれは終わったこと。わたしにはかかわりのないこと。ジョンがなにを言おうと。

わたしのとなりでは、エディが長い脚を前に投げ出して、ため息をついている。

今夜の彼はとても素敵だ。はじめて会ったときはなんとなくげっそりしていたのに、ここ数か月ですさんだ感じが消えたので、わたしはちょっぴり得意な気分になる。**わたしがいたから。**心のなかでそう思う。**わたしが彼をしあわせにした。わたしがいたから彼はこんな風になれたんだ。**

そして、もうすぐわたしは彼の妻になる。

きょう眺めたウェディングドレスを思い浮かべる。わたしが頭からかぶりたくてたまらなくなった、ウィンドウに飾られていたあのヴェール。

「駆け落ちしたほうがいいのかも」

思わずそんなことを口走ったが、言ってしまったら、撤回したくないと思っている自分がいる。

エディはビールを口に運んだまま動きを止める。それから、一口すすってごくりと飲み込み、腕を下ろすと、わたしのほうを向いて、「きみがしたくないことをする必要はないよ」と言う。

「ただ……わたしには親戚があまりいないから」わたしは言う。「それに、バーミンガムにも知り合いがあまりいないし。結婚式に招待したいような人はね」

エディはそれを聞いて薄ら笑いを浮かべながら両眉をひょいと上げる。

「ぼくだってジョンみたいな男には結婚式に来てほしくない」

彼は腕を伸ばしてわたしの手を取り、親指でわたしの手首を丸くさする。

「ジャニー、どうしたいかはっきり言ってほしい。明日にだって裁判所で結婚できるんだ。湖に行ったたっていい。お望みならテネシーまで足を伸ばして手ごろな山荘に泊まろう。ガトリンバーグにはドライブスルー方式のウェディングチャペルだってあったはずだ」

わたしはなにも言わずにほほ笑んでいる。エディのような男性と結婚するというのに、わたしみたいな女の子にお似合いの結婚式を挙げると考えただけで、妙に胃がずしんと沈むのには気づかないふりをして。安っぽくて、お手軽で、趣味の悪い式。駆け落ちしようと言ったとき、わたしが思い描いていたのは、白砂のビーチでの誓いや、紗《しゃ》のような蚊帳《かや》がかけられた大きなベッドでのふたりきりの結婚初夜。フライドポテトをテイクアウトするみたいに窓口に車を進めて、ネオンサインで駐車場無料をアピールしているモーテルに直行する光景ではない。

とはいえ、ここで結婚できないことは、はっきりしている。豪華なドレスに身を包んで、大きな教会の通路を進み、キャンベルやキャロラインみたいなビーの友達がわたしと彼女を比べるような結婚式は挙げられない。

わたしは空のビール瓶を片づけながら、家のなかに向かう。パティオの引き戸を開けると、どこか上のほうから物音が聞こえる。

わたしは戸口のところで動けなくなる。片耳を天井のほうに向けて、じっと待つ。

〝ドン〟という音がまた聞こえ、二度、三度と続く。エディ家のなかに入ってパティオの引き戸を閉め、エディのほうを振り向く。

彼はまだアディロンダックチェアに座っていて、いまは両手を頭のうしろに回し、顎を上げて夜空を見上げている。わたしはそっと奥に入っていく。

その音はいまや心臓が脈打つような〝ドン〟〝ドン〟〝ドン〟というリズムを確かに刻んでいる。わたしはふいに中学校のときに読まされた話を思い出す。その話では、男の死体が床下に埋められているのだが、男を殺した犯人は心臓の鼓動がまだ聞こえるのではないかと思う。わたしは恐ろしさのあまり、頭のなかでビールを思い浮かべる。

すると、ふいにその音が止まる。

わたしは息を殺してその場に立ちつくす。じっとしているあいだ、わたしの指先には空のビール瓶がぶら下がっている。

玄関扉のほうで鋭い音が三度聞こえて、わたしは魂を抜かれたようになり、叫び声ともうめき声ともつかない声を上げると、瓶が一本床に落下する。

でも、その物音が聞こえるのは家の正面からで、上の階からではない。だれかが扉をノックしているのだ。

「ジェーン？」

ガラスの引き戸の向こうにエディの姿が見える。まだ外で座っていて、肩越しに何気なくわたしに話しかけたらしく、頭をこちらに向けてもいない。

わたしは見事にくしゃくしゃになった彼の後頭部をにらみつける。「なんでもない」わたしは返事をする。「だれかが玄関に来たみたい」

玄関ホールまで行くと、またノックの音がして、扉を開けるとそこには女性がひとり立っている。

チノパンを穿いて青いボタンダウンシャツを着たそ

の女性は腰のところに記章をつけている。

警官だ。

わたしの胸で心臓がバクバクして、見破られるんじゃないかと思うほどだ。わたしは鎖骨に手を添える。ダイヤモンドとエメラルドが指にはまっていてよかった。わたしが何者なのか、これでわかってもらえるから。

もうおびえる必要はないのだと、わたしは自分に言い聞かせる。玄関ポーチに立っている女性の目に映るわたしは昔のわたしじゃない。彼女はわたしのしたことを知らない。彼女のまなざしに疑念は浮かんでおらず、目も細めていなければ、口をきゅっと引き結んでもいない。彼女が目の当たりにしているのは、この家に暮らす女性、〈アン・テイラー〉の服に身を包み、ほんものの宝石を身につけている女性。茶色がかったブロンドの髪を無造作にポニーテールにまとめていない女性。まったく化粧をしていないようでいて、高級なメイクをしている女性。

彼女が見ているのはそういう女性——未来のミセス・ジェーン・ロチェスターなのだ。

それなのに、わたしの身体はそれを認めたがらないようだ。心臓はまだどきどきして、胃はよじれ、膝から力が抜ける。

「こんにちは」握手をしようと手を差し出しながら、彼女はほほ笑む。

「わたしはローラン刑事です。夕食のお邪魔をしてしまいましたよね。すみません」

彼女の手は温かくてごつごつしている。わたしは左手をそのまま胸に押しつけながら、差し出された手を握って握手する。

「食事中じゃありませんでしたから」わたしはそう言いながら、キャンベルとエミリーを思い浮かべる。春の宵に玄関先に現れた警官を、彼女たちだったらどんな風にあしらうだろう。

「なにかあったんですか？」いかにも心配で、わけがわからないという感じで、わたしは眉間にしわを寄せる。なにしろ、警官が玄関先に現れれば単に困惑するだけで、個人的な心配の種になったりはしない。もちろんエミリーやキャンベルはなにもやましいことをしていないから。ソーンフィールド・エステートでは警官は恐れられておらず、頼りになる存在なのだ。どんなときも味方でいてくれる。

ローラン刑事が眉をひそめると、口の両脇に弓なりのしわが現れる。最初に思ったよりも年配なのだ。黒い髪にわずかに白髪がまじっているのが見える。

「ミスタ・ロチェスターはご在宅ですか？」彼女がそう尋ねると、わたしの口がからからに乾く。ついにきた。ジョンがだれかに電話して、ばれたんだ。さっきフェニックス時代の記憶がよみがえったのはそういうことだったんだ。こういうことになると予感していたから。もうおしまいだ――

「ローラン刑事」

エディがわたしの背後にやってきて、片腕をわたしのウエストに回す。彼の手がしっかりとわたしの腰に置かれる。彼に触れられることで、わたしは気持ちが軽くなったが、それがちょっと気に入らない。わたしは男のうしろで小さくなっているようなタイプではない。でも、エディがそばにいてくれると頼もしいということは認めざるをえない。刑事はエディのロレックスを、大理石の床の上の裸足の足を見ている。

「またお会いしましたね」エディが一瞬だけ笑みを浮かべてそう言うので、わたしはびっくりして彼を見上げる。

エディがそわそわしている。

身体がゆったりとリラックスしていることは伝わってくるが、エディは普段こんなに理由もなく愛想をふりまいたりしない。

着ているシャツの鮮やかな緑色に囲まれた、日に焼けた彼の喉元に目を落とすと、そこがはっきりと脈打っているのがわかる。

ローラン刑事は彼にほほ笑むが、それはぎこちない、形だけの笑顔で、心からのものではない。

「よろしければ、もう少し質問させていただきたいのですが」彼女が口を開く。「奥さんのことで」

第四部

ビー

ブランチとトリップとの今夜のディナーに行くのは、ビーは気が進まなかったのだが、習わしとなっていたし、そもそも自分たちで決めたのだ——二週間にいちど、木曜の夜に四人でどこかに集まろうと。今夜はホームウッドにある、新しくできたレストランに来ている。小洒落たバーベキュー料理の店で、飲み物がやたらと高い。四人は中庭の錬鉄のテーブルを囲んでいる。木々にはフェアリーライトが連なり、ビーは十分おきに携帯電話をチェックしたくなる衝動に抗っている。

最近ブランチとは共通の話題がたいしてないことにビーは気づきはじめているが、案の上、エディとトリップもあまり話すことがないようだ。最初の飲み物が届かないうちからフットボールの話題は尽きたらしく、最近地区に越してきた一家がバスケットボールのゴールリングを設置したとトリップがこき下ろしはじめ、管理組合に苦情を申し立てると息巻いている。

エディはにこやかにしているが、「それとも、そこの子どもたちに自分の家の車寄せでそのまま遊ばせとけばいいじゃないか？ そっちのほうが賢明なやり方かもな」と、どこかとげのある口調で言う。

「わたしもそう言ったんだけどね」ブランチが目をぎょろっと回し、手を伸ばしてトリップの腕を小突きながら言う。今夜、ブランチはお酒が入っている状態では現れなかったし、ワイングラスにもまだほとんど口がつけられていないので、ビーはいい兆候だと思う。

それに、ブランチがここ最近ではめずらしくこざっぱりしているのにも気づく。化粧は薄づきだが、かわいらしい感じで、シンプルなピンクのシースドレスが顔色を明るくしている。

　これもいい兆候。

　ブランチが満たされておらず、トリップやソーンフィールド・エステートや自分の人生にうんざりしていて、数々の委員会や役員会に名を連ねていてもその虚しさが埋められないことにビーは勘づいているが、それを口に出したことはない。ビーがそういうことに触れようとするたびに、ブランチは話題を変えるか、すでに酒が回っている場合はビーが四六時中働きすぎだと辛辣な言葉を投げつけるのだ。

　でも今夜のブランチはくつろいでいて、うれしそうだ。そんな彼女の姿を見てビーはほっと胸をなでおろす。なんだかんだ言っても昔のブランチはまだ健在なのだろう。

　メイン料理が届けられると、すかさずブランチが口を開く。「あのね、あなたたちの家の仕上がりに、わたしたち感激しちゃって、うちもリノベーションしようかと考えているのよ」

　それはびっくりだ。イングラム家は最近お金に余裕があるわけではないという事情をビーは知っているのだが、口に出しては言えない。

　どうやらびっくりしているのはビーだけではないらしい。「そうなのか？」トリップが訊いている。彼はいま三杯目のバーボンを飲んでいるところで、椅子の背にもたれかかり、皿の上の料理にはほとんど手をつけないままで、頬は真っ赤だ。まだそれなりにハンサムではあるが、エディのほうがはるかに見栄えがすると、食事をするたびにビーは思わずにいられない。

　ブランチは「話したでしょ」と言って、夫を一蹴《いっしゅう》する。「忘れてるだけじゃないの。それとも、ちゃんと聞いてなかったか。酔っ払っていたか」

トリップに話しかけるブランチの声がとげとげしいのにビーはすっかり慣れている。

でも、トリップもそれに慣れているから、フンと鼻で笑ってバーボンに口をつける。「好きにすればいいさ、マイ・ラブ」ブランチに向かってそう言う。「いつもしてるみたいにな」

ブランチはトリップを無視して身を乗り出し、エディと向き合う。「もちろん、あなたにお願いしたいと思っているのよ」彼女がそう言うと、エディは牛の胸肉を切り分けながら、にやりと笑う。

「きみがこの話題を持ち出したのは、ぼくに依頼する気があるからだといいなと言おうとしていたところだよ。じゃなかったら、気まずいだろう?」

それを聞いて一同は笑うが、ビーはエディの太ももに手を伸ばして、ぎゅっとつねる。「あなたのスケジュールはいま一杯じゃなかったかしら、ハニー」そう言い聞かせながら、ブランチがこちらのようすをうかがい、エディの太ももに置かれたビーの手をちらっと見るようすを目の当たりにする。

どうしてエディにブランチの家の仕事を引き受けてほしくないと思うのか、ビーは説明できない。ブランチとトリップの資金不足を知っているからだとか、こんなことをしても全員の時間の無駄になるだけだとか、エディが建築請負業をはじめたときに資金提供をしたのだから、わたしにはどの依頼を受けるかについても発言権があるはずだと自分に言い聞かせたくなる。

でも、そういう理由を超えたものなのだ。この場でなにかが起こっている。ビーがはっきりと捉えることのできないなにか。

それは、ビーにほほ笑みかけているブランチの目に宿る険しさとかかわりがある。

エディはビーの手を軽く叩いて食事へと戻っていく。「友達のためなら時間はいくらでもつくれるさ」そうこともなげに言う。

ブランチがにっこり笑う。「やった！　どうしよう、もうアイデアが百以上もあるんだから」

その後のディナーがどう進んだかビーには判然としない。普段よりも少し多く酒を飲み、ブランチをじっと見ている。これはいったいどういうことなんだろうと考えながら。彼女が知っている、ブランチとトリップの財政事情を暴露してしまいたくなる衝動を抑えながら。

ブランチが「あなたたちのキッチンのオープンなところが気に入っているの。あんな風にしてみるのもいいわよね？」と言えば、ビーは思わず嫌味のひとつでも口にしそうになって、舌の先に言葉の重みを感じる。

もちろん、ブランチはビーとエディが手にしているものが欲しいのだ。もちろん、ふたりの家のほうが素敵だから。もちろん、ブランチはもう何年もずっとビーに後《おく》れをとっていることにがまんならないのだ。

いつものようにトリップが酔い潰れてその夜はお開きとなる。今回トリップはエディの助けを借りなければ車まで歩けないほど酔っている。

ビーとエディの車は路上に駐車してあるが、トリップとブランチの車はレストラン裏手の狭い駐車場に置いてあるので、ビーはキーを手にひとりで車まで戻る。

助手席のドアを開けたその瞬間、ビーは胸騒ぎがして、さっと車道を横切り、レストランの建物の横で身をかがめてブランチとトリップの車が停めてある狭い駐車場のほうをうかがう。

街路灯の光のなかにエディとブランチの姿がくっきりと浮かび上がる。トリップのばかでかいＳＵＶのかたわらにふたりは立っている。エディはすでにトリップを後部座席に押し込んだあとらしい。ビーの夫と親友がそこにふたりきりで立っている。

ブランチはエディのそばに立っている。ビーに言わせれば、近寄りすぎ。彼女の顔はオレンジ色の光に染まっている。エディに向かってほほ笑み、エディもまたブランチにほほ笑みを返している。

それは彼がハワイでビーに向けたのと同じ、目尻に三本のしわが刻まれる満面の笑みで、その笑顔が向けられるとビーの胸のなかで温かくなるものがある。彼がだれかれかまわずそういう笑顔を向けるのではないと知っているから。

ところが、自分だけのものだと思っていたその笑顔がいまブランチにも向けられている。

感覚が麻痺したままビーはふたりに背を向ける。アスファルトにヒールが当たってカツカツと音を立てる。

ということは、ブランチが手に入れたいのはこれだったのだ。〝リノベーション〟とはそういうこと。ビーの家を手に入れたいのではない。ビーの夫を手に入れたいのだ。

九月、ブランチから二か月

奇妙に聞こえるかもしれないが（それにしたって、この状況は奇妙なことだらけだ）、ここでの手順《ルーティン》が定まってきた。

わたしたちのルーティン。

エディは毎日は姿を見せないが、三日おきにやってくる。毎回同じことの繰り返し。つぎに来るまでにわたしが飢え死にしないだけの食料と水を運び込むのだ。実際には必要以上の量を持ってくる。余分な水のボトルは壁際に並べてある。

最初の一、二週間は、彼の訪れが途絶えたときに備えて、すべてを貯め込み、水と食料をちびちび分配しながら消費していたが――これもまた奇妙な話だが――彼がわたしをここに置き去りにして飢え死にさせることはないと、だんだん確信するようになった。

それなのに、エディは話しかけてこない。わたしには訊いてみたい質問が山ほどあるというのに。〝どうしてこんなことするの？〟というような単刀直入な質問のほかに、細かいことも訊いてみたい。わたしのことは世間にどう説明しているのだろう。〈サザン・マナーズ〉はいまどうなっているのか。

みんな、わたしがいなくてさみしがっているかな？ブランチのことは？

彼が口を開くよう仕向ける方法はあるはず。すぐにでもだれかと話さないと、頭がおかしくなってしまいそう。

＊

今日、ついに進展があった。

それも、ほかならぬシャツのおかげで。

物資を届けにやってきたエディが、去年の結婚記念日に贈った青いワイシャツを着ていることにわたしは気づいた。そのシャツは、彼の青い瞳と同じ色合いだから買ったのだが、いまでも彼はそれを着ると素敵だ。最近の彼は全体的にぱりっとして、自分らしさを取り戻しているようだ。

だから、「とても素敵ね」とわたしは声をかけた。

エディはぎょっとしていた。でも、わたしから目をそむけずに自分の身体を見下ろして、ようやくなにを着ているか気づいたみたいだった。それで、そのシャツがどんなものだったか思い出した。

「ありがとう」エディがようやく口を開いた。「きみからのプレゼントだったたって、すっかり忘れていたよ」

「あなたの服はほとんどわたしが買ってあげてたじゃない」わたしは言い返す。「あなたのお気に入りの、あの悪趣味な千鳥格子のネクタイ以外はね。いかにもあなたらしいわよね」

それを聞いて、彼は少しほほ笑み、目尻にしわが刻まれる。「あのネクタイは気に入っているからね」

じゃあ、あのネクタイをいくらでもつけられるようになったということね。

その言葉が出かかった。わたしのそういうそっけない切り返しを彼は気に入っていた。でも、わたしは口には出さなかった。そんなことを言ったら、出ていってしまうとわかっていたから。エディにはここにいてもらわないと。

「あのネクタイ、とても似合っていたわよ」わたしは口を開く。「しゃくに障ったけどね」

フンと鼻で笑いながら彼はドアに向かい、そのまま出ていく。ここに残ってほしかったのに。会話を続けてほしかったのに。だから、わたしはがっかりせずにはいられなかった。でも、出ていくときの彼には、入ってきたときにはなかったくだけた感じがあった。

これが、はじまりだ。

＊

十月、ブランチから三か月

きょうエディがまたやってきたのでびっくりした。昨日来たばかりだったし、わたしはできるかぎり時間を数えながら、つぎに彼がくるまで三日待つことに慣れっこになっていた。

エディは食料と水を追加で運んできたが、手元にはまだたくさん残っていた。荷物をおろすと、彼は両手をお尻のポケットに入れたまま、しばらくそこに立っていた。

「もっと本を読みたい？」彼がようやく口を開いた。

わたしはその質問に答えるのに一分ほどかかった。

「あったらうれしいわ」心からそう思っていた。この本を日記として使っていることに彼は気づいていない。ほかにも読めるものがあれば、ありがたい。

彼はこくりとうなずくと、「じゃあね、ビー」と言って立ち去った。

こんなこと、はじめてだ。自分の名前が呼ばれるのを聞いたのは何か月ぶりだろう。

＊

翌日、エディはまたやってきた。いまでは毎日やってくる。長居はしないが、一日に二度やってくる。わたしが寝ているあいだもここにいるみたいだ。ということは、夜に来ているのかもしれない。わたしはいま、夜と昼の区別があいまいだ。それでも寝ているので、ほぼ決まったスケジュールに沿って生活しているのだろう。なぜ突然エディが夜もやってくるようになったのか、わたしにはさっぱりわからない。

でも、そこでわたしは自分にだめだと言い聞かせる。そんなことしちゃだめだってば。理由や動機を詮索したってしかたがない。そんなことをしても、頭がおかしくなるだけ。

というか、いま以上におかしくなるということだけど。

＊

きょうエディはここに一時間も滞在した。もっと長かったかもしれない。

食料や水を運んできたわけでもなかった。最初にこの部屋で目覚めて以来はじめて、わたしは胸のつかえがとれて、また息ができるようになった気分になった。

エディは約束どおり本を持ってきた。彼が入ってくるやいなや、わたしはそのうちの一冊をひったくるようにして取った。いつか彼が読んでいた、政治ミステリだ。

「いままで読んだなかでも、いちばんくだらない本だわ」わたしがそう言うと、彼は部屋の向こうから歩いてきて、その本をわたしの手から取り、表紙をまじまじと見つめた。

「大統領をクローンにすり替える話だったっけ？」

「副大統領よ」わたしは彼に教えた。「まあ、でもそういう筋書き」

背表紙を眺めて、エディはふっと笑った。「空港で買ったやつだ。空港で買った本で人を判断しちゃいけないな」

「そのときのこと、覚えているわ」突然記憶がよみがえってきた。あれは、アトランタで開催されたカンファレンスにふたりで向かう途中だった。カンファレンスに参加したのはわたしだけだったが。エディはその週末、現地でフットボールの試合を観戦しようとついてきたのだ。

「〝リーダーシップと女性〟だとか〝リーダーと女性性〟だとか、そういうワークショップ。〝やさしく手を差し伸べる――恐れられずに敬意を得るには〟とか、〝頂点に立つ女性〟っていうレクチャーを三日間受けていた」

エディはほほ笑んだ。「きみはそういうの、すごくいやがっていたよね」

「ええ、まあね」わたしはうなずきながら答える。「あれはとくにひどかった」

わたしはベッドの端に座りながらその週末を振り返る。ペンシルスカートを穿き、かちっとした格好で時間を無駄にしながらどれだけみじめで退屈な気持ちでいたか。

あるグループ・ワークショップを担当していた女性の姿をまだ覚えている。わたしたちの前に立っていたのは、髪はショートで年の割に白髪が多く、鳥のような身体つきがクリーム色のカシミアのカーディガンに埋もれそうになっている女性だった。

「わたしたちは、とにかくたくさんのことを考えていますよね」彼女はそう言った。「男性以上に。男性は事業のことだけ心配していればいいですけど、わたしたちは事業だけでなく家族の心配もしますからね。子どものことだとか。男性CEOに〝いまこの瞬間にお宅の冷蔵庫に牛乳はどれぐらい入っていますか?〟と訊いてみたら、きっと答えられないでしょう。でも、わたしたちは全員知っていますからね」

　その女性はうれしそうににっこり笑い、それから声をひそめて内緒話をする感じでつけ足す。「ね、みなさんご存じでしょう?」

　くすくす笑いと、わかったようなうなずきのさざ波が広がったので、わたしは周囲を見回す。みんな、まじでわかってんの?

　そうエディに話すと、彼は笑いながら胸で腕を組んだ。「そうか。でも、毎日ホテルの部屋に戻って、どんな一日だったか訊くと、きみはきまって〝よかった〟と返事をしていたじゃないか」

　わたしは肩をすくめる。「どう答えればよかったの? 自分で行くって決めたんだから。あなたが正しかった、時間の無駄だったって認めたくなかったのよ」

　あのころふたりの関係が張りつめていたことに、わたしは触れなかった。ブランチがリノベーションをはじめる前から口論が増えていたことには。

　エディに思い出してほしくなかったのだ。

「ぼくもあの週末はそんなに楽しめなかったな。結局、アトランタ・ファルコンズの試合のチケットはクライアントにあげてしまったから、ほとんどホテルの部屋でスポーツ専門チャンネルを眺めて、まずいルームサービスを食べていた気がする」

　そのときエディがあたりをさっと見回した。座る場所を探しているのだ。

　でも、そんな場所はあるはずがない。ここはわたしの応接間《パーラー》ではなく、監獄だから。

彼がこしらえた監獄。

とっさに、わたしはベッドのわたしのとなりをぽんぽんと叩く。「これ、けっこう快適よ」わたしは少しほほ笑んだ。ここまで話せたのははじめてだ。こんな風に彼にリラックスしていてほしかった。もうちょっと心を開いてもらいたかった。

彼がためらったので、わたしは一瞬そのまま行ってしまうのではないかと思った。

でも、彼はそこに腰を下ろした。

彼の重みでマットレスが沈み、わたしは彼のほうに身を傾ける格好になった。彼が使っている石鹸《せっけん》の香りに隠れた、清潔で温かいエディそのもののにおいを嗅ぐことができた。

アトランタでの週末は悪いことばかりではなかった。わたしたちの関係こそ微妙だったが、ホテルの大きなベッドを毎晩存分に活用させてもらっていた。

ベッドのなかではわたしたちの関係はいつだって良好だった。

エディがわたしを見下ろす。その瞳はどこまでも青い。わたしは口のなかが乾いた。

彼の目つきにわたしへの嫌悪感は含まれていない。わたしにいなくなってほしいとは考えていないようだ。やはり、わたしがいまでもここに留め置かれている理由がなにかあるのだろう。

ブランチは死んで、わたしは生きている。

そこになにか意味があるはずだ。

「もっと旅行に出かければよかったわね」彼の唇に視線を移しながら、わたしは言った。「またハワイに行くとか」

見上げると、彼の表情はようやくこちらを意識したものになっている。目には温もりが宿り、口がわずかに開いていて歯がのぞいている。わたしの知っていたエディがそこにいる。

わたしが理解していたとおりのエディが。

そのとき突然、ここから脱出するのに最善の方法がはっきりと、とてもはっきりと見えた。

彼女は男性との出会いを求めてハワイを訪れたのではなかった。陽の光を浴びて座り、やたらと高いフローズンカクテルを飲むのが目的だった。その旅に出るまでいちども目にしたことのなかった太平洋を眺めるために。そもそも彼女がそれまで見たことのある海はメキシコ湾だけだった。ある年の夏にブランチの家族が彼女をオレンジ・ビーチにある一家の別荘に連れていったのだ。

ブランチはハワイへの旅にいい顔をしなかった。髪の毛を耳にかけながら、鼻にしわを寄せて、「ありきたりじゃない」とビーに言った。「それに、あなたにはもっといいところに行けるお金があるでしょう。バリとかにしなさいよ。フィジーでもいいかも」

それでも、ビーはどうしてもハワイに行きたかったので、そこが目的地となった。ブランチは気分を害し、ばかにしたような顔で的外れな忠告をしてきた。要するにうらやましかっただけなのだ。イタリアへの新婚旅行以来、トリップにどこにも連れていってもらっていなかったから。それに、彼がまだクレジットカードの負債を返済中だという事実をビーは知っていた。

それでも、毎日ビーチチェアに座って、海を――期待したとおりの青い海を――眺めているうちに、ビーの頭のなかでブランチの言葉がぐるぐる回りはじめた。もう少しエキゾチックな場所にしておいたほうがよかった？　簡単には行けないような場所。家族連れや新婚旅行のカップルを避けるために時間を使わなくてもいいところのほうがよかったのかも。

少女だった彼女が叶えたいことと、大人の女性になった現在の彼女のニーズを分けて、つねにバランスを取らなければならなかった。

マイタイをもう一杯。甘ったるいが、ビーはそれをなんとか飲む。いいえ、ハワイにしておいてよかったのよ。なにしろアクセス良好だし、〈サザン・マナーズ〉がこれから売り出す商品の一部だったでしょう？　上品だけど、親しみのある雰囲気の商品として。ビーは、つぎの夏に向けて、全面的にハワイ関連の商品を展開することも検討していた。ハイビスカス柄のガラスタンブラー。パイナップルの形をしたナプキンリング。色っぽいフラガールの柄のプリント地。

いつものことだが、仕事のことを考えているとビーは落ちつく。誤って足を踏み入れてしまった場所やこれから誤って足を踏み入れかねない場所を一生探し続けるのではないかと延々と考えるのをやめられる。ビジネスのこととなると、ビーはそんな疑念や自信のなさをいっさい感じない。

ビーはビーチバッグからｉＰａｄを取り出した。バッグのそばには、空港で買ってはみたが読まないとわかっている雑誌三冊と本二冊が置いてあった。

それから数分のうちに、彼女は夏の商品展開にかんするアイデアを一ページ分書きだして、陽気でキャッチーだが、過度にかわいこぶらない、そのコレクションの名前をひねりだそうとする。危ない橋を渡るのは毎度のことだが、今回は簡単だ。

三番目の案を検討していると（〝ブルー・ハワイにかかわるものはどうかな。古すぎる？〟）、彼女のチェアに影が落ちて、声がした。「ビーチで仕事かい？　それっておもしろいのか、気が滅入るのかよくわからないな」

その最初の出会いの瞬間から、彼女の心はその笑顔に降参していた。見上げると、ストライプ柄の短パンと白いＴシャツ姿の男性がそこに立っていた。その男は片手を何気なくポケットに入れていて、サングラスには乾いた海水がところどころこびりつき、髪の毛が眉毛にはらりと落ちるようすが、彼女がたったいま迷い込んだ、ロマンチック・コメディのヒーローのようだった。

ビーはほぼなにも考えずにほほ笑み返した。あとになって、壁を築く暇もないうちから壁を壊しておくのがエディのやり方だと気づいたのだが、太陽がさんさんと降り注ぐその昼下がり、彼の魅力に邪《よこしま》なところはひとつもなかった。

「オフィスにこもっているよりましでしょ」ビーは気づくとそう答えていた。すると、彼はさらににやりと笑ったので、左頬にえくぼが浮かんだ。

「じゃあ、きみの仕事に乾杯」そう言いながら、彼は彼女に手を差し出す。その笑顔は頭上の太陽と同じぐらいまぶしかった。

「ぼくはエディ」

エディ。男の子の名前ね。ビーはそう思った。でも、彼の笑顔には子どもっぽいところがあるから、ぴったりだ。

ビーは彼の態度に好感を持った。だからこそ、自分のとなりの空いているチェアに彼を座らせて、その晩のディナーの誘いを受けたのだ。

よろこんで。ビーはそう思った。わたしの新しい人生に、こういうことはつきものでしょう？　お金をかけた旅行、おしゃれなカクテル、そして見知らぬハンサムな人とのディナー。

ふたりはホテルのレストランで食事をした。海が一望できる大きな一枚ガラスの窓のそばに席を取った。夕暮れ空はピンク、紫、オレンジが混じり合って印象的な色に染まり、ふたりのあいだではキャンドルの炎が揺らめき、テーブルのそばのアイスバケットのなかで高級ワインのボトルが汗をかいていた。

いまにして思えば、やけにできすぎだったし、ありきたりなロマンチックさであふれていた。でも、そのときビーはとにかくドキドキしていて……なんだか、そういう雰囲気も好ましく思えた。これでようやく自分にふさわしいものがすべて手に入ると。

話し込むうちに、ビーはその場の気楽さにびっくりした。エディはとにかく肩の力が抜けていた。メイン州出身のボート愛好家。ハワイに来た目的は、ヨットのチャーター業への参入をもくろんでいる友人がいるので、ふたりして他社を見て回り、どうやってビジネスを展開しているか視察しているということだった。

いっぽう、ビーはアラバマで育ったことを話した。子ども時代の南部ゴシック風の逸話には触れずに、お上品な寄宿学校、社交界デビュー、サウス・カロライナで通った女子大のことを話した。話が長引くほど、自分の人生のぱっとしない部分をブランチの人生で取り繕うのをまたやっているとビーは気づいたが、もう長いあいだそうしてきたので、ほとんど違和感がなかった。

デザートを食べながらエディははにかんで笑い、どこか気恥ずかしそうにうなじをさすりながら、「きみは信じられないぐらいきれいだね」と言った。

そして、頭を揺らしてつけ足す。「それに、ぼくは信じられないぐらい酔っ払ってる」

だが、そのとき彼は酔ってはいなかった。オールド・ファッションド（アメリカンウィスキーをベースとしたカクテル）を一杯飲んだだけで、ワインにはほとんど口をつけていなかったのだから。

そんな態度がビーを警戒させてもよかったのかもしれない。出会ったばかりの女性にそんな口をきく口実が欲しくてひどく酔っ払っていることにしたのだと。

でも、ビーは警戒しなかった。かえって興味が湧いた。彼女が見たかぎりでは弱いところなんかまったくないように思える男性がふと弱味を見せたと思ったのだ。ハンサムで、スマートで、成功している男性……。

その後、エディがハワイに来たのは彼が説明したような〝ビジネス〟のためではなく、ヨットのチャーター業というのは実際の目標というよりも夢物語に近いものだったとビーは気づいたのだが、そのときにはすでに手遅れだったし、どのみち彼女も気にしなかった。

「そういうことは言われ慣れているだろうね」エディは続けた。ビーは彼を見た。じっと見つめた。

彼の瞳は青い。頬骨の上のほうがほんのり赤くなっているのはきっと日に焼けたせいで、お酒や照れからではないだろう。

「ええ」ビーは答えた。ほんとうのことだったし、彼の反応を見たかったから。彼の頭のなかにある筋書きが、自分の美しさに気づいていないかわいい女の子という、男好きしそうな謎めいた役回りをビーに要求しているのかどうか確かめたかったのだ。

でも、彼はまったく狼狽《ろうばい》したところがなかった。ちょっと目を細めて、彼女のほうにグラスを傾ける。

「じゃあ、きみはきれいだし、頭がいいからそのことにもちゃんと気づいている」

「お金も持ってる」彼女が補足する。これもほんとうのことで、彼女はここでも、そう言ったら彼がどういう表情を見せるのか確かめたかったのだ。

彼は見事なまでになんの反応も示さなかった。ただ、またほほ笑んだだけだ。「それじゃあ、三拍子そろっているわけだ。ぼくはついてるな」

ビーは髪を耳にかけながら笑った。おそらく、その晩はじめて心から魅了された。彼がそういうことを大げさに言わずに、さもたいしたことではないように振る舞ったのが気に入った。無論、きっと彼は事前に知っていたのだろう――あとになって、ビーは最初の出会いを思い出してしきりと首をかしげることになる――でも、彼がものごとを受け止めるようすを好ましく思った。彼は出会ったその瞬間からビーを受け容れてくれた。ビーは理想の自分のイメージをつくり上げていたのだが、エディはおそらくそれを完全に理解した最初の人間だ。

それができたのは、彼自身もイメージと紙一重の人間だったからだろう。

第五部

ジェーン

18

エディは刑事を裏庭へと案内する。エディは警察署に連行されない。パトカーの後部座席に乗っているわけじゃない。だから、これは深刻なことではないとわたしは自分に言い聞かせる。ほんとうに、なんでもないんだから。

なにかあるのなら、エディはにこやかにその刑事に水のペットボトルを手渡したりしない。

わたしはキッチンに立って、気もそぞろにカウンターを拭いたり、グラスを食洗機に入れたりして手を動かし、いまのエディみたいにリラックスして見えることなんでもする。

でも、わたしはエディではないから、ローラン刑事が家のなかに戻ってきたとき、とっさに寝室に逃げ込んで鍵をかけたくなる衝動にかられる。

そんなことを考えるのはいかにもばかげているが、これほどのお金と生活を手に入れたら、こういうことは——玄関先に眼光鋭い警官が現れて話を聞かれるなどということとは——無縁になると思っていた。

とはいえ、ローラン刑事は気さくな感じで空のペットボトルを持ち上げて尋ねる。「これはリサイクル？」わたしはいかにも関心のないふりをして、そのボトルを受け取る。

彼女は何気なくカウンターにもたれかかる。「ふたりはつき合ってどれぐらいになるの？」

それが警官としての事情聴取なのか、ただ世間話をしているだけなのかはよくわからない。髪を耳にかけてうしろに流すと、てのひらがじっとり汗ばんでいる。

「えっと、数か月かな?」わたしは答える。「エディとわたしは二月に出会って、三月につき合いだしたっていうか?」

上出来だ。質問口調だから頼りない小娘感まるだし。こんな家に住んでいる女性ではなくて。

それなのに、ローラン刑事はわたしにほほ笑みかける。黒い瞳はやさしげで、目の周りにしわが寄っている。

「あなたの婚約者《フィアンセ》によると、以前はドッグウォーカーだったそうね」鼻にしわを寄せて、彼女は周囲を身振りで示す。「わたし、言ったのよ。〝この地区に住むような人がどうして犬の散歩なんか依頼する必要があるのかしら〟って。でも、それが上流階級ってものなんでしょうね」

わたしは調子を合わせて笑い、うなずきさえする。心臓はドキドキしっぱなしで、手は相変わらず震えていたが。「わたしも同じように言ったんです。でも、いい仕事だったし、わたし、犬が好きですから」

そうしようと思えば、もうちょっと愛想よく話せたかもしれない。でもそういう態度が肝心じゃない? わたしと話しても埒《らち》が明かないと相手に思わせないと。それに、これがなんであれ、わたしとはかかわりのないこと。さえないジェーンはまた背景に溶け込んで見えなくなる。

ローラン刑事はカウンターに爪を――短く切りそろえた、実用的な四角い爪で、左手にひとつだけ細身のゴールドの指輪をつけている――カツカツと打ちつけながらうなずく。「事件解決のために、だれもができるだけのことをしなければ」穏やかにそう言って、わたしに向かってうなずく。それから、ベルトに留めてある携帯電話を確認する。

「もう行かないと。夜分にお邪魔して申し訳なかったわ」

「ぜんぜん大丈夫ですから」わたしはそう言いながら

も、彼女がここに来た理由や、いったいエディになにを話したのか知りたくてたまらない。でも、いっぽうで彼女に消えてほしいとも思う。こんな夜はいっさいなかったふりをしたい。

「玄関まで送らせてください」とわたしは申し出るが、ローラン刑事はいいからと片手を振る。

「大丈夫」そう言って、上着に手を伸ばして名刺を取り出し、わたしに手渡す。あの日エディがジョンに渡した名刺とは違い、彼女の名刺はぺらぺらで安っぽい紙が使われている。マウンテン・ブルック警察の紋章と彼女の名前――トリ・ローラン刑事――それに電話番号が記されている。「もしなにか疑問があれば電話するようミスタ・ロチェスターに言ってあるわ。あなたも同じようにしてくれるわね？」

それから彼女は出ていき、彼女の実用的な靴が床の上で立てるキュッキュッという音が響き、玄関扉が開いて閉まる。

彼女が立ち去るのを待っていたかのように、背後のガラスの引き戸が開きエディが入ってくる。そして、手で髪をかき上げながらふうっと息をつく。

「大丈夫かい？」エディが尋ねる。わたしは彼の腰に腕を回しながら、ほほ笑んで彼を見上げる。

「ええ、大丈夫」ぜんぜん大丈夫ではなかったが、そう答える。「あの人、なにが目的だったの？」

エディが身を寄せてきたので、わたしの頭のてっぺんが彼の顎の下に収まる格好になる。「ブランチのことで話があったんだ。それにビーのことも」

「彼女が見つかったの？」わたしはかすれるような声で訊く。口にするのもおぞましい質問だ。ぞっとするイメージが浮かぶ。こんなに長いあいだ水底に沈んでいたビーが発見されるなんて……

「ビーじゃない」エディがぶっきらぼうに答える。「ブランチだ。ブランチが発見された」

「なんてこと」わたしは彼から身を引き離しながら、

どんな姿で見つかったのかをできるだけ考えないようにしてつぶやく。

エディの肌は緑がかった灰色になり、顎の筋肉がぴくぴく動いている。ひさしぶりにわたしとはじめて会ったときのエディに戻ったみたいだ。わたしは胃が飛び出そうになる。

「まだなにかあるの？」

「ブランチは……頭蓋骨に骨折の痕があった。なにかで殴られたような。というか、だれかに殴られたような」

彼はわたしに背を向けて、うなじをなでる。わたしはそこに立ったまま、その報《しら》せを呑み込み、ショックと恐怖をかき分けて、その意味するところをつかもうとする。

むかむかするだけでなく、寒気までしてきた。茫然《ぼうぜん》としたまま、腕を伸ばして唇に指を押し当てる。「ブランチは殺されたの？」消え入るような声で尋ねる。

せている。「それで、ビーは？」わたしは思わず続ける。

「警察は彼女も殺されたと考えている」エディは答える。「だから、ぼくに伝えたかったんだ。彼女の失踪事件はいま殺人捜査に切り替わっていると」

視界が色を失って灰色になり、突然膝から力が抜けてがくがくする。「そんな、エディ」

ほかにどういう言葉をかけたらいいのか、わからない。

ようやくビーの亡霊と折り合いをつけはじめたところだったのに。わたしたちはもう婚約したのだから、こんなのはごめんだ。結婚に向けて話し合っているところなのに。妻を悲劇的な事故でなくしているというだけでも大変なんだから。だれかに故意に殺されたなんて。まさに悪夢ではないか。

そのとき、ふと別の考えが浮かぶ。「警察は……」

その言葉を最後まで言うのははばかられる。でも、わたしたちのあいだで、あいまいなままにしておくのもいやだ。

「ぼくが犯人だと疑われているかということ?」エディがこちらを振り向いて尋ねる。顔色はまだ蒼白だが、表情はさっきよりも張りつめていない。「いや、警察はただ状況が変わったということをぼくに伝えたかっただけだ。もちろん、ぼくに訊きたいことも出てくるだろう。でも、連中はぼくのことを容疑者ではなくて、妻を亡くして打ちひしがれている男だと思っているという印象を受けた」

エディが話せば話すほど、わたしが慣れ親しんでいる普段のエディが彼の表情や声に戻ってくる。まるで、彼のもうひとつの人格が貝のように滑り込むのを目の当たりにしているみたい。それとも、仮面をかぶるというか。

それから、エディは顔をしかめてわたしを見る。

「ああ、ジェーン。すまなかったね」

「すまない?」わたしは彼ににじり寄って、両手を取る。「どうしてあなたがあやまるの?」

彼はため息をつきながらわたしを腕のなかに引き寄せる。「ひどくやっかいなことになってきたし、きみをこういう状況に巻き込みたくないんだ。きみが……そうだな、狭い部屋に座って、ぼくと知り合う前に起こったできごとについて取り調べを受けるなんて」

さんざん肝を冷やしたと思っていたけど、それを聞いて新たな恐怖がわたしにどっと押し寄せ、彼を見上げるわたしの口はからからに乾く。「警察はわたしに事情聴取するつもりなの?」

「そう言っていた」エディがどこか上の空で答える。「ぼくが呼ばれるときに一緒に来るようにと」

この五年間、わたしは目立たないよう、不審に思われないよう細心の注意を払ってきた。とくに警察には。なんてこと。警察がこの件でエディを調べたら、わたしも調べられることになる。彼の婚約者だから。妻の失踪から一年もたたないうちに婚約した若い娘として。

ジョン、フェニックスからの電話ときて、つぎはこれだ。仕掛けられた罠の歯がいまにもバチンと閉まりそう。わたしは目を閉じて額をエディの胸に押しつけ、深く息を吸う。

エディはわたしのうなじを手でさする。「でも、きみが心配することじゃないから」

「ええ」わたしは思わずそう答えるが、エディは悲しそうにほほ笑んで、わたしの頰を両手で包み込む。

「ジャニー、きみは幽霊みたいに真っ青だよ」

彼が手を離す前に彼の手をつかみ、ぎゅっと顔に押しつける。彼の肌の温もりが伝わってくる。わたしの肌は凍てつきそうだ。「なにがなんだかわからないだろうね」エディが口を開く。「ぼくもまだ理解しようとしている途中だ。でも、きみが心配することなどなにもないとわかってほしい。ぼくはどこにも行かないし、ぼくたちはこれを乗り切るんだ」

エディは落ちついた、穏やかな口調で話しているが、なんの効果もない。それどころか、わたしにとってはかえって逆効果だ。わたしは彼から身を引き、手で髪をかき上げる。

「エディ、奥さんが殺されたのよ」わたしは言う。

「大丈夫なわけないじゃない。そんなのありえない」

そんな事件はここでは起こらないはずだった。ここならわたしは安全だし、ここはそもそも安全な場所だったはず。

わたしがソーンフィールド・エステートに足を踏み入れる前にブランチとビーは姿を消していたというのに、わたしはどこかでこの状況が自分のせいではないかという気がしていた。わたしがここに来たせいで、こんなことになったの？　こんなえげつなさを、暴力をわたしがここに持ち込んだ？　そういうものがウィルスのようにわたしにまとわりついていて、身近な人を感染させてしまったのかな？

それは支離滅裂な、自意識過剰のくだらない思いつきだ。でも、それ以上に不可解なのは、ビーとブランチが殺されるような状況に巻き込まれたということ。いったいだれがあの人たちを殺したいと思うの？　どんな動機で？

それに、なぜエディはこんなに落ちついているわけ？

「わかっているよ。この状況が最悪だって」エディはため息まじりに言う。「信じてほしい、ぼくがちゃんとわかっているって」エディは目を閉じて鼻筋を手で押さえる。「でも、いまこの件でぼくたちにできることはなにもない。気を揉んだってなにも変わらないさ」

気を揉んだってなにも変わらないさ。妻やその親友を殺したのはだれなのか気を揉むのはごく自然なことだと言ってやりたいが、なにかがわたしを思いとどまらせる。

エディがわたしの手を取る。「結婚に集中しよう」彼は言う。「ぼくたちのこれからの人生に。こんなことではなくて」

「でも、その……わたし、警察は苦手だから」わたしがそう告げると、彼はわからないという風に眉をひそめる。

「いったいどうして？」

金持ちの白人男らしい口ぶりね。わたしは心のなかでそう思う。

でも、それは口には出さずに、どんな風に答えようか慎重に考えを練る。嘘のなかにわずかな真実を紛れ込ませるテクニックを役立てる絶好の機会だ。

「わたしが以前預けられていた里親の家庭があって」わたしは話しはじめる。「アリゾナで。その一家は子どもを助けるために里親を引き受けていたわけではなかったの」

彼をちらっと見ると、胸のところで腕を組んで顎をわずかに引き、わたしを見つめている。こちらの言うことに耳を傾けている表情だ。

「それでね、わたしが十六歳のとき、その人たちはわたしが家のものを盗《と》ってると疑ったの。それで警察に通報した」

わたしは確かに家のものを盗っていたのだが、あいつらが州から支給されるお金の大半を、わたしと、ほかに引き取られていたふたりの子の面倒を見るためではなく、自分たちのために使っていたことを考えたら、それのどこが大ごとなのか。

「やってきた警官は養父の友達だったから、わたしは警察署に連れていかれて、それで……」

そうやって話しながら、焦げたコーヒーや洗剤のパインソルのにおいが漂う警察署で座って怒りに震えるあまり、ほとんど口がきけなかったことを思い出す。でも、怒っていたとはエディには言えない。どうせ理解できないだろうから。

「すごく怖かったわ」わたしはようやくそう言う。「そのときの経験をまだ完全に克服できていないんだと思う」

もちろん、すべてを打ち明けたわけではない。ほんもののジェーンのことには触れていない。フェニックスでの最後の夜のことは。

でも、エディはそんなことは知らなくていい。

舌打ちの音を響かせて、エディは組んでいる腕を解き、そのなかにわたしを抱き寄せる。

「わたしのことなんてどうでもいいのに」わたしはそう言って、顔を上げて彼を見る。「ごめんなさい」

「あやまらなくてもいい」彼はわたしの額にキスをする。「それに、この件にかんしてきみはなにも心配しなくていい。ビーとブランチはもういない。いまさらなにも変わらないよ」

それでも、身を離してうしろを向いた彼が、身体の横で手の指を曲げたり伸ばしたりしているのがわたしの目に入る。

19

翌日、キャセロール料理が続々と届けられる。

真っ先に現れたのは、チキン・ディヴァン（鶏肉入りグラタン）を手にしたキャロライン・マクラレンで、わたしは彼女にぎゅっとハグされる。「なんてことかしら、こんなのあんまりひどいわ」彼女はそう言い終えると、ガラスの皿を覆うアルミホイルをつんつん指さして「これは食洗機に入れないでね」と釘をさす。

彼女に遅れること二時間でエミリーとキャンベルがやってくる。ふたりはヴィレッジのグルメストアで買ったものでいっぱいになった大きな紙袋を三つ提げている。自分でつくったふりができる、見栄えのする料理を売っているあの店だ。

わたしがアルミホイルの容器を冷凍庫に重ねて入れるあいだ、エミリーとキャンベルはアイランド型調理台のところに座り、持参したアイスコーヒーを飲んでいるが、わたしはその光景を見てなんだかがっかりする。きょうはすでにお酒を飲みたい気分なのだ。彼女たちがいろいろと根掘り葉掘り聞き出したくてうずうずしているのがわかる。防御を固めるとするか。

「エディのようすはどう？」冷凍庫を閉めて彼女たちのほうを向くと、エミリーが訊いてくる。窓の外では雨が降りはじめていて、わたしは最初にエディと出会った日のことを思い浮かべる。あの日も空はどんよりした灰色で、道路が滑りやすくなっていた。

「あんまりいい調子じゃないの」わたしは答える。

「まだショックが大きいのね、きっと」

「みんなショックを受けているわ」飲み物のカップにストローを刺しながらキャンベルが口を挟む。「つまりね……彼女たちが殺されたなんて、だれも思ってもみなかったから。わたしの知り合いに殺された人なんていないわ」

そこではじめて、わたしはキャンベルの目が赤くなっているのに気づく。いっぽうのエミリーはきょうはノーメイクだったりする。

わたしったら。

彼女たちがここにきたのは噂話《ゴシップ》のネタを集めるためだと思い込んでいた。でも、ビーとブランチは彼女たちの友達だったのだ。彼女たちが愛したふたりの女性の死は悲劇的ではあっても、少なくとも不慮の事故だったはず。それがだれかに殺されたとわかってつらい思いをしているというのに、わたしは噂話目当てだと思っていたなんて。

「あなたたちはどうなの？」わたしがカウンターにもたれながらそう尋ねると、ふたりはたがいに目配せする。

「まあ、ハニー、自分のことじゃないから」エミリーがそう言って手をさっと振るが、キャンベルは「わたしも落ちつかないわ」と言う。

ふたりはまた視線を交わし、エミリーがため息をついてうなずく。「理解しなきゃならないことがたくさんありすぎるわ。あのふたりを殺したいと思った人がいるなんて。急に警官がこのあたりをうろつくようになって、事情聴取をはじめるとか……」

えげつない情報がひとつまたひとつと明かされるたびに、わたしはぞっとした気持ちになって、まるで氷の波が押し寄せるような、おなじみになりかけの感覚に襲われる。

「警察があなたたちに事情聴取を？」

キャンベルはため息をつきながら身を起こす。「まだよ。でも、わたしは今週後半に話を聞かれることになっている。エムは？」

エミリーはまたうなずく。「ええ、わたしは金曜日」

ふたりが警察署内で座ってビーやブランチにかんする質問に答える光景をわたしは思い浮かべる。わたしのことも。

刑事が尋ねるにきまってる。わたしがどこから来たのかとか、エディといつごろつき合いだしたのかとか。去年の夏にわたしがこのあたりにいたかどうかも調べられるだろう。突然、わたしはふたりに帰ってもらいたくなる。すべてが魔法のように消えてしまうそのときまで、ソファで丸くなっていたい。

でも、そのときエミリーが腕をカウンターの上に伸ばして、わたしの手をぎゅっと握る。「あなたがこんなやっかいごとに対処しないといけないなんて、胸が痛むわ」

わたしはとっさに大声で怒鳴りつけたくなる。彼女が心のなかでこの状況を楽しんでいるサインを表情のなかに探りたくなる。でも、いくら彼女を見たところで、そんなものはどこにも見当たらない。彼女のまなざしは温かくて同情している、心からのものだ。わたしは昔の自分を思い浮かべる。ランチの席にひとりぼっちで座り、人目を気にして救世軍のTシャツの裾を引っ張っている。みんなが話題にしている靴や欲しがっているCDを自分が手にすることはないとわかっている。

わたしが手に入れたいのはお金なのだとずっと思っていたが、いまエミリーの姿を見ていて、これもまた欲しかったのだと気づく。わたしのことを気にかけてくれる人。わたしを受け容れてくれる人。

こんなくそみたいな最悪な状況でそんな風にわたしに寄り添ってくれるのは、よりによってわたしを仲間に入れてくれた〝ステップフォードの妻たち〟（郊外の高級住宅地を舞台に奇妙なほどに従順な妻たちが登場するSFホラー小説のタイトル）なのだ。

そして、わたしはそのことに感謝している。

「ありがとう」わたしはエミリーの手をぎゅっと握り

返しながらそう伝える。

カウンターの上に置いてある携帯電話が鳴りだして、わたしがそちらに目をやると、エミリーとキャンベルが同時に立ち上がる。「ハニー、出てちょうだい」エミリーが言う。「見送りはいらないから」

彼女たちが玄関へと向かう足音を聞きながら、わたしは携帯の画面を確認する。

二〇五ではじまる番号が表示されている。バーミンガムからだ。

警察かもしれない。

なにか悪いことが判明したのなら、警察は直接ここにやってくるはず。わたしはそう自分に言い聞かせながら、画面に指を滑らせて電話に出る。**いつもどおり。落ちついた声で。**

「もしもし」

言葉尻がほんのわずかにうわずる。

「ジェーン」警察じゃない。ローレン刑事じゃない。ジョン・〝くそばか〟・リヴァースだ。

「なんの用？」

電話の向こう側でジョンが薄ら笑いを浮かべているところが目に浮かぶようだ。「また話せてうれしいよ」

「ジョン、わたしは――」そう言いかけるが、さえぎられる。

「どんなものかは知らないが、マウンテン・ブルックの主婦の用事で忙しいのはわかっているから、手短に話す。教会はいま新しい音響システムを導入する資金を集めていて、おまえが寄付に興味があるかもしれないと思ったんだ」

いろいろなことが起こったせいでまだ動揺が収まっておらず、わたしは最初、彼の言葉の裏にある脅しを見抜けない。わたしの頭がその言葉をひっくり返して、彼の真意を理解するのに一秒ぐらいかかる。

「話はあの日に全部ついたと思っていたけど」わたし

はそう答えながら、電話を持っていないほうの手でカウンターの角をぎゅっと握りしめる。

彼は黙りこくる。なにかをごくりと呑み込んだようだ。ジョンがアパートのキッチンに立って炭酸飲料を飲んでいるところが目に浮かぶ。こいつはわたしの世界にいるべき人間じゃない。わたしは嫌悪感で身ぶるいしそうになるのをこらえる。永遠に縁を切ったはずなのに、ジョンはしつこくわたしの目の前に現れる。まるで、世界でいちばんみじめな亡霊のように。

「まあ、そうだけど。でもな、フェニックスの例の探偵がまた電話をかけてきてさ、おれにとっちゃあいい迷惑なんだよ、ジェーン。無視するつもりだったが、おまえとボーイフレンドが婚約したと新聞で知ったから」

しまった。婚約を公表する人がいるなんてことすら聞いたことがなかったのに、エミリーが〝みんなやってることだから!〟と言って、わたしたちに代わって情報を寄せたのだ。

わたしは彼女のしたいようにさせた。ここのみんなと同じことをしたかったから。

「で、おれは思ったわけさ。〝あのジェーンが今度金持ちと結婚するなら、おれを援助したくなるかもしれない。おれのところに置いてやったことへのささやかなお礼として〟とな」そこでまた言葉が途切れる。

「それに、おれは秘密を漏らしていないし」

「あんた、わたしの〝秘密〟なんてなんにも知らないくせに」わたしは低い声で言う。

「秘密があるってことはわかってるんだよ」ジョンがすかさず言う。「それだけでじゅうぶんじゃねえか」

例の駐車場でジョンと出くわしたあの日のように、わたしは喉が締めつけられるように感じる。首の周りにかけられた縄がじりじりと締まりそう。そもそもジョン・リヴァースなんかと出会わなければよかった。二年前、ヒューストンの図書館で藁にもすがる思いであいつにフェイスブックからメッセージを送らなければよかった。住む場所を提供するという申し出なんかに飛びつくんじゃなかった。

でも、そうしなかったら、わたしはいまここにはいない。エディにも出会っていない。

妻を殺されたエディに。

わたしは歯ぎしりをしながらうつむいて、手のつけ根で目頭を押さえる。「いくら？」

「二千五百ドル」ジョンが言う。わたしはたじろくが、エディにとってははした金だとわかってもいる。それぐらい目減りしてもエディは気づかないだろう。

「現金だとありがたい」ジョンがつけ加える。「おれの住所はわかってるよな」

彼にわたしの姿は見えないが、わたしはうなずく。

「今週中に送るわ」わたしがそう言うと、彼の声からにやりと笑っていることが伝わってくる。

「ジェーン、おまえは聖人だよ。教会は心から感謝するだろう」

「もう電話してこないで。これで終わりよ」

「連絡もできないのかよ？　友達だってのに？」

「友達なんかじゃない」そう言ってわたしは電話を切る。指が震えている。

警察はわたしから話を聞き出そうとする。ジョンはお金を引き出そうとする。

その真ん中にいるのは、わたし。そしてわたしの秘密。

20

六月

「この週末は湖に出かけよう」

わたしがキッチンカウンターのところに座ってブラ

イダル雑誌をぱらぱらめくっていると、エディが自分のコーヒーを淹れながら何気ない口調でそう持ちかける。

ローラン刑事がやってきたのは一週間前だが、ふたりとも彼女の訪問に触れずとも、その一件はわたしたちのあいだで、いつでもそのあたりに浮かんでいる第三の存在のようになっていた。

で、エディが今度は湖に行きたいですって？　妻とブランチが亡くなった場所に？　いや、殺された現場だ。

「それって、そこにある家に行くということ？」気乗りせずにわたしがそう尋ねると、彼はかすかににやっと笑う。

「ああ、そのつもりだ。少し街から離れたほうがいいと思わないか？　それに、きみはまだあの家を見たことがないだろう」

わたしはいっとき啞然として黙り込む。そして、しばらく間を置いて口を開く。「それがいい考えだと本気で思っているの？」

エディはわたしを見つめる。ゆったりとくつろいだ姿勢で、まだほほ笑んでいる。怒っているよりも始末が悪いような気がする。「どうしてだめなんだい？」

あまりに大それている気がするから。間違いない。彼はわたしにはっきりと口に出して言ってほしいのだ。警察の捜査について訊いてほしいのだ。わたしがローラン刑事の来訪を深読みして、彼が犯人だと疑っていると思っているの？　というのも、正直なところ、わたしはもうどう考えたらいいのか、よくわからない。でもそのいっぽうで、湖に行けば、かえってはっきりすることがあるかもしれないとも思う。

「いいわ」わたしは答える。「湖に行きましょう」

＊

　わたしたちは金曜の午後に出発する。エディは仕事を早めに切り上げてきた。マウンテン・ブルックの家からスミス湖までは車で一時間あまり。郊外からアラバマの田舎へと景色が移り変わる気持ちのいいドライブで、道中丘がなだらかに連なり、突き抜けるようなブルーの空が広がる。

　わたしたちは昼食をとるためにジャスパーという町に立ち寄る。プラスチックのテーブルにナプキンがわりの紙タオルが一巻き置いてあるような狭苦しいバーベキュー店なのだが、エディはヴィレッジのおしゃれなフレンチレストランにいるときと同じようにくつろいでいる。

　まっさらの白いシャツにソースを落とさないように気をつけながら、薄っぺらいサンドウィッチをほおばる彼を眺めているうちに、わたしは笑えてきて首を振る。

「あなたって、どこにでもなじめるのね」わたしがそう言うと、彼は眉毛をひょいと上げながらこちらを見上げる。

「それはほめ言葉かい？」わたしはもちろんそのつもりだった。でも、そこでまたエディの過去が気になりだす。エディは自分の過去のことをめったに話してくれない。まるでいまの姿のまま世界に出てきてビーに出会った感じなのだ。

「いいえ。もしあなたをほめたかったら、口の端にバーベキューソースがついていてセクシーだって言うわ」

　エディはにっこり笑ってウィンクする。「ぼくがセクシーだと思っているの？」

　わたしは肩をすくめてスウィートティー（アメリカ南部で親しまれている極甘のアイスティー）に浮かぶレモンをストローで刺す。「普段はまあまあってとこだけど、いまは確かに」

　それを聞いて彼は笑いだし、丸めた紙ナプキンを投げつけてくる。

「これだからきみが好きなんだよ、ジェーン」彼はそう言う。「ぼくが調子に乗りすぎないようにしてくれるからね」あまりにばかげて現実離れしているが、そのときわたしは本名をばらしてしまいたくなる。彼にその名前を口にしてほしいばかりに。

でもそうはせずに、わたしは昼食を済ませてふたりで車に戻り、あとわずかな道のりを走らせる。

葉の茂みが影になって薄暗い、曲がりくねった道を進んでいくと、遠くにきらめく湖面が現れる。家がたくさん建っているが、進んでいくほどにまばらになって、最後には森と湖と、角を曲がったところに現れたその家だけになる。

ソーンフィールド・エステートの家のように堂々としたものではないが、素朴な湖畔の家らしく見えるように建てられたことがよくわかる造りで、子どもを釣りに連れてくるにはうってつけだが、どこかまとまりがなくて、わたしは昼食のときの陽気さがしぼんでいくのを感じる。

ここはとても静かだ。まわりになにもない。

そして、ここはビーの人生最後の場所なのだ。

車のトランクから荷物を降ろしているエディも似たような気持ちなのかもしれない。「玄関扉の暗証番号は家と同じだから」と大声でわたしに伝えた以外はずっと押し黙っている。

暗証番号は六‐一二‐八五。ビーの誕生日だ。

わたしはその数字を玄関扉のキーパッドに入力して家に足を踏み入れる。

内部はエディの家――わたしたちの家――とよく似ている。見るからにインテリアにお金がかかっているが、生活感が出るよう工夫もされている。ダークな色味の木材が使われ、家具もダーク調で、この家全体が男性的な雰囲気だから、なんというか……あまりビーらしくない。

重厚な玄関扉のそばに立ちつくしているわたしの顔

には驚きが表れていたにちがいない。荷物を運んでいるエディが通り過ぎざまに、「どうかした？」と訊いてきた。

「ちょっと……」

この家はまるきりエディという感じ。ビーがここで死んだとしても、彼女の幽霊の気配すらない。

「ここってまさに〝男の隠れ家〟よね」わたしがようやくそう口に出すと、緑と青のタータンチェック柄のソファに革の鞄を放り投げているエディの口の片端が上がる。

「この家は、ビーからぼくへの結婚祝いのプレゼントだったんだ」エディが説明する。「だからインテリアはぼくの自由にさせてくれた」そしてまた笑うが、今度はそこに苦いものが混じっている。「つまり、彼女が提案するものすべてに〝イエス〟と言わざるをえなかったってことさ」

ということは、ここにもビーの刻印が残されているのだ。ただそれが、エディが好きそうだとか、好きなはずだと彼女なりに考えていたバージョンの、ということになるが。

わたしは居間に移動して、その部屋をビーの視点から眺める。彼女がエディのことをどんな風に捉えていたのかを想像しながら。ここは湖畔の家で海辺ではないが、全体的に海のイメージがふんだんに使われている。帆船の絵画、太いロープでつくられた飾り、壁には年季の入ったチェルシー・クロック（米国の老舗時計メーカー製作の米海軍でも採用された時計）までかけてある。

「ぼくは若いころ北部で船の仕事をしていたんだ。ベイ・ハーバーのチャーター船とか」暖炉の上に飾ってある海の絵を顎で示しながら、エディが説明する。「ビーはぼくに当時を思い出してほしかったんじゃないかな」

「それは、そのころが好きだったから？　それとも、いやでたまらなかったから？」

それが愚かしい、うがった質問だとは気づかないまま、わたしは思わずそう口にする。

エディの頭がびくっとしてわずかにのけぞる。まるで、その質問に実際に打ちのめされたかのように。そして目を細める。「それはどういう意味？」彼がそう尋ねる。わたしは肩をすくめながら、顔がかあっと火照るのを感じて、ラグマットの端をつま先でつつく。

「船の仕事のことはいちども話してくれたことがなかったから。だから……あなたは忘れようとしているんじゃないかって思ったの。あなたの過去を。こんな風に思い出させるのは、そんなにいいことじゃなかったのかもしれないと思って」

「ビーがそんな嫌味な女だったと思うのかい？」エディがそう言う。ああ、またしてもぶち壊してしまった。

「もちろん、そんなつもりじゃないわ」わたしはそう言うが、意外にもエディはただ首を振りながら笑っている。

「無理もないか。近所で仕事をしていたとき、さぞいやな思いをしたんだろうね」

ほっとした。エディはわたしの質問がそれほど変だとは思っていないし、わたしの言ったことを理解してくれている。エディにはいつも素の自分を見せるというわけにはいかないが、それでも彼はわたしのそういう部分をときどき理解してくれるから、わたしはとてもうれしい。

そのおかげで、自分がある役割を演じてはいても、彼はわたしを――素のわたしを――選んでくれたのだと思える。

「でも、おかしなことを訊いてしまって」わたしは彼に身を寄せながらそう言う。彼の肩越しに、スクリーンポーチにつながるガラスの引き戸が見える。その先は傾斜した芝生の庭になっていて、細い桟橋と黒い湖面が見える。午後のこの時間は湖面に太陽の細かい光が降り注いで、ゆらめいている。

この美しく輝く湖がビーの命を奪ったなんて、にわかには信じられない。そしてブランチの命も。それ以上に理解しがたいのが、そんな現場にエディがまた舞い戻りたいと思ったことだ。今夜、この家に座ってワインを飲みながら、そのことを思い出さずにいられるものだろうか？

でも、エディはわたしのお尻をぽんと軽く叩いて、居間を出て廊下のほうに進むようを促す。「先に行って休んでいて。ぼくは食料を整理してるから」

主寝室はソーンフィールドの家とはくらべものにならないぐらい手狭だが、家のほかの部分と変わらずおしゃれで居心地がよく、快適だ。ベッドには、青い色味が波の模様を描くキルトがかけてあって、窓のそばに置いてある大きな肘掛け椅子から湖がよく見える。

わたしはいまその椅子に座って、湖面を眺めている。二十分座っているが、人っ子ひとり見かけない。ボートも、水上バイクも、泳いでいる人も。聞こえてくるのは、水が桟橋にひたひたと打ちつける音と、風が木々を通り抜ける音ばかり。

わたしが寝室から出ていくと、エディが二人分のワインを注いでいる。

「ここはすごく静かなのね」わたしがそう言うと、彼はうなずいて、裏口から湖のほうを見る。

「だからこそ、ぼくたちはここを選んだんだ」

それから、彼はふうっと深く息をつくと、「頭がおかしくなりそうだったんだ。ビーのことがあってから」と打ち明ける。

わたしははっとして顔を上げる。さっきわたしが失言をしたばかりなのに、自分からビーの話題を持ち出すなんて。

「静かといえば」彼は続ける。「あの日の夜、ここがどれだけ静まり返って、真っ暗だったかと思うとね」

彼の目はまだ湖に向けられている。「とても深いんだ。アラバマでいちばん深い湖なんだよ」

それはわたしには初耳だったが、なにも言わずに黙っている。エディがわたしに話しているのかどうかさえ、正直なところよくわからない。まるで、湖をじっと見つめながらひとりごとを言っているみたい。

「この湖をつくるときに森を水没させたんだ」エディが続ける。「だから、水の下には木がたくさん沈んでいる。高いものだと場所によっては二十メートル近くになる。森がまるごと水中に沈んでいる。だから、警察はビーは見つからないと考えた。どこかで木に引っかかっていると」

そのイメージがわたしの心のなかに入り込む。真っ白な肌のビーが、彼女の身体が、水没した森の木の枝に絡まっている。あまりにおぞましい光景だったから、わたしは実際に首をちょっと振る。遺体がなかなか見つからないのはおかしいとずっと思っていた。でも、ようやくその理由がわかって、そんなこと思わなければよかったという気持ちになる。

ここに来なければよかった。

エディの顎で筋肉が引きつる。「とにかく」

「ごめんなさい」わたしはエディの腰をさすりながら言う。「こんな話はもうたくさんなら――」

「いいや」彼はそう言って、ワインに口をつける。「いいや」今度はもっとはっきり言う。「ぼくはこの場所を愛していたし、それはビーも同じだ。いやな記憶がひとつあったぐらいで、その思いが永遠に汚されるわけじゃないから」

それは〝いやな記憶〟どころじゃないと指摘してやりたくなる――妻とその親友がここで死んでいるのだから。ところがそのとき、彼が口にした言葉にはっとして、息が止まりそうになる。

いやな記憶がひとつ。

あの晩、エディはここにはいなかった。彼が記憶しているはずはない。

わかった、違う、おかしいのはわたしのほう。それはたんなる言葉の綾《あや》で、文字どおりの記憶じゃなくて、ここで起こったことを想像するとそれがいやな記憶みたいだと言いたいんだ。そうだよね？

それでも、「その事件以来、ここに来たことはあるの？」と尋ねるわたしの声はまだこわばっている。

少し間を置いて彼は答える。

「いちどだけ」

たったひとことだけ言うと、彼はくるっと背を向ける。「きょうの夜は外食にしよう」彼はそう言う。「湖の対岸にすばらしいレストランがあるんだ」

それから、わたしの横を通って寝室に向かう。湖面の上の太陽を眺めるわたしを静寂のなかに置き去りにして。

21

ディナーは悪くない。少々やぼったい飾りやクリスマスの電飾があちこちに吊るされた魚料理のレストランだが、料理はおいしくて、エディも少しくつろいだ雰囲気になる。あの家に到着する前の彼が戻ってきた。

今度はビーには触れずにわたしたちだけの話題を楽しみ、陽が落ちてから車で帰る途中、エディの手がわたしの手に伸びてその指が関節をなぞる。

それでも、あの家に近づけば近づくほど、わたしは彼の緊張が高まるのを感じる。それで、家に入っても結局はさらにワインを飲んでただテレビを眺めている。それできっとわたしにしては飲み過ぎたのだ。真夜中近くになってベッドに入ったのだが、頭がくらくらし、やたらと暑いような気がして、肌もじっとり汗ばんでいる。エディがわたしに腕を回そうとしても、わたしはさっと身を離す。

それから、断続的にうとうととして、ふと目を覚ますとベッドにひとりきりだ。

しばらくそのまま横になって、エディがいるはずの場所に手をさまよわせる。シーツはまだ温かい。

そのとき、居間のほうから物音が聞こえる。床でなにかがこすれるような音がして、わたしの口のなかは急にからからになるが、これはワインのせいだけではない。

また物音が聞こえ、わたしはベッドから出る。

そして、寝室から出る。目がズキズキと痛み、頭はぼうっとする。居間にはエディがいる。身をかがめて床に目をこらしている。

「エディ?」

エディが頭をびくっと上げる。「ああ」と言って、立ち上がる。寝るときのボクサーショーツ姿だ。裸足で硬材の床に立っている。この時間になると家のなかの空気はひんやりしているが、彼の身体はうっすらと汗ばんでいるようだ。

「なにをしているの?」わたしは尋ねる。すると、ほんのわずかな間が空く。ほとんど気づかないような微妙な瞬間だが、わたしにはそれがわかる。そのわずかな間で、エディはうなじに手をやり、きまり悪そうな笑みを浮かべるよう態勢を整える。

でも、彼がそういうポーズをとる寸前、いら立ちの表情がさっとよぎったのをわたしは見逃さない。エディはむっとしている。

わたしに。

彼の姿を見たから。邪魔をしたから。

「ごめん」エディが言う。「きみを起こしたくなかった。でも、きょう、ぼくのキーリングからボート小屋の鍵を取り外したんだが、どこに置いたかわからなくなってね。それで、どこかに落としたんじゃないかと心配になった。寝ようとしているのに、ささいなことが気になってしかたがなくなることがあるだろう?」

確かにある。もうすぐ夫になる男が真夜中に姿を消してそうなるなんて、おかしなものだ。

「鍵は見つかったの?」実際よりも眠たいふりをして、わたしは尋ねる。でも、彼が嘘をついているのはお見通しだ。そして、彼の目にさっと怒りが浮かんだことも。ベッドから出てきたわたしに姿を見られたくなかたと、あの瞬間エディは間違いなく思っていたはずだ。

それが怖かった。

エディが怖かった。

「いや」エディが答える。「車寄せのほうじゃないかな。明日探してみるよ」

わたしは自分の身体にエディの視線がまとわりつくのを感じる。わたしは膝のところまでくるぶかぶかのTシャツを着ていたが、ベッドに入ったときセックスをしなかったから、いま彼の目つきからしたがっているのがわかる。

それに乗じて、わたしは彼にほほ笑みを返し、よく眠れるようなことをしようとあからさまに持ちかけることだってできる。

でもそうはせずに、踵を返して寝室へと戻る。

その後、エディのとなりで横になりながらさっきの彼の表情を思い浮かべる。ボート小屋の鍵なんて、ほんとうにあるの?

＊

「口座から現金を引き出した?」

翌日の午後、わたしは桟橋に立って湖を眺めている。きょうはほぼずっとそうしている。寝坊して目覚めてからはずっとなにかを読んで、わたしに気づかれていないと思っているエディが家のなかでこそこそ動き回るのを気にしないようにしていた。

両肩には太陽がじりじりと照りつけているが、振り向いてうしろにいる彼を見ると寒気が走る。エディはトランクスの水着姿で、どんな目つきをしているかはミラーサングラスの向こうに隠れていてわからないが、顔をしかめながら携帯電話をのぞきこんでいる。

最悪だ。ジョンに渡すお金は細心の注意を払って引き出したと思っていたのに。ヴィレッジにあるATMで三百ドル、食料品スーパーで百ドルという具合に、数日間に分散して、まとまったお金が引き出されたと気づかれないようにした。いったいなぜわかったの？

エディはまだわたしを見つめ、返事を待っている。

「結婚式のことで」わたしは片手を振りながらそう弁解する。ほんとうは結婚式のことなんて、ドレスの下見以外なにもしていない。「こまごましたことで頭金を払わなきゃいけないなんて、わかってもらえないでしょうね」

エディはうなずくが、続けて言う。「そんなのわかっているさ。前に結婚したことがあるからね。忘れたのかい？」

そう言ってエディはにやりと笑い、顔にいつものえくぼが刻まれるが、きょうはどこかとげとげしい。そういえば、わたしが自分の荷物を取りにいったあの日の午後、エディは駐車場でジョンにそんな表情を向けていた。

わたしにそういう表情を向けることはいちどもなかったのに。「まさか」わたしは答える。まごつきながらちょっと笑う。「あなたはこういうことには詳しいわよね。とにかく、現金払いのほうが早いと思ったから。ちゃんと伝えるつもりだったのよ。でも、旅行の準備で抜けちゃったらしくて」

わたしは色っぽい流し目を向けようとするが、エディはもう携帯の画面に戻っている。

「わかったよ。なら、銀行が不正出金を疑って口座を凍結しただけだ」

わたしの顔がかあっと火照る。よく考えて巧妙にことを進めていると思っていたのに、銀行にけちなコソ泥だと見破られていたなんて。

「なんてこと」わたしは言う。「ごめんなさい」

「いいんだ」空いているほうの手を振りながらエディが言う。「出金は正当なものだと銀行に連絡するよ。そしたらまた使えるようにしてくれる。ただし」

それから彼はわたしを見上げる。「渡してあるクレジットカードを使うようにするんだよ、いいかい？」

「ええ、わかったわ」わたしがそう言うと、彼はうなずき、そこに立ちつくすわたしにはおかまいなしに家に入っていく。わたしの顔は赤らみ、胃がおかしな感じで、身体がいまにも震えだしそうだ。

その晩わたしたちはまた外食をする。今度は飲み過ぎないよう気をつけるが、あまり意味がない。ふたりとも落ちつかない。わたしがエディを用心深くうかがうのと同じぐらい彼に探るように見られているような気がする。それで、早めに切り上げて日曜日に帰ろうとエディが提案してくると、わたしは一も二もなく賛成する。この場所は薄気味悪くてたまらない。

その日、わたしたちは九時前に出発する。わたしは助手席に乗り込みながら、もうこんなところに戻ってくるもんかと心に誓う。ここは売って新しい家を買えばいいんだ。

「新しいボートを買ったほうがいいのかもしれないな」車を出しながらエディがつぶやく。家と湖が視界から消えていく。彼は片手をわたしの膝に置いて、ぎゅっと力を込める。「それでいいかい？」

わたしの脳裏にトリップ・イングラムの姿が浮かぶ。腕から買い物かごを提げ、薄ら笑いを浮かべた顔がゆがんでいる。わたしはそのイメージを追い出して、エディに笑顔を向ける。「ええ、そうしましょう」

22

それからの二週間、わたしはエディがあの湖の家でこそこそ動き回っていたことばかり考えている。そして、ソーンフィールド・エステートに戻ってきてから、気づくと自分も同じことをしている。廊下を歩いたり、クローゼットを開けたり、行ったり来たりしている。閉ざされた扉の前で立ちつくしたりとか。

エディと出会ってはじめて、わたしはひとりぼっちだと感じる。

そういう気持ちをエミリーやキャンベルに打ち明けるところを想像する。近所を早足で歩きながら、〝ねえ、みんな《ガールズ》、エディったら、奥さんが死んだ湖の家にわたしを連れていったのよ。ちょっと気味悪くない？〟と。

くだらない。

でも、みんなまだその噂で持ち切りなのはわかっている。

なんとか家から出て、〈ローステッド〉に高級なコーヒーを買いにいくと、見知らぬふたり連れの女性がビーのことを噂しているのが耳に入る。

窓際の席に陣取っている年配の女性ふたり。ひとりは携帯電話を手にしている。「毎年クリスマスには彼女の会社のウェブサイトから注文していたのよ」そう友達に話しかける。「あんなに素敵な人だったのに」

わたしがそれとなく近寄ると、もうひとりが言う。「夫がやったのよ。ねえ、そうよね」

「うんうん」友人は同意して、ひそひそ声になる。「いつもそういうものよね」

それって、どっちの夫のこと？　その事件にかかわりのある夫はふたりいる。それで、そのうちのひとりがもうすぐわたしの夫になる。

それから、携帯を手にしている女性が言う。「彼女があんなことに巻き込まれるなんて、ほんとうに残念よね。きっとこういうことだったのよ。彼はふたりとも殺したくなかったんだろうけど、その場にふたりいたものだからそれで……」

「しかたがなかったのよ」友人が言う。「そうするしか」

まるで〝だれかを殺す〟というのが、コカ・コーラを注文しようとして、〝ええ、ペプシでもいいです〟と言うのと同じようなノリだ。

そういう手合いは頭にくる。

わたしはそのまま聞き耳を立てて、彼女たちが話しているのがトリップのことなのか、エディのことなのか、それとも、ビーやブランチのことを話しているのか聞き分けようとする。そのせいで、バリスタが「ヘーゼルナッツ・ソイラテを注文したジェーンは？」と三度呼びかけてようやく、わたしがジェーンだったと気づく。

こんなこと、もう続けていられない。

だれかに話さないと。湖でいったいなにがあったのか、知る必要がある。

＊

ローラン刑事の名刺はまだハンドバッグに入っている。彼女に連絡してみようか。ちょっとようすを尋ねて、わたしで役に立てることがあるかどうか確認してみるとか。でも、さすがのわたしもそこまで堂々としたふりはできそうにない。

やっぱりだめ。警察とはあまり話さないほうがいい。

それで、同じくらい敬遠している相手に話を聞くことにする。

わたしからのメッセージでのランチの誘いをトリップが受けたときは、ちょっと意外だったのだが、いまわたしたちはこうして、いかにもトリップのような男性のたまり場になっていそうだからわたしがそれまで避けていたヴィレッジのパブにふたりで座っている。

「どうしてわたしがランチに誘ったか、不思議に思っているでしょうね」〝ためらいがちな女子大生〟のふりをしながらわたしはトリップにそう切り出す。話しながらおずおずと髪を耳にかけるしぐさができるように、きょうは髪を下ろしてきた。そして、トリップの家で仕事をしていたときに着ていたジーンズとTシャツ姿でこそないが、それを着てもたいして気分が上がらないとわかっている、シンプルなベージュのシャツワンピースに身を包んでいる。エディと婚約した後に買ったカジュアルなものだ。

トリップはフンと鼻を鳴らしてルーベン・サンドウィッチ（ライ麦パンにコンビーフ等を挟んでつくるホットサンド）を手に取り、追加で注文したサウザンアイランド・ドレッシングに浸す。

「そうだな。ブランチとエディの噂をだれかに吹き込まれて、真相を確かめたいんだろう」

わたしは動揺を隠しきれない。わたしがいつもそういうふりをしている、おどおどとして舌足らずな女の子そのものになる。「なんですって？」ようやくそう言うと、トリップが顔を上げる。

彼の目つきは険しい。「待てよ、そういうことじゃなかったのか？」彼はわずかに顔をしかめて、親指についたドレッシングをなめる。「なんだよ、もう。わかった。それなら、ただこうやっておれに会いたかっただけか？」

わたしは時間を稼ぐためにビールを口にする。状況が自分の手に負えなくなる感じがしていやでたまらない。自分でお膳立てをしたというのに、もうぶち壊すなんて。

「話したかったのは、いまあなたはエディと同じ状況のまっただなかにいるから、どうしているか気になったの。ほんとうに」

傷ついた感じの、ちょっと険のある声でわたしはそう言う。トリップと目が合って、それからわたしは視線をテーブルへと戻す。まだこの調子で行ける。でも内心は、テーブルの上にさっと手を伸ばして相手を揺さぶり、エディとブランチについて知っていることをひとつ残らず吐かせたくてたまらない。

トリップから辛辣さがわずかに消える。彼はサンドウィッチを皿に置いてビールを手に取る。「そうだな。そりゃあ……彼女が湖で溺れたと思ってたときとは違う。いまは、その……なにもかも滅茶苦茶だ」

トリップはビールを半分飲み干すと、それをテーブルに戻し、あまり上品とはいえないげっぷをナプキンにする。「エディはどうしてる？」

トリップの視線が一点に集中する。それで、誘いに乗ったのには彼なりの魂胆があったからで、近所のよしみなんかではなかったということにわたしは気づく。

「そういうことは、彼の代わりに話せないわ」わたしは用心しながらそう答えて、皿の上のフライドポテトをつつく。「でも、警察に協力を申し出ているみたい。役に立つことがあればなんでもするって」

それはほんとうだ。エディはこれまでに二度、質問に答えるために警察署に出向いている。具体的にどんなことを訊かれたのか、わたしには教えてくれないが。

トリップがわたしから聞き出したいのはそういうことなのだろう。エディがどこまで、どんなことをしゃべったのか知りたいのだ。そして、これがはじめてではないが、こうやって彼と会う場を設けたのは、思ったよりも危険だったかもしれないと気づく。それは、ふたりでいるところをだれかに見られるおそれがあるからだけではない。

指先でテーブルをトントン叩きながら彼はうなずく。でも、視線はどこか遠いところをさまよっていて、重苦しい沈黙が流れるなか、わたしたちはしばらくそのまま座っている。そして、トリップがようやく口を開く。「なにもなかった。ブランチとエディのあいだには。いつもの近所のくだらん噂だ。うちの改装をエディの会社に依頼していて、おれは忙しかったから、対応はブランチに任せていた。ふたりはしょっちゅう会っていたが、おれとブランチの関係はうまくいっていた。正直なところ、ブランチに裏切られるかもしれないとは思っても、彼女はビーにひどい仕打ちはぜったいにしない」

トリップは顔をゆがめてつけ足す。「だが、おれに言わせれば、ビーはそんなに大切にするべき相手でもなかったがな、だが……」

彼の言葉が尻すぼみになるので、わたしはもうひと押しする。

「たしか、ビーがブランチからたくさんの……インスピレーションを受けたと言ってましたね」

「そうだ、ほとんど人生まるごと真似たのさ。だが、あのふたりの行く着く先は結局同じだったろ？ いまいましいスミス湖の底というわけさ」トリップは頭をのけぞらせてため息をつく。「とにかく、エミリー・クラークやキャンベルやその辺のクソ女どもがあんたにエディとブランチが寝ていたと吹き込もうとしても、そいつはただのゴシップだからな。希望に基づいた話かもしれんな。あの手の連中におれは受けが悪かったから」

トリップから聞き出したかった情報はすべて手に入れたようだ。彼はもとの辛辣さを取り戻し、二杯目のビールを注文するが、わたしは大げさに腕時計に目をやる。「まあ、やだ。美容院の予約があったわ」

「ああ、そうだろうよ」皮肉たっぷりの口ぶりだが、トリップはそれ以上深追いはせずに、わたしがランチ代として二十ドルを置いていこうとすると、いいからと片手を振る。

帰宅後、わたしは自分のパソコンにエミリーのフェイスブック・ページを表示して、ブランチとエディが一緒に写っている写真がないか探す。でも、そんな写真は一枚もない。キャンベルのページも同じ。ブランチがはっきりとタグ付けされている写真が何枚かあったが、そこから彼女のページには飛べないようになっている。家族のだれかがアカウントを停止したのだろう。

わたしはビーに執着するあまり、ブランチに注目してみようとはいちども思わなかった。

いまにして思えば、それはどうやら失敗だった。

＊

エディの帰宅は遅い。わたしはバスタブで顎まで泡に浸かっているのだが、エディが姿を現すずっと前から彼の動きを耳で追っている——玄関扉の鍵が開いて、廊下を進む足音がして、寝室のドアが開く。

そしていま、彼はここにいる。ドアに寄りかかってわたしを見ている。

「きょうはどうだった？」わたしはそう声をかけるが、彼はそれには答えずにわたしを問い詰める。

「どうしてきょうトリップ・イングラムとランチをしたんだ？」

意表を突かれてちょっと背筋を伸ばしたので、お湯がぴちゃぴちゃ跳ねる。わたしはこのバスタブが大のお気に入りなのだ。深さがあって長いので、しようと思えば寝そべることだってできる。でも、いまはここに入っていなければよかったと思う。素っ裸で、無防備な状態ではいたくなかった。普段、わたしたちの体型差はちょっとした刺激になっている。エディはすらっとしているが、たくましい——その筋肉は日々働くなかでついたもので、ジム通いだけで身につけたものとは違う。彼といると、わたしは実際よりももっと小さくてか弱い気分になる。

でも、エディならわけもなくわたしに危害を加えられるということに、わたしははじめて気づく。あっという間にねじ伏せられるだろう。

「どうして知っているの？」そう答えるものの、そんなこと言ったらまずかったとすぐに悟る。エディの顔つきは険しくはないが、またもあの何気ないようすを装っている。内心怒りで震えていたとしても、この会話がさもなんでもないように振る舞っている。

「まあ、ここは小さな町だから。ほんとうに、きみが彼と一緒にいたと、みんなぼくに教えたくてたまらないのさ。言っておくが、そのおかげで興味深いメッセージを受け取ったよ」

わたしはむっとして立ち上がり、バスタブのそばにかけてあるタオルに手を伸ばす。「わたしがトリップ・イングラムに気があるって本気で思っているの？」

エディはため息をついて、うしろを向く。「いいや」と答える。「でも、そういう状況がどんな風に見えるかということを考えてもらわないと。とくにいまは」

彼は寝室へと戻っていき、わたしは裸のままタオルをつかんでその場に立ちつくしている。身体から水滴が大理石の床にぽとぽと落ちるままにして、彼のうしろ姿を追う。

これまでずっと必死になって特別な自分になり切り、エディやみんなに接してきた。でもその瞬間、すべてがどうでもよくなる。

「どんな風に見えるかですって？」身体にタオルを巻きながら、彼を追って寝室に入り、わたしは彼の言葉を繰り返す。「そうね、エディ。それがどう見えるかなんて、ぜんぜん考えてなかったわ」

「もちろん、きみは考えていなかったさ。それから、昔一緒に住んでいた男にまとまった金を渡すことが、自分の婚約者にどんな風に見えるかということも気にしなかったんだろう」

わたしはタオルに包まれたまま、その場に凍りつく。胃がよじれる。うろたえすぎて、取り繕うのも忘れる。

「なんですって？」

エディはいま、見たことのない表情をわたしに向けている。「ぼくが知らないとでも思ったのかい、ジェーン？　ぼくに相談しようとは思わなかったの？」

どうして。いったいどうして彼にばれたの？　最初に渡したお金はわたしのものだった。二度目は確かにエディのお金だ。でも、わたしは気をつけていた。すごく注意していたのに。

「あいつはぼくにも電話をかけてきたのさ」腰に手を当てて、うつむきながらエディが答える。「フェニックスの連中がきみを探しているという、くだらない話を聞かされた」

こんなのありえない。彼が知っているはずがない。わたしは息ができない。

「どうしてか、彼は説明した？」そう尋ねるわたしの声はほとんどかすれている。そして、エディはまたわたしを見る。今度は険しい目つきだ。

「そんなことは訊かなかった。〝うせろ〟と言ってやったよ。彼が二度目に電話してきたとき、きみもそう言うべきだったね」

彼はわたしのほうににじり寄る。あんまり近いので、彼の身体から発散される熱が感じられそうだ。わたしはまだその場に立ちつくしている。ほどけたタオルを身体の前に抱えて震えている。震えるのは寒いからだけではない。

「だれかが脅してきたら、そうしなきゃいけないんだよ、ジェーン。だれかにふざけた真似をされたらね。相手に屈したらだめだ。相手の要求を呑んでもいけない。決めるのは自分で、指図なんか受けないと教えてやるんだ」

そう言うと、エディは腕を伸ばしてわたしの両肩をつかむ。わたしは彼と出会ってはじめて、彼に触れられて身をこわばらせる。

それが彼にも伝わって、彼の口の両端がぐっと下がるが、わたしを離そうとはしない。「フェニックスにいるだれかがきみを探している理由なんか、ぼくはどうでもいい。ぼくがわからないのは、彼がくだらない話を持ち込んだときに、きみがぼくを信頼して相談してくれなかったということだ」

わたしは返す言葉が見つからず、うつむいたまま立ちつくしている。もう解放してほしい。どこかに行ってくれたらいいのに。すると、ようやくエディはため息をついて、手を離す。

「そういえば」彼はそう言ってあとずさると、上着のポケットに手を伸ばす。「ほら」

エディは細長い紙切れを取り出すと、わたしの手に押しつける。

わたしの肌についた水滴でインクがにじみそうになるが、電話番号が書いてあるのがわかる。フェニックスの市外局番ではじまっている。「ジョンに電話をかけてきた人物の番号だ」

わたしはびっくりして、目をしばたたかせながらその紙を見る。「彼に聞かされたの？」

エディはそれには答えずに、「ぼくが言いたいのはね、ジェーン。ぼくはここ一か月ずっとこの番号を財布に入れていた。プロポーズする前からね。でも、その番号にはかけなかった。いちども。どうしてかわかるかい？」と言う。

彼が言わんとすることはわかっていたけど、わたしは首を振る。

「きみを信じているからだよ、ジェーン」

彼はくるりとうしろを向くと、寝室のドアへと向かう。そして立ち止まってわたしを見る。「ぼくもお返しに同じものを受け取れたらよかったのにな」

それだけ言うと、彼は行ってしまう。わたしはバスタブのふちにへなへなと座り込む。膝が震えている。手にしているその番号のせいで震えているのではない。エディがずっとその番号を知っていて、ここ一か月のあいだいつでもその番号にかけることができたという事実を知ったから。それで、彼は知ることだってできたのだ……すべてを。

彼の言葉のせい。彼の表情のせいだ。

だれかが脅してきたら、そうしなきゃいけないんだ

よ、ジェーン。

エディはひどく冷たい目つきをしていた。口調にも感情がこもっていなかった。

彼と目を合わせても、彼だって気がしなかった。

カフェにいた女性たちの声が聞こえてくる。**夫がやったのよ。**

そのときはじめて、もしかしたらそうなのかもしれないとわたしは素直に思う。

ランチの席でわたしの向かいに座っていたトリップのはずがない。彼はちょっと酔っ払っていたし、どこか喧嘩《けんか》腰だった。それに彼は不器用だし、ぼんやりしている。

エディとは大違いだ。

23

「あなた《ガール》、また痩せたわね！」

エミリーがにこにこしながらそう言う。おそらくほめているつもりだろうが、わたしはあんまりにこやかにできない。わたしたちがいまいるのは、第一メソジスト教会の屋根のない中庭で、周囲は人でごった返している。陽はすでに落ちた夕方だというのにどうしてこんなに暑いんだろう。それに、わたしの着ている服はここでとても浮いている。

弁解させてもらうと、水曜日の夜に教会で催されるサイレント・オークションにどんな格好で行けばいいのか、わたしはさっぱりわからなかった。だから、黒なら無難だと思えた――エレガントで格式もある。でもわたし以外の女性はみんな、花柄などの明るい色の服を着ているから、わたしはフラミンゴの群れにたった一羽迷い込んだカラスになった気分だ。

エディはそのワンピースが場違いだとわかっていたはず。でも、なにも言ってくれなかった。牧師と話している彼の背中をにらみつけたくなる衝動をわたしは抑える。

わたしは膝の上でスカートを整え、「マリッジブルーだから」とエミリーに言う。彼女はうなずいて、同情するようにわたしの腕をぽんぽんと叩く。

「あなたはラッキーよ。わたしなんか、ソールと結婚するときストレスのせいで目に入るものを全部食べちゃってたんだから」

エミリーの夫はツツジの大きな植え込みのそばで、キャンベルの夫のマークやキャロラインの夫のマットと話している。

そういえば、エディがあの人たちと話しているところは見たことがないし、エディの話にも彼らは出てこない。ビーとブランチのことがあってから、このあたりの住人はエディと距離を置いているの？　それとも、エディはああいう人たちは鼻もちならないと思っているのだろうか。わたしと同じで。

とはいえ、悪い人たちばかりではないのだ。エミリーは意外と親切で、わたしをみんなが集まっているところに連れていってくれ、ドッグウォーカーだったことには触れずに、エディの婚約者だと紹介してくれる。

彼女からくそ宝石を失敬したことがなんだか申しわけなくなる。

オークションに出品された品物は教会内のファミリー・ライフ・センターに並べられているのだが、こんなに暑いのに、みんな中庭に集まっている。きれいだし、緑が多いからだろう。

駆け落ちなんてしないで、ここで結婚式を挙げてもいいのかも。

でも、エディがほとんどわたしと口をきかないのに、結婚式のことを考えるのはつらい。

バスルームで喧嘩してからきょうで二日。そのあいだ、夜のあいだエディがいったい家のどこで寝ているのかわからない。彼は仕事に早く出て、遅くまで帰宅しない。

最悪なのは、彼がいないとわたしがほっとしていることだ。彼が家にいないほうが気が楽なのだ。いちいち顔色をうかがい、そこに険しさや冷たさが戻ってきていないかチェックせずにすむ。

彼に渡された電話番号が書いてある紙はまだハンドバッグに入れてある。その番号にかけることはない。でも、危うくすべてを台無しにしかけたことを忘れないでいるためと、わたしにはエディのことがまだまだわかっていないと気づかせてくれるものとして入れておきたい。

とはいえ、きょうは教会のささやかなパーティーにふたりそろって出席し、中庭でいろいろな人と話し、レモネードを飲んでいる。メソジスト派はバプテスト派ほど厳格ではないが、神の御前《みまえ》でオープンバーを開こうなんて、だれも考えないのだろう。わたしがレモネードのおかわりをしようとしていると、キャロラインが肩の上でブロンドの髪を揺らしながらこちらにやってくる。

「たまげたわ《ホーリー・シット》」彼女がそう吐き出すように言うので、わたしはびっくりする。彼女の口から汚い言葉が出るのをはじめて聞いた。それに、なんてこと《ジーザス》。いろいろな罪状で地獄行き間違いなしのわたしでさえ教会では自主規制をしているというのに。

キャロラインはわたしの腕を爪が食い込むほどの力でつかむ。「トリップ・イングラムが逮捕された」

最後のほうは声がうわずりほとんど絞り出すようだったが、そんなことはどうでもいい。周囲の人たちがこちらを見ている。それに、エミリーははやばやと携帯電話を取り出して、顔をしかめながら画面を見つめている。

エディはまだ牧師と話している。わたしの心は凍りついたようになり、両足がやたらときついハイヒールの下のやわらかい芝生に固定されたように感じる。

「なんですって？」わたしがようやくそう言うと、キャロラインはちらっとうしろを振り返って自分の夫を見る。

「地方検事局にいる友達からマットがたったいまメッセージを受け取ったの。どうやら、司法解剖でなにか出たみたいね。それか、自宅でなにか見つかったとか。よくわからないけど、トリップと同じ通りに住んでいるアリソンにメッセージで訊いてみたら、正真正銘のパトカーがやってきて、彼に手錠をかけて連行したそうよ」

エミリーはいまわたしをじっと見つめている。そして、少人数の集団がいくつもできつつあるのが見える。それは、まるで噂話が人の群れから群れへと移動するのを眺めるみたいだ。資金集めのことを考えていたはずが、話題の中心は逮捕の件に移る。きっと、ビーとブランチが死んで以来のビッグニュースがいまこの地区を襲っているのだ。

エディのほうを向くと、彼はわたしをじっと見つめている。中庭の向こう側にいても彼の目に浮かぶものがわかる。

彼はほっとしている。

＊

家に入ると真っ暗で静まり返っている。わたしたちふたりはそれぞれ物思いにふけっている。

わたしはエディにシャワーを浴びると声をかけるが、昔のような元気さが彼に戻ってきて、思わせぶりに笑いながら一緒に入ろうと言ってこないか待つ。

でも、エディはそんなことは言わずに、携帯電話をスクロールしながらうわの空でうなずくだけ。家に向かう車のなかでもほとんど口をきかなかった。ただ、この件はすでに聞かされていて、トリップが逮捕されたことは知っていたと認めた。確かに、逮捕はビーとブランチの死に関連するものだ。でも、どんな容疑で逮捕されたかまではエディも把握していなかった。

主寝室でわたしはワンピースを脱ぎ捨てて、大理石の床にそのまま落とし、拾い上げようともしない。どうせもう二度と着ることはないかも。

シャワーのお湯はやけどしそうな熱さだが、家に帰る途中で奇妙な寒気に襲われたわたしにはかえって気持ちいい。シャワーから出るとあたりに湯気が立ちこめる。

わたしはタオルに身を包んで鏡のところまで歩いていき、片手でくもりをぬぐい取る。

わたしの顔がこちらを見ている。地味で、青ざめていて、濡れた髪はうしろに流してある。

わたしは大丈夫だから。自分にそう言い聞かせる。**わたしは安全だから。全部トリップの仕業だった。当然そういうことなんだから。**

でもそんな風に考えても気分はぜんぜんよくならない。それで、鏡に映る自分に向かってしかめっ面をしていると、エディがバスルームに入ってくる。

彼はさっさと自分の服を脱ぐ。わたしは鏡に映る彼の身体に目が釘づけになる。とても美しくて、完璧なまでに男らしい。でも、彼の姿を見てもちっともそそられない。それに、彼も目を合わせようともしない。

わたしはドアのそばのフックから自分のバスローブを取り、彼がシャワーを浴びているあいだにそれをまとう。それから、化粧台の前に置いてある房のついた小ぶりな長椅子に座り、必要以上に長い時間をかけて髪の毛を梳く。

わたしは待っているのだ。

ようやく、水栓がきゅっと締まって腰にタオルを巻いただけのエディが出てくる。わたしは抽斗をかき回して先日買った高級保湿クリームを探している。

「このあいだの晩のことだけど。喧嘩をしたあの晩。きみはぼくが怖かったかい？」

わたしは鏡に映る彼を見つめながら、バスルームのカウンターに身じろぎもせずに座っている。彼の腰にはタオルが巻かれ、肌は湿っているが、髪は生え際からうしろになでつけられ、投げかけてくる視線にはわたしが好きになれないなにかがある。

「きみはぼくだと思っていたのか？　ぼくがふたりを殺したと」

わたしは意表を突かれるが、なんとか体勢を立て直していつもの調子を取り戻そうとする。

「ここ数週間はたいへんなことばかりだったから」それらしく聞こえるように声をわずかに震わせて、どうにかそう答える。「すべてがやっと完璧な結果に収まってとてもしあわせだったのに、それから、それから……」

「それから、きみはぼくが妻とその親友を殺したと考えた」エディが容赦なくそう言うので、わたしは頭をはっと上げる。

このままの調子では話を進められない。わたしがそんなことを考えたと決めつけて辛辣な態度をとったことを申しわけなく思ってもらわないと。

でも、彼はまだ胸のところで腕を組んだままわたしをじっと見ている。伏し目や震え声に効果がないとわかり、わたしは振り向いて彼の目を見る。

「ええ」わたしは正直に言う。ほんとうのことを打ち明けたほうがいい気がするから。「そうよ。というか、あなたが殺したのかもしれないって思っていた」

彼はふーっと息を長く吐いて、天井をあおぎ見る。それから、「まあ、少なくともきみは正直だ」と言う。

わたしは彼ににじり寄って、両手を彼の手首に回し、腕を引っ張る。「でもわたしが間違っていたわ」わたしは重ねて言う。「どう考えても。だから、ごめんなさい、エディ。ほんとうにごめんなさい」

わたしはほんとうに申しわけなく思っている。ビーとブランチの死にエディがかかわっているかもしれないと疑ったりして。わたしがすべてをぶち壊したというだけで、そんな気持ちになっているのではない。

嘘をついていたのは、わたしのほう。彼から、そして成長するなかで身近にいた人からなにかを盗み続けてきたのは、このわたし。自分ではない人のふりをしているのもわたしなのだ。

実際にとんでもないことをしているのは、このわたしなのだ。

まだ濡れている彼の胸に額を押しつけると、石鹼のにおいがする。「ごめんなさい」もういちどそう言う。しばらく間があって、彼の手がそっとわたしのうなじに置かれているのを感じる。「それに、あの晩あなたは正しかった。ジョンのことでは、あなたを信用しなきゃいけなかった。あなたに相談して――」

「いいんだよ」彼はそうささやくが、わたしはほんとうにそうなのか心配になる。わたしが疑い深くてエディを信じられなかったばかりに、やっと見つけたこの完璧な人生、新しい人生を台無しにしてしまったんじゃないだろうか。

「犯人はほんとうにトリップだと思う?」彼の腕に包まれて立ったまま、わたしはそう尋ねる。トリップが犯人だと答えてほしい。痛ましい事件ではあるが単純で、責めを負うのにうってつけの人物がいると言ってほしいのだ。

「彼にそんなことができたなんて、ぼくは思いたくない」エディが答える。「まったく、何度彼をこの家に招いて、ゴルフも一緒にプレーしたと思う?」そしてまたため息をつく。それは聞こえるだけでなくじかに感じられる。「だが、トリップとブランチは問題を抱えていた。それに間違いなくあいつは大酒飲みだ。もし酔っているときに喧嘩になれば……」

そこで言葉が途切れる。トリップのせいでどれほど不安な気持ちにさせられたかを思い出す。身の危険を感じるようなものではなかったけど、だからといってまったくそうでなかったと言い切れるわけでもない。

ある人間にどんなことができるのか、わかったものではないのだ。

「警察がちゃんと仕事をしてくれるさ」エディはそう言いながら、まだわたしのうなじをなでている。「もしトリップが容疑者だと警察が思っているのなら、それなりの根拠があるはずだ」

「ごめんなさい」わたしはまたそう言う。「エディ……」

でも、彼は頭をそっと下に傾けて、わたしにキスをする。「しーっ」そして顔を離すと、わたしの唇に向かってそう言う。「そんなことはいいんだよ、ジャニー」

彼はまたキスをする。今度はさっきよりも激しいキスで、わたしは彼の腰にぎゅっと腕を回して、彼だけではなくて、この瞬間に、棒に振るところだったこのチャンスにしがみついている。

顔を離してからエディは額を傾け、わたしの額につける。「ぼくを信じていると言ってくれ」かすれた声でそう言う。

そして、わたしは生まれてはじめて「あなたを信じるわ」という言葉を口にする。きっと、心からそう思っているのだろう。

第六部

ビー

十一月、ブランチから四か月

きょうのエディにはよそよそしいところがなかった。部屋に入ってくるなりわたしのとなりに腰を下ろしたので、彼の膝がわたしの膝に密着する。「ここで快適か?」と尋ねる彼の吐息からはミントの香りがした。それで、なぜか気が楽になった。エディは歯を磨いてからわたしに会いにきた。ということは、こうなることを予想していた——というか、望んでいた?——

のだ。

いっぽうで、わたしだって準備はできていた。ここでは化粧をしようにもたいしたことはできないけど、シャワーを浴び、頬をつねって血色をよくして髪を梳かした。いま、髪は少し伸びているから、エディとはじめて出会ったときのスタイルによく似ている。そのおかげで、わたしがこれからしなければならないことを実現しやすくなる。

前回エディがここに来たとき、わたしがハワイに触れたらとたんにエディの顔つきが変わった。それで、いずれこうなるとわかっていた。このままわたしを生かしておいたほうがいい、わたしがいないと困る、と彼にすんなり理解してもらううってつけの方法は、わたしたちが決して飽きることがなかったあれをすること。

つまり、セックスを。

とはいえ、自分の親友を殺した男、自分を監禁している男、自分がよく知っているはずだと思い込んでいた男、自分が結婚した男を誘惑するところを心のなかで思い描くのと、それを実行に移すのとはまた別の話だ。

わたしは自分の手でエディの手を包み込んだ。彼のてのひらには固くなったところがある。そういえば、そういうところが好きだったんだ。エディは自分の手を使って働いていている。青白くてふにゃふにゃした指の持ち主であるトリップ・イングラム的世界とはかけ離れている。

エディは美しい。

ずっとそうだった。

わたしはただそればかりを考えるようにして、彼の指のつけ根をなぞりながら深い呼吸をした。

この手がブランチにかけられ、わたしをこの部屋に閉じ込めたということは頭から追い出した。そのかわり、その手でわたしに触れてほしいと思っていたときのこと、触れてくれないなら死んでしまうと思っていたときのことを思い出すようにした。

ずっとそうだったのだ。わたしたちの関係がはじまったそのときから。

「ビー、なにをしている？」わたしが彼に寄りかかり、唇を彼の耳にさっとかすめさせると、エディが小声でそう言った。

「あなたと一緒にいられないからさみしいの」わたしはそう言いながら、急にそれがほんとうだと思えてきた。

確かに、わたしは彼がそばにいてくれないからさみしい。

ブランチを殺したエディではない。それは、わたしの知らないエディだ。わたしが恋しいのは、昔からのエディ。気取らない笑顔、魅力、そして、自分でも気づいていないわたしの望みをちゃんと知っているという態度でわたしを夢中にさせたエディ。

わたしはなるべく出会ったばかりのころのことだけを考えるようにした。ここに越してくる前、予想に反していろいろなことに暗雲が立ちこめるようになる前のことを。

「ハワイでの最初の夜のこと、覚えてる?」ベッドから身を起こし、向き合って立ち、彼の肩に両手を置いて、わたしは尋ねる。

ほとんど反射的に彼の両手がわたしの腰にさっと回される。

「ぼくがきみの部屋に押しかけたんだったな」彼がそう答える。そのあいだわたしは彼の肩から胸へと手を滑らせ、さらにぐっと身を寄せたので、彼は両脚を開いてわたしがそのなかに入れるようにしないといけなかった。「きみは言ったよね。自分はそういう女じゃないって」

彼の口角がさっと上がり、えくぼがくっきりと刻まれた。わたしはかがんでそこにキスをして彼の息遣いを感じた。

「そんな女じゃなかったわ。あなたに会うまではね」

わたしはそう言って、彼にキスをした。

この部分は思っていたよりもずっとスムーズだった。エディにキスをするのがずっと大好きだったからだろう。

それとも、あの最初の夜を再現したことで、その状況にすんなり入り込めたのかもしれない。いまわたしたちがどこにいるのか、なにが起きたのか、彼がなにをしたのかということをエディに忘れてほしかった。でもそういうことは、わたしも忘れていたかった。

すべて忘れて。

落ちていけばいい。

彼の口がわたしの下にあるのは都合がよかった。それで、わたしは首に腕を回して彼を引き寄せ、指で彼の髪を――

「だめだ。だめだよ、ちょっと、ビー、こんなの滅茶苦茶だ」

荒い息遣いをしたエディがわたしを押しのけた。

彼がよろめくようにしてさっとベッドから立ち上がったので、わたしはベッドからあとずさった。

髪の毛を手でかき上げる彼の顔は真っ赤で、目には生気がなかった。

「こんなことできないよ」エディがそう言ったので、わたしはがっかりした。

「きょうは来なければよかった」わたしから離れながら、エディは続けてそう言った。「いったいなにを考えていたのか、ぼくにはよくわからないよ、ぼくは——

——」

彼が立ち去ってしまう前にわたしは手を伸ばした。すると、彼は立ち止まり、わたしの指が手首にそっとかかっているのを見つめた。その瞬間、部屋の空気が変わり、ぴんと張りつめ、研ぎ澄まされたものになった。


わたしは彼ににじり寄り、手で彼の顔を包み込んだ。彼は背を向けなかった。

「大丈夫だから」わたしはやさしく語りかけた。「大丈夫よ」

「大丈夫なもんか」彼は否定しつつもそこから動かなかった。わたしは彼に寄りかかった。

「気が乗らないのなら、しなくてもいいのよ」穏やかな口調のまま、わたしはそう伝えた。「でも、わたしはしたいの。それはわかってほしい。わたしは欲しいの、エディ。あなたが」

それは本心だった。

心からそう思っていた。

そこがまた、おそらくこの状況の最悪なところなのだ。

今度はためらうことなく彼にキスをした。唇や舌でおずおずと触れてみたりせずに。あの最初の夜にしたみたいなキスをすると、思ったとおりエディは抵抗をやめた。

すべてが驚くほどスムーズだった。わたしたちの身体はあっという間にたがいを思い出した。

あなたはわたしを愛している。キスをしながら、身体に触れながら、あえぎ声の合間にわたしはエディに何度もその言葉を浴びせた。

あなたがわたしを愛しているって忘れないで。わたしたちのしているこれは楽しくて、当たり前で、素晴らしいことでしょう。

あなたがわたしのものだって忘れないで。

そういうことを彼に思い出してもらおうとしているうちに、わたしも思い出した。

彼がどれだけ素晴らしいかを。彼をどれだけ愛しているかを。

読者よ、わたしは彼と寝たのです。


ことが済むとわたしたちはそのままベッドに横になった。彼の汗がわたしの身体にまとわりつく。その場があんまり静かだったので、わたしは彼に手を伸ばして、心臓の上を指でなぞった。「わたしがまだあなたを愛しているって、わかっているくせに」わたしは消え入るような声でそう言った。「あなたを傷つけるようなことはぜったいにしないって、わかっているでしょう」

わたしが言わんとしていることを、エディに受け取ってほしかった。**ここから出してくれたら、なにが起きたかはぜったいに口外しない。ふたりでなんとかしましょう。**

でも、そんなことを言ったのは失敗だった。

エディは深いため息をついて、わたしから離れ、ベッドのそばに落としたままの服に手を伸ばした。

ぎこちない彼の動作から、わたしがやり過ぎたことが伝わってきた。彼はわたしの真意をしっかり理解した。それがお気に召さないのだ。

彼は無言で部屋から出ていった。また最初からやり直すことになるのだろうか。

エディとブランチがヴィレッジで一緒にランチをしているところを目撃したビーは、その瞬間を心から締め出そうとした。その日、ビーは近くのホームウッドにある〈サザン・マナーズ〉のオフィスで仕事をしているはずだったが、マウンテン・ブルックのブティックに立ち寄ってショーウィンドウに飾られている品を偵察したくなったのだ。

ところが、夫と自分の親友がカフェのテーブルに座り、サラダを食べながら笑い合っているという、いかにもED治療薬のコマーシャルに出てきそうな場面を目にする。ショックが大きすぎて怒りのあまり息ができなくなりそうだ。

ふたりで一緒にいるのが悪いのではない。あまりにも開けっぴろげで、ふたりの姿が周囲から丸見えだ。その姿を人が見て噂し合うのが問題なのだ。

ビーはそういう人たちに同情されるかもしれない。

歩道の日よけの下に立ちつくしているビーは、サングラスの奥から、そして心のなかで、道行く人の顔が自分に向けられるのがわかる。どこか人の不幸をよろこんでいるような、哀れみの表情が向けられる。彼女の手が急に震え、脚が動きだして、道を渡ってふたりのテーブルの前に立つ。はきはきとあいさつをするビーにふたりがたじろぐ姿を見て、意地の悪いささやかなよろこびに浸る。

ふたりのあいだには設計図が広げられている。エディの建築請負会社（彼女が出資して彼にプレゼントした事業だ）がブランチの家の改築を手掛けているのだ。やましいことはなにもない。楽しくランチを食べながら細かい打ち合わせをしているだけ。

でも、それはただのランチではない。ブランチが自宅のリノベーションをエディに任せる気になってからというもの、彼は彼女の家に入り浸りだ。

ブランチがビーの家にやってくることもある。エディと一緒に裏庭のデッキに座り、ビーのワインを飲みながら、彼女の〝夢のキッチン〟の画像が集めてあるピンタレストのボードをエディに見せている。

エディは彼女にほほ笑みかけ、したいようにさせている。

その流れでランチにも誘ったのだ。

「きみのせいで恥ずかしい思いをしたよ」キッチンで一緒に夕食の準備をしているとき、エディがビーに打ち明ける。ビーは三杯目のワインを飲んでいるところで、ステレオから流れる音楽の音量が少し大きすぎる。

「というか」彼は続けて言う。「きみ自身が恥をかいたんだけどな」ビーはなにも答えない。そういう態度をとれば彼がますますご機嫌斜めになるのがわかっているから。そして、そのとおりになる。

エディはむっとして肩にかけていたキッチンタオルをカウンターに投げつけ、彼女のワイングラスを手に裏庭のデッキへと向かう。

その件についてふたりがそれ以上話すことはない。だが、後日ビーがブランチと会ってコーヒーを飲んでいると、ブランチがしきりと申しわけなさそうにして取り繕ったような笑顔を向け、それから──

「あなたはいつも大げさなのよ、ビー」と言う。

そんな風に投げつけられた言葉を、ビーはしばらく考えている。そのあいだブランチはコーヒーのホイップクリームを木のマドラーですくっている。その言葉にはちょっととげがあった。どこか非難しているような。

ところが、その二日後、ビーはエディの携帯電話を手に取って──いかにもエディらしいのだが、彼はパスワードロックをかけていなかったし、そんなことは考えもしないだろう——そのメッセージを目にする。

それはブランチの自撮り写真だ。セクシーで色っぽいものではなく、下品でもないが、わざとらしく困ったような顔をしている写真。

きょうは会えなくてさみしかった!

ビーはそのメッセージをじっと見て、それからスクロールしていく。

今度もまた、確たる証拠はほとんどないことがいら立たしい。ふたりの関係を示す決定的証拠が出てこないことが。彼女がずばり指摘できて、ふたりを破滅に追いやることのできる証拠がないことが。でも、断片をかき集めてみると……

ある瞬間や会話の連続。ふたりがそこにあることを否定する親密さ。ブランチのさんざんだった一日、ビーがしょっちゅう家を空けることにたいするエディの不満。なんの意味もないようでいながらふたりにだけはわかるジョーク。ビーにはまったく関係のない、ふたりがシェアしているスナップショット。

正直なところ、エディが自分を裏切るなんて、ビーは考えたこともなかった。でも、それよりもブランチの裏切りのほうがこたえる。

そっちのほうが余計につらい。

だから、ビーとトリップがあんなことをしたって、おあいこなのだ。

その日、キャロラインの家で近所の人を集めたバーベキューが開かれる。トリップはいつもと変わらず陽がまだ落ちきっていないうちからすっかりできあがっている。

「あのふたり、仲がよさそうじゃないか」エディとブランチがグリルのそばでしゃべっているのを見て、トリップがビーに話しかける。エディはビールを、ブランチはマルガリータを手にしている。ふたりは笑っているが、そんな風にリラックスしてうれしそうなエディをビーが目にするのはひさしぶりだ。

そのとき、ブランチがこちらをちらっと見て、ビーとトリップを認めるとにっこり笑い、グラスを上げて会釈する。ビーとトリップもグラスを上げる。すべてが順調で、あるべきところに収まっている。いかにも、仲のいい友達どうしで集まっているという雰囲気。

それでも、ビーだけが気づいている。ブランチの笑顔が口元で引きつり、苦笑いになっていることに。そして、エディがわざわざブランチの肘に触ろうと手を伸ばしていることに。

「それじゃあ、あのふたりが寝てるとしたら、エディはブランチに一割引きしないといけないかしら?」ビーがそう訊いてみると、トリップは笑いだす。

彼は笑うと見栄えがする。ブランチが結婚した当初のトリップに戻ったように。

ブランチが恋に落ちたトリップに。

「かえってブランチのほうがエディにボーナスを二割はずまないといけないんじゃないか」彼はそう答える。ビーは肩越しにトリップを見る。ゆっくりと笑いかけて、視線が彼に移るのをはっきりと見せつける。

「トリップ、それって自分を安く見積もりすぎじゃない?」

あとで判明するのだが、そんなことはなかった。

キャロラインの家の二階のバスルームで、ビーとトリップはセックスをするが、どうしようもなく退屈なものだったから、ビーは感じるふりすらもせずに、キャロラインが壁に掛けた、ありきたりなピクニックの場面を描いた趣味の悪い絵をじっと見つめている。

トリップがビーの首のあたりでうめき声を上げているとき、ビーは頭のなかで、〈サザン・マナーズ〉の夏の商品ラインナップのために確保したばかりのカラーブロックのプリント画をどうやってキャロラインに送ろうかと考えている。

ことが終わったとたんにトリップは意外なほどうろたえ、手で顔をなでながら「なんでこんなことをしたのかわからない」とこぼす。

どうしてそんなことをしたのか、ビーにはちゃんとわかっている——ブランチとエディへの報復、自分のものを盗《と》られる前に彼女のものを盗ること——それなのにビーの心は空っぽだ。

あとでトリップからメッセージが届く。

すまないことをした。でも悪いとは思わない。

彼の気持ちがビーにはよくわかる。

第七部

ジェーン

話はもうしない。ようやくあるべき調子に戻ってきた。

わたしはジョギングをはじめる。夏になってうだるような暑さになり、エディに熱中症で死んでもいいのかと警告されているが。それでも、わたしは湿度が上がる前の早朝の暑さが好きなのだ。太陽が地平線を昇るなか、露に濡れた芝が宝石のようなまばゆい緑色に輝く。汗が背中をつたい、サングラスの奥でわたしの目を刺激するのも心地よい。

エミリーやキャンベルとばったり出くわすこともある。ふたりは決まって歩いていて、走っていることはない。エミリーはいつもにっこりほほ笑んで手を振ってくれるが、キャンベルの笑みはどこかぎこちない。

でも、今朝、通りに人気《ひとけ》はない。まだ朝の八時なのにほとんどの人が七月の暑さに圧倒されているのだ。ふと気づくと、わたしはトリップの家のある通りに入っている。

第一級殺人容疑者のトリップはまだ自宅にいる。

24

七月

それから何週間か、わたしはエディを信じることにした。彼が望むとおりの、彼にふさわしい婚約者になるのだ。わたしはヴィレッジに出かけていって、〈アイリーン〉で気に入ったドレスと、それに合わせたヴェール、新しい靴など一式をそろえる。

そして、結婚式について彼と話す機会を増やした。相変わらず、こぢんまりしたシンプルな式にする予定だが、式場は地元のバーミンガムにして、駆け落ちの金持ちの白人男性ならではだ。

わたしはフェニックスでのできごとを考えないようにする。床の上であえぐミスタ・ブロックの姿や、そのとき以来ずっとわたしにつきまとう胸くそ悪くなる恐怖を心から締め出そうとする。もし捕まって、わたしがしたことがばれたら、公判がはじまるまでエディの家にいられるだろうか。

きっと無理だ。〝無実です〟と申し開きをする機会が与えられる前から、オレンジ色の囚人服を着て過ごすことになるだろう。

そこからも、この世界、こういう人たちが住む世界が別の惑星のようなものだとわかる。

トリップがまだソーンフィールド・エステートで暮らしているのは、トリップの弁護士が顧客に逃亡の恐れがないと立証できたからだ。それで、数か月後に控えた公判の開始を待っている。

トリップの公判がはじまるころには、そんなことはどうでもよくなっているはずだと、わたしは自分に言い聞かせる。エディとわたしは結婚していて、エディは証言せざるをえないだろうが、わたしは無関係でいられる。

でも、だからといって、事件にかんする記事を読みあさるのをやめるわけではない。発見されたブランチの遺体には頭蓋骨にはっきりと亀裂が入っていたそうだ。さらに、ブランチが湖に出かける数日前にトリップは金づちを購入していた。

あの間抜けはオヴァートン・ヴィレッジにある工具店でクレジットカードを使っていた。

トリップが女性ふたりの前に出し抜けに現れて、みんなすっかり酔っ払っていたにもかかわらず、ボートを出すようそそのかし、なにかが起こったと考えられている。喧嘩か、それとも口論か。トリップは酔っていた。三人ともが。それで、最後はブランチが湖に落ちた。

ビーがどうなったのかは、わかっていない。おそらく、ビーは叫び声を上げて、トリップに殴られたのだろう。気絶したかもしれない。ボートの底に倒れたまま、水中に沈んだのかもしれない。なにがなんだかわからず、混乱して身を起こしたところを、トリップに船外へ突き倒されたのかもしれない。

ビーの遺体はまだ見つかっておらず、ボートにも証拠が残っていないので、ビーの殺人容疑でトリップを起訴するのはむずかしいと、エディは警察から説明されている。血痕もDNAも出なかったのだ。いまの時点ではすべてが憶測にすぎない。そのせいもあって、トリップの弁護士は彼の保釈を勝ち取ることができた。というか、それと金持ちの白人特権のおかげでと言えるけど。

わたしは彼の家の前で立ち止まって、片手で脇腹の痛む部分を押さえながら、家の窓を見つめている。トリップは家でなにをしているのだろう。なにを考えているのだろう。

エディによれば、たとえ有罪が立証されたとしても、トリップの刑期は長くならないということだ。トリップのような男はそうならないと相場が決まっているのだ。ほとんど状況証拠ばかりなので、有罪に持ち込むために検事が罪状を過失致死に引き下げる可能性がある。そして、トリップの弁護団も、検察側の証拠がブランチの遺体と、後頭部に走った亀裂しかないというところを突いてくるだろう。トリップが金づちを購入したという事実だけではそれを使って妻を殺害したということにはならないし、ビーがボートから転落するときに頭をぶつけた可能性だってある。

上の階で一瞬なにかが動く気配がする。カーテンがさっと引かれた。トリップがこちらをうかがっているのだ。

わたしはしばらく歩道に立って、トリップが外に出てきて声をかけてくれないかと思っていたが、その後はまったく人の気配がしなかったので、しばらくしてまた走りはじめる。

帰宅すると家にはだれもいない。エディは仕事に出かけている。わたしはキッチンに立ち寄って冷蔵庫から水のペットボトルを取り出し、カウンターに軽くもたれかかり、それをがぶがぶ飲む。水がとても冷たくて、歯とこめかみにキーンと痛みが走る。

水のボトルを置いたちょうどそのとき、物音が聞こえる。

上の階のどこかから、〝ドン〟という音が聞こえる。ブランチのことを説明するために警官がやってきたあの夜に聞いたのと同じような音。わたしはそこにじっと立ちつくして、耳を澄ます。

〝ドン〟〝ドン〟〝ドン〟

だれかが持ち上げた重いものを落としたような音だ。

「ねえ」わたしは呼びかける。「だれかそこにいるの？」

上等だ。これじゃあまるでホラー映画の世界だ。そのうち真っ暗闇のなか、下着姿で地下室に逃げ込む羽目になるのだろう。

そんなことを考えているとまた物音がして、わたしの鼓動はさらに速くなる。

ゆっくりと静かに居間を横切って、耳を天井に向けるが、もう物音は聞こえない。エアコンがブーンと低く唸る音と、自分の荒い息遣い以外はなにも聞こえない。

その静けさがやけに圧倒的で重々しく感じられ、肌の表面で汗が急速に冷えてぞくぞくする。ちょうどそのとき携帯電話が鳴りだしたので、わたしは悲鳴を上げる。

わずかに震える手でヨガパンツの小さなポケットから携帯を引き出して、その画面にエディの名前が表示されているのを確認する。

「やあ、美人さん」電話に出ると、彼の声が聞こえる。

リラックスしきった、あまりにのんきな声だったから、わたしの鼓動も少し穏やかになって、身体から恐怖心がいくぶん抜ける。「ちょっと電話してみたんだよ。どうしてるかなって」

背後で金づちが板に打ちつけられる音や、遠くでのこぎりが引かれる音がするので、エディが現場にいるのだとわかる。わたしは彼の姿を思い浮かべようとする。シャツをしわくちゃにしてサングラスをかけたエディを。

「つい二時間前に一緒にいたじゃない」わたしは彼に教えてあげる。「それなのに、もうさみしくなっちゃったわけ？」

色っぽく、気を引くような感じで言ってみるが、エディはわたしの口調からなにか感じ取ったようだ。

「あのさ、そっちはほんとになんにもないのかい？」

「わたしなら大丈夫よ」わたしはそう言いながらも、相変わらず音が聞こえないか、耳を天井に向けている。

「家のなかで物音がしたものだから」

「どんな音？」エディにそう訊かれて、わたしは突然幼くなった気がする。ひとりで留守番を任されて、家のなかの物音におびえる子どもに。

「ちょっと鈍い音がして」わたしはそう説明しながら、首を横に振っている。わたしの姿は彼に見えないのに。「二、三度したかも。そんなの気にするなんて、ばかげてるけど。それで、わたし、ゴシック小説やくだらないホラー映画みたいに二階をうろうろしていたというわけ」

そこでエディは笑うか、ジョークを飛ばすと思っていた。でも、彼はそうせずに、「大きな家なんだからさ、ジェーン。いろいろな音がするよ。とくに夏場は」という答えが返ってきた。

「そうよね」とわたしは言う。「だから言ったじゃない。ばかげてるって」

「ベッドに戻ったらどうなの、少女探偵ナンシー・ドルーさん？」彼がそう茶化すので、とたんにわたしの身体のなかをさっといら立ちが駆けめぐり、むかついてくる。

　でも、その気持ちは抑え込む。彼はただ愛想よくしているだけなのだ。それに、わたしだってこんなことを続けていたらだめだ。目の前にある素晴らしいものをぶち壊すような真似をしたらいけない。

「そうね、いまのところは汗をかいて気持ち悪いからシャワーでも浴びようかな」わたしがそう言うと、彼は低い声を出す。いつもだったらその声で欲望がかきたてられるところだ。

「ここじゃなくてそっちにいられたらいいのにな」とエディが言う。適度に興味を引かれたふりをして、わたしは答える。「昼食に帰ってきたっていいのよ」

　エディのため息が聞こえる。「そうできたらいいんだが。でも、きょうはコナーズ邸の現場でいろいろあって、〈サザン・マナーズ〉にも寄らないといけない。でも五時までには帰るって約束するよ」そう彼が言ったので、わたしはかえってちょっとほっとする。

「約束は守ってね」わたしはそう伝える。エディが電話を切ったあとで、わたしは廊下に立って、いまはなにも置いていないテーブルの上に両手をつく。

　テーブルの上方に掛かっている鏡をのぞきこむ。走ってきたばかりなのに、わたしの顔は青白く、髪はぼさぼさでちょっとべたついている。両目の下には黒いマスカラが点々と染みになっている。

「しゃきっとしなきゃ」鏡のなかの自分に向かってそうつぶやき、両手で髪をかき上げて頭のうしろに流す。鏡に映るその若い女性は野性的だ。わたしは歯をいーっとむきだしにすると首を振ってふふっと笑う。

　それから、またあの物音がはじまる。

25

以前、この界隈でドッグウォーカーをしていたとき不思議に思うことがあった。キャンベル、エミリー、キャロラインのような人たちは、昼日なかに大きなSUVに乗ってソーンフィールド・エステートを脱出し、いったいどこに向かうのかと。

さほど遠くには行っていなかったらしい。きょう、わたしたちは〈ローステッド〉に集まって、〈近隣美化委員会〉の打ち合わせをしている。キャンベルとエミリーはふたりともアスリージャー（普段着にできるスポーツウェア）に身を包んでいるが、わたしはもう少しきちんとしたものを着ている。グレーのペンシルスカートにピンクのブラウス、それにハイヒール。ふたりほどまだ日に焼けていないし、髪もそこまでつやつやではないが、エミリーの大きなサングラスに映る自分の姿を見ると、数か月前と比べてずいぶんふたりに似てきたようだ。

髪の手入れはどこでしているのかエミリーにあとで聞かなくちゃと心のなかで思いながら、わたしは自分のバッグに手を伸ばす――これも新しく買ったもので、アデルがすっぽり入るぐらいの大きな革のバッグだ――そして、くるんとしたかわいらしい書体でソーンフィールド・エステート近隣美化委員会を略してTENBCと書いてあるラベルを丁寧に張ったバインダーを取り出す。

「まあああ、見て」エミリーが手を伸ばしてわたしの腕をふざけて叩きながら言う。「きちんと整理されてる！」

わたしはにっこりほほ笑むが、これを準備するために午前一時まで起きていたことや、目の下の隈《くま》をごまかすためにコンシーラーをしこたま塗りたくらなくてはならなかったことは黙っている。

それに、居間の床に座り、雑誌から写真を切り抜いてバインダーのファイル用ポケットに入れる作業をしているときに、上の階から物音が、エディが心配しなくていいと言ったあの奇妙な音が聞こえたことも。聞こえたのは二、三度だったし、かすかなものだったから、今度は飛び上がったり悲鳴を上げたりはしなかった。でも、害獣駆除業者に電話をしなきゃと心のなかで思った。

ともかくいま、わたしはテーブルの上にバインダーを置いて満面の笑みを浮かべ、指輪が陽の光を受けてきらめいている。

キャンベルはそうしてほしいと思っていたとおりに身を乗り出してわたしの指輪をまじまじと見る。

「結婚式はいつなの？」そう尋ねる。エミリーもちょっと耳をそばだてているようだ。

またしても、噂話は通貨というわけね。

わたしはバインダーに視線を落として、ぱらぱらとめくる。「正直なところ、まだよくわからないの。早々に式を挙げることにしているのだけど――こぢんまりした式をね。気取らない、アットホームなものを……」

「トリップのことがあるから、なかなか結婚式の計画も立てにくいでしょうね」エミリーが同情するようにそう言うので、わたしは顔を上げる。

「わたしたち、そのことはなるべく考えないようにしているの」と答えるが、それはほんとうのことだ。

ふたりともフンフンと同意する。それからキャンベルがため息をついて、わたしのバインダーを手元に引き寄せ、ぱらぱらと写真をめくるが、まともに見ていないことがバレバレだ。

「《サザン・リビング》にいくつかいいアイデアがあって」わたしは説明する。「地区の入り口にある花壇にぴったりなの？　その四ページ目に――」

「トリップが湖にいたって警察が突き止めたらしいけど、知っていた？」

エミリーがほとんどささやき声でそう言ったので、わたしは驚いてさっと顔を上げる。そんなの、初耳だ。

でも、わたしよりもキャンベルのほうが大きなショックを受けたようだ。彼女がさっと身を起こしたはずみで足がテーブルに当たり錬鉄が揺れる。

「まさか、それ冗談でしょう？」キャンベルがさっとサングラスを外す。青い目が大きく見開かれている。

「トリップが現場にいたの？　ほんとうに？」

エミリーがこくりとうなずく。わたしはバインダーを自分の手元に戻す。

「警察はそう言っているわ。目撃者がいたんじゃない？　それか、レシートが残っていたとか。ちゃんとしたやつがね。セレブのカーダシアン家の人間を茶化すようなものではなくて」

それを聞いてわたしはくすっと笑った——エミリーがジョークを言うなんて、意外だ——でも、キャンベルはまだわたしたちを見つめたまま指先からサングラスをぶら下げている。

「それじゃあ……ほんとうにトリップがやったのね。彼がふたりを殺したんだ」

「もちろん、彼がやったにきまってる」わたしが思った以上に鋭い口調でそう言ったので、ふたりがこちらを振り返る。

しまった。

わたしは咳払いをして、バインダーのページをめくる。「わたしが言いたかったのは……警察はちゃんと仕事をしてるってこと。彼がやったという確証がなければ、起訴したりしないでしょう」

エミリーはうなずいているが、キャンベルは下唇をぎゅっと噛み、足を小刻みに揺らして、解せないという顔をしている。「ちょっとおかしくないかな」キャンベルが言う。「そりゃあ、お酒が入ったトリップは最低男よ、誤解しないでね。でも彼って……暴力を振るうようなタイプじゃない。それに、ブランチのことを愛していた」

わたしだってそう考えていた。でもいまでは、ブランチの死後、彼が自暴自棄になって家じゅうをうろつき一日じゅう酒をあおっていたのは、悲しんでいたのではなくて罪の意識からだったのではないかと思っている。

するとエミリーが甲高い声で言う。「でも、あのふたりには実際に問題があったでしょう、キャム。知っているはずよ」

ふたりが一瞬こちらをちらっと見て、目配せし合ったので、それがなんのことだかわたしにもぴんときた。「トリップが教えてくれたのよ」わたしは彼女たちに打ち明ける。「エディとブランチには噂があったって」

ふたりがまた目を合わせたので、わたしをばかにする気かと思ったら、エミリーが肩をすくめて言う。「つまりね、あのふたりはしょっちゅう一緒に過ごしていたのよ。それに、ビーはぜんぜんこのあたりにいなかったし」

「ぜんぜんよ」キャンベルが首を振りながら言う。「ビーは会社命だったから。最後の数か月間はとくにそうだった。わたしたちですら彼女の姿をほとんど見かけなかったもの」

「そのとおりよ」エミリーがつけ加える。「わたしたちがこの地区に引っ越してきたばかりのころはビーと一緒に過ごすことが多かったのに」そう言ってほほ笑むと、わたしのバインダーを軽く叩く。「こういうことをしてくれていたのよ。でも、去年の春あたりから、打ち合わせをすっぽかすようになって、パーティーにも出てこなくなって……」

「でも、もしかしたら……」わたしは質問しかけるが、最後まで言えない。キャンベルとエミリーが顔を見合わせている。

「それはないわ」エミリーがようやく口を開く。「でも、事件が起きる直前、ビーとブランチはなんだかおかしかったわね」

キャンベルがふうっと深く息を吸って、椅子に深く腰かけ、エミリーを射るような目つきでにらむ。

「なによ？」エミリーはコーヒーに口をつけながら、キャンベルに向かって言う。「ほんとうのことじゃない。それに、ふたりとももう死んでいるんだし。そんな風だったって言っても、いまさらだれも傷つかないわよ。それに」彼女はさらに続ける。片手を振ったので、指輪から光があちこちに放射される。「そこまできわどい話じゃない。なにか、ビーのお母さまに関係することだったと思うわ。エディが登場する前の話よ」

ふたりはそういうたぐいの噂話には興味がなさそうだ。でも、いまいましいことに、わたしはそれについて知りたくてたまらない。ビーとブランチの関係がぎくしゃくしていたという情報は初耳ではない——トリップも同じことを言っていた——でも、具体的になにがあったのだろう？　ふたりの友情には、わたしが見落としているなにかがある。それを突き止めることがエディを理解する鍵なのだと思えてならない。わたしは別の視点を試してみることにする。「ビーって、怒りっぽかったの？」

ふたりとも首を振って笑いだし、キャンベルはコーヒーカップのふたを取り去って、ぐっと飲み干す。

「まあ、そんな、違うわよ」エミリーが答える。「彼女、パイみたいにやさしかった《スウィート》わよ。そりゃあタフだし、野心なんかはあったけど。でも素敵な女性だったわ。彼女がだれかに腹を立てているところなんて見たことがない。依頼したケータリング業者が、彼女とエディの結婚記念パーティーを台無しにしたときだってそうだった。ハワイのお祝い料理がテーマになるはずだったのに、業者が持ってきたのは……思い出せないわ。なんだったっけ、キャム？」

「フィンガーフードよ」キャンベルが答える。「お茶会で出すようなやつ。キュウリのサンドウィッチとか、プチフールとか、そういうもの。ビーは笑い飛ばしていたわね。エディのほうがよっぽど――」

キャンベルはそこで唐突に言葉を切って、わたしをちらっと見ると、なんでもないという風に肩をすくめる。「とにかく、違うわ。わたしが知るかぎり、ビーはちょっとでもいらついたことがなかった」

そこでわたしたちのあいだにぎこちない沈黙が一瞬降りるが、エミリーが明るく尋ねる。「それで、明日の夜はみんなでカントリークラブに行くわよね？」

ああ、そうだった。また資金集めのイベントがあるんだった。冷蔵庫に貼りつけてある。わたしはもう、カントリークラブでの資金集めのイベントに出席する彼女たちのような女性の仲間なのだ。

わたしはふたりにほほ笑みかける。

「必ず行くわ」

店を出ようと立ち上がったところで、キャンベルの視線がわたしの身体を上から下へと移動する。

「まあ。あなたって……素敵ね、ジェーン。ほんとうに」

「そうでしょう？」エミリーがまたわたしの腕を叩きながら言う。「ペンシルスカートなんか、ビーよりうまく着こなしていると思うわ。それに、ビーそのものって感じよね」

エミリーはまだほほ笑んでいるが、わたしはその言い方になにか引っかかるものを感じる。意識してビーと張り合おうとしているわけではないが、この打ち合わせにビーみたいな格好をしてきたらどんな風に見えるのか、思い知らされた。わたし、ペンシルスカート、バインダー。それってまるで、生気に乏しい模造品《イミテーション》のようではないか。

ビーの亡霊。

家に帰るあいだずっとそんな風に考えていると落ちつかなくなって、帰宅するなり廊下の鏡に自分の姿を映してみる。

肩に届く髪は、ビーと同じ長さのボブだ。つけているイヤリングは、写真のなかで彼女がつけていたものとそっくりだ。

口紅ですら、同じ色。

わたしはうしろを向き、ハンドバッグを手に取ってバインダーをふたたび取り出す。

彼女はこういうことをしていた。

わたしはここの人たちと新しいビーとしてつき合いたいのだろうか？　それとも、ジェーンとして受け容れてほしいのだろうか？

わからなくなってきた。

携帯電話が鳴ったので、わたしはため息を漏らし、バッグに手を伸ばして引っ張り出す。

ジョンからメッセージが届いている。

〝よう、ダチ〟と文面ははじまっている。いいかげんにしてほしい。こいつには虫唾《むしず》が走る。

〝今週ちょっと金欠なんだ。五百ドルもあれば足りるんだが。また送ってくれよ。現金で。それじゃ〟

キーの上をわたしの指がさまよう。

〝うせろ〟と言ってやってもいい。

エディにメッセージを送ったっていい。

でも、わたしはハンドバッグに手を伸ばして、折りたたまれた紙を取り出す。フェニックスの電話番号が走り書きしてある、エディに渡された紙。

だれがわたしを探しているのか、突き止めたっていいんだ。その人たちの真の狙いを。知っていることを。

それで、ようやくすべてに片をつけることができる。

わたしの人生を先に進められるようになる。

わたしは震える指でその番号を押しはじめる。

26

ジョンが働いているバプテスト教会はこの地域では

大きいほうではない。南部には数区画にまたがる巨大な教会もあるということに、わたしは気づいた。

ジョンの教会はまったく教会らしくない。低層の、ぱっとしない煉瓦造りの建物で、子羊に囲まれたイエス・キリストが描かれたステンドグラスの窓だけが、ここが礼拝の場であることを物語っている。

きょうは持っている服のなかでもとっておきのものを着てきた。青いプリーツスカートに白のボートネックブラウスを合わせ、青と白のストライプ柄のバレエシューズを履いてシルバージュエリーを身につけている。今朝、鏡をのぞきこんだら、なんだか自分じゃないみたいだった。二か月前のジェーンとは似ても似つかないが、かといってエミリーやキャンベルを真似しているようにも見えない。ビーの真似でもない。

そこに映っていたのは……やはりわたしだった。

結局、どんな姿になったにしろ。


わたしは胸を張り、堂々と顔を上げて扉を開け、教会に入る。すると、デスクのところで座っている女の子がわたしにぱっと笑いかける。

きっと寄付をしにきたと思ったのだろう。

半分は当たっている。

「ハーーーーイ」わたしは間延びした口調で、サングラスを頭に上げながらあいさつをする。「ジョン・リヴァースはこちらにいるかしら？」

わたしは見逃さない。彼女の笑顔がわずかに曇ったのを。

ガール、あなたの気持ちはわかるよ。

「音楽室にいます」彼女はそう言って廊下の先を指さす。わたしはお礼を言う。

その教会は焦げたコーヒーと古びた紙のにおいがする。足もとでリノリウムの床がキュッキュッと音を立てるなか、わたしは廊下の突き当たりを目指して歩いていくが、もうすでにやかましいギターのコードが漏れ聞こえてくる。

　ジョンは部屋の中央に置いてある台に座っていて、彼の前には譜面台が立ててある。楽譜の表紙がこちらを向いている。そこには〝よろこびにあふれた心で賛美しよう〟とある。

ぴったりだ。いま、わたしの心はよろこびで満ちあふれんばかりだから。

彼が顔を上げて、わたしがそこにいるのを見ると、指がギターの弦の上を滑る。わたしだと気づくまでにわずかな間があった。

　きょうのジョンは胸に教会のロゴが入った紺色のポロシャツを着て、髪は生え際からうしろに梳かしつけられている。さらに、真新しくてやけにかっこいいスニーカーまで履いている。そんなことではないかと疑っていたが、どうやらエディのお金がすべて音響システムに使われたわけではないようだ。

「ジェーン」ジョンはギターを置いて立ち上がり、片手を上げる。

「長居はしないわ」わたしはジョンに告げる。「あなたが話していたフェニックスの謎の人物とようやく連絡がついたって伝えにきただけだから」

　ジョンの顔から文字どおり血の気が引く。彼の頬が血色のいいピンク色から生気のない灰色に変わるようすをわたしは目の当たりにする。わたしをどんな目に遭わせたかを考えたらいい気味だ。

　でも、それだけではまだ足りない。

「それでね、案外いい人だったのよ。とくに、あなたが吹き込んだことは全部でたらめだって説明したら親身になって聞いてくれたわ」

　そのときの衝撃をわたしは思い出すことができる。その謎の電話番号の先にいる人物が、自分はジョージー・スミスに依頼されて、彼女の姉妹のリズを探していると言ったとたんに、わたしの身体をどっと駆けめぐった安堵感を。〝リズにはアリゾナで里親に預けられたひとり娘がいて、ヘレン・バーンズと名乗っている可能性があるのではないかとジョージーは考えていた。そして、彼女はその娘に会いたがっている。

わたしはさも残念そうな、ちょっと思い悩むような口調で説明した。確かにわたしはヘレンと一緒に里親のもとで暮らしていました。でも、最後に聞いたところでは、ヘレンは麻薬にかかわって、西のほうに、多分シアトルあたりに向かったんじゃないかと思います。いや、ポートランドだったかな。そのあたりのどこかです。でも、とにかく彼女とはもう何年も音信不通で会っていないし、それに――ここで声をひそめ、秘密めかしてささやく――わたしだったらもうこれ以上ジョン・リヴァースなんかに連絡しませんね。彼にはミセス・スミスのような老婦人をだました前科があるんです――彼ならミセス・スミスにうまいことを言って、姪を知っているとうけあってもぜったいに約束を果たしませんよ。そう聞いても、その私立探偵はとくに驚いたようすはなかった。そういうタイプの人間ならよく知っているからとだけ言って、時間を割いてくれてありがとうと感謝した。

わたしは電話を切って、ほんものの後悔が襲ってくるのを待つ。わたしを血のつながりのある家族と結びつける唯一の細い糸を切ってしまった。それに、一年前、いや数か月前だって、母さんにわたしを探している姉妹がいると知ったら、泣きたくなるほどうれしかっただろう。ジョージーおばさん。

いま、そこに結ばれていない紐の端がぶら下がっている。わたしは自ら決断を下し、自分の家族をつくって、そこにつながるすべてのドアを閉じつつある。

そして、なによりも重要なのは、わたしが確信するに至ったことだ。フェニックスで実際になにがあったのか、だれも知らない。

わたしは逃げおおせたのだ。

ジョンはまだわたしを見つめている。彼の喉がごくりと動く。〈ホーム・デポ〉の駐車場でわたしに不意打ちを食らわせたとき、彼はこんなに痛快な気分だったのだろうか。

もしそうだったとしたら、彼のしたことをあまり責められないかも。

「とにかく、その人には、あなたがいかがわしい男だって伝えておいたから。ちょっと脚色して、薄気味悪いところがあって、わたしはつきまとわれてるって説明したかも。だから、もう電話しても出てくれないと思うわ」

最後の部分は事実ではなかったが、彼が冷や汗をかく姿を眺めるのがおもしろくてたまらない。

それでも、彼もまだ完全に負けてはいない。「おまえはなにかやらかしたはずだぜ、ジェーン。なにかから逃げてるだろう。じゃなかったら、おれに金なんて渡さないだろ」彼はこちらに近寄る。「もし逃げてなかったら、そもそもおれのところなんかに転がり込まねえよ。おれたち、同じグループホームで一緒にいたのはどれぐらいだったっけ？　二か月じゃねえか？　おれのことなんて、ほとんど知らなかったくせに。でも、おまえは身を隠す場所を探していた。教えてくれよ。おれは間違ってるか？」

「そんなくそみたいなこと、あんたに教えてやる義理はない」わたしがそう言うと、ジョンはちょっとたじろいで、ドアのほうをちらっと見る。

わたしはうしろを振り返って、デスクに女性がいたことや、わたしたちがいまどこにいるのかを思い出して、吹き出しそうになる。「あなた……わたしが罰当たりなことを言いそうでびびってるわけ？　あなたに恐喝されたって話をしているのに？」

わたしは彼に近寄る。肘を曲げた部分で買ったばかりの高級ハンドバッグが揺れ、手の指でエディにもらった指輪がきらめく。

「あなたはわたしが思っていた以上に賢いみたいね。

それは認めるわ」わたしはそう伝える。「でも、これはもうケリがついたの。もう電話してこないで。エディにも。わたしを知っていたことも、わたしが存在していたことも忘れてちょうだい」

　彼はむっつりした表情になるが、それでも「おまえを忘れろってか？　それとも、ヘレン・バーンズを？」とのたまう。

　わたしはその名前を聞いたとたんに心臓が飛び出しそうになる。

もう終わったんだから。

彼女はもういない。

「くたばれ、ジョン」わたしはやさしくそう言って、壁にかけてある絵をちらっと見上げる。そこにもイエス・キリストが描かれているが、今度は子羊ではなく子どもたちに囲まれている。

　〝ごめんなさい〟、ひどく申しわけないという顔をして口の動きでイエスにそう伝えると、そのまま出ていく。

　入り口のデスクのところまでくると、女の子が興味津々という表情をわたしに向けている。わたしは彼女にまたにっこり笑って、ハンドバッグから小切手帳を取り出す。

「こちらの教会に新しい音響システムが必要だと、わたしと婚約者はうかがったのですが」

　わたしは何千ドルか身軽になってその教会をあとにしたが、気分はものすごくよかった。この先ジョンがまたこんなしょうもないことを企んでも、もう放っておけばいい。いまや、ジョンの上司であるエリス牧師が奥から出てきてわたしと握手をして、わたしの寛大さに大げさなほど感謝をして、これから教会で催しがあるたびにエディとわたしに感謝を捧げると約束したのだから。

　毎週日曜日にジョンにしかと見てもらいたい。

ミスタ・エドワード・ロチェスターならびに妻のミ

セス・ジェーン・ロチェスター。

まあ、〝妻〟と言う部分はさすがにフライングだが、どっちみちわたしたちはもうすぐ結婚するのだ。エディは無実だ。それに、わたしは――自由の身だ。

わたしは車に乗り込んで、ハンドルを手で包み込むようにして、深呼吸をする。

なにも、わたしがミスタ・ブロックを殺したわけではない。だれかを殺すのと、だれかが死ぬにまかせるのとは、別の話だ。

あいつはそうなって当然だった。

死にゆくジェーンをほったらかしたのだから。ほんもののジェーンを。わたしが愛したジェーン。唯一の親友で、わたしの姉妹。血を分けていたわけではない。それでも、同じ家に住み、同じ悪夢を生きていた。

彼女はいつだってちびで、痩せこけていた。学校で風邪や胃腸炎が流行るともれなくもらってきた。そんなとき、わたしはいつも彼女を助けた。ビタミンCをあげたり、オレンジジュースを飲ませたりした。授業に遅れないようにノートもとってあげた。

でも、あの最期のとき、体調を崩した彼女はいっこうに回復しなかった。咳はだんだん湿っぽくて激しいものになっていった。高熱が出た。

この子を医者に連れていかなきゃ。そうしなきゃだめだよ。わたしはブロック家の人たちに頼み込んだが、いつものようにのらりくらりと言い逃れるばかりだった。

この子は大丈夫、たいしたことじゃない。病気のふりをしているだけだから。

ジェーンはわたしのベッドで息を引き取った。わたしと身を寄せ合ったまま。彼女の身体はとても熱くなっていたから、抱きしめるのも大変だった。

それでもわたしは彼女をぎゅっと抱きしめた。彼女が息をしようと苦しそうにあえぎ、震え、そして静かになるまでずっと。

肺炎だった。ミスタ・ブロックが病院に連れていっていたとしても、死んでいたかもしれない。すでにかなり弱っていたから。

それは、知りようもないことだ。

だから、家にわたしとミスタ・ブロックのふたりきりだったあの晩、わたしは当然の報いだと思ったのだ。ミセス・ブロックはビンゴをしに出かけていて、そのころには、一家のもとにいる里子はわたしだけになっていた。

ミスタ・ブロックはテレビで野球を観ていた。そして、その最中に審判の判定にブチ切れた。そういうときは、わたしたちのだれかが殴られることもあったが、その晩、彼はただ立ち上がり、テレビに向かって怒鳴り散らした。顔を真っ赤にして。

わたしはキッチンテーブルに座り、ファストフード店でのしけた仕事に応募する書類を記入していた。すると、ミスタ・ブロックが突然あえいで胸をかきむしりだした。

彼はずっと心臓の不調を抱えていた。具体的にどんな病気だったのかまでわたしにはわからなかったが、ウィスキーや揚げ物、身体に悪いものばかりの食生活ではそうなるのもしかたなかったのだろう。

彼は薬を持っていた。オレンジ色の瓶に入った大きな錠剤。彼はわたしのほうを向き、その言葉を絞り出した。その顔は腐った牛乳の色になっていた。

薬を。

わたしは薬を取ってあげなかった。

彼は崩れ落ちて膝をつき、水から揚がった魚のように口をぱくぱくさせ、顔から眼球が飛び出しそうだった。

ミスタ・ブロックは大柄な男ではなかった。わたしと比べてもあまり差がなかったが、彼が膝をついているほうがやはり安心できた。わたしは立ち上がって、理解できないという顔でこちらを凝視する彼を見下ろす。

その言葉がわたしの口からすっとこぼれた。

死ね。

彼には死んでほしかった。ジェーンのために。

だから、わたしはそこに立ったままで、彼がもがき、あえぐようすをただ眺めていた。二脚のリクライニングチェアのあいだにある小さなテーブルの上の薬の瓶に彼が手を伸ばそうとすると、それを取り上げた。彼の前で掲げて見せた。それがわたしの手のなかにあると見せつけた。

それからキッチンに行って、震える手で瓶の中身をシンクにぶちまけ、さらに生ごみ処理機を作動させた。

ミスタ・ブロックが息をしていないのを確信すると、わたしはそのまま家を出た。

それからの五年間、わたしはひたすらその夜から逃げていた。ミスタ・ブロックが倒れて死んだとき家にいたのはわたしだけだったと、周りの人が必ず気づくはずだと思ったが、その事実にも背を向けた。

でも、わたしのような人間は使い捨てても同然なのだということを忘れていた。わたしの失踪とミスタ・ブロックの死とをつなげて考える人などだれもいなかったのだ。

なんと言っても、彼には心臓に持病があった。いっぽう、ヘレンはふらっと町から出ていっただけ。十八歳の誕生日を目前に高校も卒業していて、里親制度の対象となる年齢から外れるところだったのだ。

わたしはハンドバッグにジェーンの身分証明を入れて逃げた。ほんものの姉妹と言っても通じるほどわたしと似ていたジェーン。

それで、わたしは一からやり直したのだ。

その試みはどうやらうまくいったようだ。

わたしはほほ笑んで、車を出して家へと向かう。わたしの新しい家に。

わたしのほんとうの家に。

27

「どのドレスを着たらいいと思う?」わたしがそう尋ねると、ベッドの上に広げられた候補にエディがさっと視線を落とす。

そこには三枚並べてある。クリーム色のシンプルなシースドレス、セクシーな雰囲気の黒のドレス、それに、〈サザン・マナーズ〉で注文したドレス。それは濃いプラムパープル色で、鮮やかな緑色の葉が刺繍され、袖はキャップ・スリーブになっている。わたしが普段着ているものよりもずっと凝っているが、ビーがデザインしたドレスがどんなものなのか興味があったのだ。それに、エディが気づくか試してみたかった。もし気づいたら、なにか言うかな?

だが、そのドレスに見覚えがあったとしても、エディはそれをおくびにも出さない。ただクリーム色のドレスを顎で示し、「ぼくはそれが好きだ」と言う。

それで、はじめてのカントリークラブでのカクテルパーティーに、わたしはなんとなくいけにえに捧げられた乙女になった気分で向かう。ハンガーにかかっている状態ではとてもエレガントに見えたそのドレスは、着てみるとわたしにはちょっと長くて、スカートの裾は膝下まであり、ハイカラーもちょっと高すぎて顎にこすれそうだし、肌がくすんで見える。

バーミンガム・カントリークラブは趣《おもむき》のあるチューダー様式の美しい建物で、広大な緑の芝地に建ち、周囲を原生林に囲まれている。エディとアプローチを歩いていると、石と丸太でつくられたその建物が見えてくる。窓から光がこぼれている。わたしはエディのそばにぴたっと寄る。おしゃれなレストランや教会の集会はふたりでこなしたとはいえ、これはまた新しいテストみたいだ。それも、試験勉強をちゃんとしたか自信のないテスト。

　夕方だというのに夏の空気はうだるようで、じっとりしている。そのせいで加湿器越しに空気を吸っているような気になるが、正面玄関の外に並べてある重厚なプランターに植えられた花々は鮮やかなピンク色をしていて、すべてが生き生きとして活気に満ちあふれている。

　いま、並んで部屋のなかへとぞろぞろ入っている人たち以外は、すべてがそんな感じだ。

　そういう人たちはみんな、ヴィレッジやメソジスト教会のサイレント・オークションで見かける人のクローンだ。スーツに身を包んだほのかに血色がよい男性と、一分の隙もなく色とりどりに着飾った女性。そういう女性の髪はただのブロンドや茶髪ではない。高級美容師の手によって、両方の色の微妙な色合いが無数に生み出されている。

　この部屋のなかにある宝石をすべて合わせた金額は、きっと小国の国民総生産に匹敵するだろう。もしかしたら、そこまで小さくはない国の国民総生産ぐらいあるのかも。

　奥の壁に沿って食べ物をのせたテーブルが並んでいる。カナッペをのせたトレーを手にウェイターがあちこち動き回っているが、だれも食べてはいないようだ。

　それでも飲んではいるみたいだ。しかも結構な量を。

　部屋の中央にしつらえられたバーを中心に人の流れができているのを日の当たりにしても、わたしには意外でもなんともなかった。近づいてみると、よりすぐりの銘柄ばかりが供されている。

　わたしの腰に添えられたエディの手の温もりと重みが伝わってきて、わたしもこの世界の人間なのだと教えてくれる。わたしは彼のほうを向いてほほ笑む。

　それでも、こういう状況が——彼がほかの男性、わたしがここ数か月にわたって熱心に見習ってきた女性たちの夫と一緒にいるところを見ると——彼がいかに目立ち、いかに異質な存在なのかを思い知らされる。

「飲むかい？」エディにそう尋ねられて、わたしはうなずく。

「白ワインをお願い」

彼は人混みをかき分けてバーのほうに進んでいく。ひとり取り残されたわたしは落ちつかずに、身体の前で両手を握り合わせる。

「ジェーン！」

エミリーがこちらに向かってほほ笑んでいるのが見える。優雅に手を上げて、合図している。

彼女はよく日に焼けた腕をわたしの肩に回して、カクテルドレスに身を包んで立ち話をしている集団のほうにわたしを引っ張っていく。わたしは勝利の感覚がやってくるのを待つ。ほんの数か月でドッグウォーカーから彼女たちの仲間入りを果たした誇らしい気持ちに浸るのを。

でも、そんな気持ちにはなれない。むしろ、無性に家に帰りたくなる。

「ジェーーーン」ほろ酔い状態のエミリーが間延びした声で話しかける。「ここにいるみんなのことは、もう知っているわよね？」

「ハーイ、ガールズ」わたしが明るくあいさつすると、女性たちはほほ笑み返してくれる。

いまや、わたしはこの人たちの仲間なのだ。

「ガール、そのドレス、とっても素敵よ」ランドリーが言う。彼女も似たようなドレスを着ているから、きっとわたしではなくて自分をほめているのだろう。

彼女は素晴らしいブレスレットもつけている。細身のゴールドの腕輪で、小さなチャームがひとつ揺れている。わたしはもう、どうやったら気づかれずにそれを腕から抜き取れるか頭のなかで考えている。

ちょっと、だめだってば。わたしは自分に言い聞かせる。**もうそんなことしなくてもいいんだから。そんなことしたら、ほとんど自殺行為じゃない。どこで買**

ったのか彼女に聞いて、同じものを買いに行けばいい。

そんな風に考えてもあまり心がときめかないので、わたしは手を振って、そんなことないからと謙遜する。「まあ、ありがとう。なにを着たらいいのかわからなかったから、シンプルにしようと思ったのよ」

「エディも来ているの?」エミリーがそう尋ねる。わたしはまたうなずいて、背後を身振りで示す。

「彼にはウッドフォードリザーブを求めるがままにさせているの」そう言うと、まるでわたしがさもおかしなことを言ったかのように、そこにいる五人の女性全員が例の妙なつくり笑いをする。

実際、エディは最近酒量が増えていて、うちのリサイクルボックスは空き瓶でいっぱいになっている。今夜はしっかり目を光らせていなければと思っていたのだ。とくに、車の運転は彼がするのだから。

もちろん、そういうことをこちらの〝ガールズ〟には打ち明けたりしないが。

それでも、キャロラインはわたしの口調になにかを感じ取ったようだ。やけに鋭く、「トリップ・イングラムが妻とその親友を手にかけたなんて、まだ信じられないわ」と言う。

ふと振り向くと、ここにいるだれよりもカジュアルな格好をした男性がこちらにカメラを構えて撮影している。こういう場所で写真なんか撮っていったいどうするの? 主婦の群れが噂話に興じているところを見たがる人なんている?

「つまりね、トリップはいまだに無関係だって主張しているじゃない……」キャロラインはそこで声をひそめる。「殺人とは。だから、間違いなく公判になるわ……」そこでいったん言葉を切って、わたしをはっきりと見る。「まあ、あなたたちふたりにとっては、すべてがひどい悪夢のようなものよね」

それを聞いて、わたしは腹立たしい気持ちになるが、いっぽうで……トリップ・イングラムがいろいろとぶち壊してくれたとすれば、さもありなんという気になる。結局、トリップとはそういう人間なのだ。わたしみたいな人の邪魔だてをするような。

「その件については、わたしたちはただ祈っているわ」わたしがようやくそう答えると、驚いたことに全員が黙り込む。女性たちはうんうんとうなずいて、アナ・グレースなどは「アーメン」とつぶやく。

*

エディとわたしは十時ごろにパーティー会場をおいとますることにしたが、その場はまだまだ盛り上がっている最中だ。会場にいる人たちはますます酔っ払い、音楽の音量が大きくなってきて、わたしは写真のために笑顔を向けるのにうんざりしてくる。

「楽しかったかい」そうエディに訊かれるが、疲れ果てていて本音がこぼれる。

「あんまり」

それを聞いて、ネクタイをゆるめていた彼が笑いだす。「気持ちはわかるよ。あの連中は……別世界にいるんだからね」

足もとで砂利を踏みしめながら、わたしたちは車へと向かう。

「ここを離れることを考えたことはないの？」わたしはそう言って、振り返って彼を見る。「つまりね、〈サザン・マナーズ〉をアリゾナの会社にしておきたいというのはビーの意向だとあなたは言っていたわよね。でも、売却するっていう手もあるんじゃない？」わたしはそこで言葉を切る。ちょっと言い過ぎたかな。「ただね、わたしたちふたりとも、ここの土地の出身ではないから。どこか別の場所で再出発するのもいいんじゃないかしら」

それを聞いて彼は立ち止まる。「きみはそうしたいの？」

数週間前だったら、〝ノー〟と答えていただろう。ソーンフィールド・エステートがわたしの理想だと。でも、完璧だと思っていた場所の裏の顔を垣間見たいまとなっては、よくわからない。

「そうしてもいいわ」わたしはようやく口を開く。「あなたが望むなら」

エディは頭をのけぞらせて、夜空を見上げる。「そうできたらいいな」そう答えるが、それはちゃんとした答えにはなっていない。

それから彼はまた車に向かって歩き出すが、また立ち止まる。

「なにか落としたよ」そう言って、身をかがめて地面からゴールドのブレスレットを拾い上げる。

わたしはランドリーのブレスレットを受け取って、それをハンドバッグにさっと入れる。「ああ、これね。ありがとう」

28

「気になるの？」カントリークラブから続く急坂を車が曲がりくねって進むなか、わたしは尋ねる。空っぽの胃に流し込んだグラス三杯のソーヴィニヨン・ブランのおかげで、饒舌《じょうぜつ》になっていた。車のモーター音は静かで、このあたりにはほかの車もいないから、まったく音がしない。わたしの膝に手を置くときにエディが漏らす、ひそかなため息以外は。

「トリップのことが？　まあ、確かに気にならないわけじゃない」彼は腕を伸ばしてシャツの一番上のボタンを外す。ダッシュボードからの薄暗い光のなかでわたしがちらっと見上げると、彼の目の下には隈ができ、頬はげっそりしている。

わたしは手を伸ばして、彼の脚に触れる。「なにも問題はないから」わたしはそう言い聞かせる。「トリップはもう逮捕されたんだし――」

はっと笑って、エディは自分の手を引き戻してハンドルに置き、つぎのカーブを曲がる。「それで終わりになるわけじゃないさ」彼が口を開く。「公判が開かれて、報道陣がつめかけ、疑問がさらに出てくるだろう……」

そこで言葉を切って、彼は首を振る。「滅茶苦茶になる」

あの日コーヒーを飲みながらキャンベルが言いかけたことをわたしは思い出す。なにかエディの性格にかかわることだった。ケータリング業者にパーティーを台無しにされてもビーは笑っていたが、エディは……だめ。

だめだってば。もうそういう風に考えないようにしたのだからと自分に言い聞かせる。エディはわたしに信じてほしいと言った。だからわたしは彼を信じる。

「わたしたちには、おたがいがいるじゃない」わたしはそう言って彼をなだめる。

こちらを向いたエディの表情がわずかに穏やかになっている。「ああ、そうだね」

彼は笑って、こちらに身を寄せる。彼の唇がわたしの頬をさっとかすめる。いつもながらエディはいいにおいがする。でも、スパイシーな高級コロンの香りの下に、バーボンのスモーキーな香りが隠れていて、一瞬わたしは直感的にトリップのことを思い出して、のけぞりそうになる。

でも、エディはトリップとはぜんぜん違う。それに、わたしたちはパーティーに行ってきたばかりなんだから、かんべんしてよ。エディからちょっぴり高級なウィスキーの香りがするのは当たり前なのだ。わたしだって、エミリーに飲まされたソーヴィニヨン・ブランのにおいをまだぷんぷんさせているだろう。

車寄せに入っていくと、わたしたちの家がヘッドライトのなかに浮かび上がる。それを見て、わたしがここに住んでいるという事実に慣れる日がくるのだろうかと思う。この素晴らしい家がまるごとわたしのものだなんて。

まあ、わたしとエディの家だけど。

家に入って、エディが夜遅くに届いたEメールに返信を打っているあいだ、わたしはワインをもう一杯飲んで、お風呂に入ることにする。あの広々としたバスタブには飽きることがない。それがいつでも好きなときに使えるなんて。

バスルームに入りながら、わたしはさっそくドレスを脱ぎ捨て、ジョンの家の家賃よりも高いものなのに無造作に大理石の床にほったらかしにする。

今夜わたしは小ぶりなクラッチバッグを使っているが、そのなかには携帯電話、口紅、ミントがいくつか――それと、いまではランドリーのブレスレットも――入れてある。それをカウンターに放り投げると、着信音が鳴る。

わたしは顔をしかめてバッグから携帯を取り出す。だれかがブレスレットのことに気づいたのではないかと心のどこかで思うか、メッセージの送り主を確認すると、胃がよじれるような気持ちになる。

伝えないといけないことがある。

トリップからだ。

洗面台にもたれかかって画面を凝視していると、つぎのメッセージが届く。

きみがおれに消えてほしいと思うのは無理もないが、おれはやっちゃいない。それになぜか、きみならおれを信じてくれる気がする。

わたしは呼吸を三つ数える。そして、四つ目を数えたところで、最後のメッセージが届く。

つまり、きみはいま危険にさらされている。

「ジャニー?」

ネクタイをほどいて首からぶら下げたエディが入り口のところに姿を現したので、わたしはぎょっとする。

「どうかしたの?」エディはそう尋ねて、顔をしかめる。「真っ青だけど」

言わなきゃ。わたしは心のなかで思う。**ジョンのことで彼に嘘をついたから、あんなに怒らせちゃったじゃない。今度は嘘をついちゃだめ。**

「ワインを飲み過ぎたわ」わたしはおずおずと答える。「それでね、エミリーがたったいま、〈近隣美化委員会〉のことでメッセージを送ってきたものだから」わたしはそうつけ加えて、彼に携帯を振って見せる。

エディは首を振る。「〈近隣美化委員会〉か。引っ越したいと言っていたくせに、すっかりそのお仲間みたいな口調だね」

彼はやさしくほほ笑む。それで、わたしもお返しにできるだけ色っぽい返事をする。

「あなただって大好きなんでしょう」

「ぼくはきみが好きなんだよ」彼からそう返ってくる。わたしの笑みはちょっとぎこちないが、ありがたいことに彼はもう背を向けていた。

「わたしもあなたが好き」わたしは言う。

それから、トリップにメッセージを打つ。

いつ会えるか教えて。

第八部

ビー

そのパーティーの会場となるのは、バーミンガムに古くからある、ビーが愛してやまないホテル、タットワイラーだ。つい六か月前にそこでブランチのウェディングパーティーがあったばかりなのだが、そのときビーは自分もそこでなにかイベントを開かなければという気になったのだ。

〈サザン・マナーズ〉の最新商品ラインナップの発表と会社の上場のお祝いなら、またとない機会ではないか。それで、ビーは何か月もかけて細部まで計画を練った。ようやく当日を迎えると、ビーが期待していた以上の素晴らしいパーティーになる。

広間は〈サザン・マナーズ〉の商品で飾りつけられ、各テーブルにはスターリングシルバーのりんご、クリスタルの豚、ギンガムチェックのリボンがあしらわれた茶色いガラスの花瓶などが置かれている。上品でエレガントでありながら温かみや親しみが感じられる会場の雰囲気は、まさにここ数年のあいだにビーが築き上げてきたブランドそのものだ。

ビー自身もブランドを体現しようとする。彼女が身にまとうドレスは　それは美しい仕立ての、目の飛び出るような値段のものだが、かといってそこまで派手ではなく、アクセサリーもシンプルなものを選んだ。

いっぽう、黒のロングドレスを着て、これ見よがしにダイヤモンドを身につけているブランチは着飾りすぎだ。その姿を見たビーはつい度を越してほくそ笑んでしまう。もともとはブランチのものだった場所で彼女が浮いているのを見るのは愉快だ。

それは完璧な夜で、ビーも完璧なホステス役をこなしているが、会場にいるカップルをざっと見回して、自分もいずれは身を落ちつけなければという気になる。彼女の人生に唯一欠けているもの、それは伴侶《パートナー》だ。ブランチがトリップの腕に手を通すところが目に入る。どうしていままで恋愛に見向きもせずにいられたのだろう。

それは、恋愛以上に大切なものがあったから。大学卒業後は〈サザン・マナーズ〉がビーの世界のすべてだった。でも、ここにきて急にその欠落がまざまざと感じられて、なんとかしなければと固く心に誓う。

でも、行動を起こすのは今夜じゃない。

今夜はビーと、彼女がなしとげた成功を祝う夜。ゼロからはじめてここまで会社を大きくした偉業を。

会場にはビーの母親の姿もある。ビーが選んだミントグリーンのドレスを着ている。母親の髪は淡い赤なので、それを着るとかわいらしく見えるはずだと考えていた。でも、こうして見ると期待外れだ——黄疸《おうだん》のように黄色がかった彼女の肌色がかえって強調され、くたびれてしおれた雰囲気だ。

「ママ、部屋に上がっていたい？」テーブル席に座る母親に身を寄せて、ビーはそっと尋ねる。すぐそばには炭酸水の瓶が置かれている。彼女に酒を出してはならないと、ビーは給仕係全員に厳命してあった。いまのところ指示はちゃんと守られているようだ。

「いいえ」震える手を伸ばして髪をうしろになでつけながら、ママは穏やかに答える。今夜は彼女もダイヤモンドを身につけている。ブランチのようにひけらかす感じではなく、すっかりくすんですぐにでもきれいに磨きあげないといけない代物を。信じられない。ママに新しいアクセサリーを、〈サザン・マナーズ〉の商品から渡しておくのを忘れていたなんて。

「あなたを誇りに思うわ、バーサ・ベア」ママがにこやかに言う。ビーは自分の名前を訂正する気にもなれない。今夜はようやく過去と決別して、輝かしい新たな自分をお披露目する機会だというのに。

ビーはそれから会場内をあちこち歩き回るが、それが失敗だった。母親から目を離したらいけなかったのだ。部屋に戻るようきつく言い渡しておくべきだった。

もちろん、ビーは壇に登るまでそれに気づかない。彼女はスピーチを行い、来客に駆けつけてくれた感謝を、〈サザン・マナーズ〉を成功へと導いてくれた感謝を伝える。彼女を成功へと導いてくれた感謝を。

「〈サザン・マナーズ〉は家族です」音響システムからビーの声が朗々と響く。「そして、会社の種はわたしの家族からはじまったのです。母のアンティークの調度品。祖母のキルト。父が愛した重厚なバーボングラス」

聴衆から控えめな笑いが起こる。ビーは演台の端をつかみながら、父親はアルコールが入ってさえいれば、なにから飲むかなんてこれっぽっちも気にしていなかったことを思い出す。祖母にはいちども会ったことがないし、母親の家にあった金目《かねめ》のものは、彼女が生まれる前にとっくに売却されていた。

自分の口をついて出る言葉が嘘ばかりだとビーにはわかっている。でも、長いことついてきた嘘なのだから、ママがそれに調子を合わせてくれないなんて考えられない。彼女が酒を切らさずにいられて、高級百貨店のニーマン・マーカスに通えるのもこの嘘のおかげなんだから、そうするのが当然というものだ。

ビーにはそれが起きる前から、その後の展開が読める。それどころか、自分がどうあがいてもそれを止められないのだから、状況はますます悪い。母親が席を立つのが目に入る。よろめきながら足をつき、立ったままゆらゆらと揺れている。ビーの喉はぎゅっと締めつけられ、心臓が膝のところまで落下しそうだ。

「バーサ、あなたいったいなにを話しているの?」ママが大声で言う。もごもごとした口調なのに、彼女の声は聴衆のあいだに響き渡る。

何人かの客が振り返って見る。そういえば、ここではブランチを除けばだれもビーの本名を知らない。

「この子の父親はバーボングラスとビール瓶の区別もつきませんでしたよ」ママは上機嫌でさらにしゃべり続ける。さもおもしろいエピソードでも披露するかのように。ビーが築いてきたものすべてをぶち壊してなんかいないというように。

ほんものであること。会社のマーケティング資料にはキャッチーなその言葉がいたるところに登場する。そしていま、彼女の母親がそれを木《こ》っ端《ぱ》みじんにしている。

「それに、おばあちゃんのフランセスはこの子が生まれる前に――」

それはまるでスローモーションのようだった。ママが同席の人たちに愛想笑いをしようと振り向くのと、シャンパングラスをのせたトレーを高く掲げたウェイターが進み出るのとが同時になる。もちろん、それもただのグラスではない。桃を半分に割った形の、ガラスの葉っぱがついた小ぶりなクープグラスで、〈サザン・マナーズ〉の商品だ。

さながらバレエを踊っているかのような衝突だった。ママがドレスの裾を踏み、ウェイターがトレーをなんとかそのまま持ちながら彼女を抱えようとする。

ママが床に倒れ込むのと同時にグラスが割れる音がする。ようやくトレーを手放してママの肘をつかんだウェイターが、彼女のそばにおろおろとしゃがみ込む。

ママは笑っている。

手の付け根に花びらのような鮮血が広がり、彼女はぼうっとしながらそれをドレスでぬぐう。ビーは凍りついて動けなくなったまま、ただその光景を眺めている。

「おやまあ！」ママはそう叫ぶと、またけらけらと笑いだす。顔が真っ赤だ。それでもビーは微動だにしない。広間の向こうに駆けつけて、ママに怪我がないか確かめたり、立ち上がるのを助けたりがどうしてもできない。

代わりに動いたのはブランチだ。

何年経ってもビーはまだそのときの光景を鮮やかに思い出せる。ブランチがママに手を貸して立ち上がらせ、絨毯《じゅうたん》が古いせいだとか、靴が新しいせいだと文句を言って、ママがしでかしたことを正当化している。ママが酔っ払っているのはだれの目にも明らかなのに。

ブランチがビーをちらっと見る。それでようやく手足に感覚が戻ってきたビーはふたりのもとへと向かう。母親の片腕を手に取るビーの顔には引きつった笑みが浮かんでいる。

「部屋に戻りましょうね」ビーはそう話しかける。相変わらず笑いながらアルコールの雲のなかでしあわせそうに漂っているようにしか見えない母親は、幼子のように広間から連れ出されるがままになっている。

しばらくして、ビーとブランチはビーのスイートルームの居間で座っている。ブランチはワインの入ったグラスを手にしているが、ビーはペットボトルの水を飲んでいる。いまはアルコールのにおいにすら耐えられそうにない。

「ここまでひどいなんて、どうして話してくれなかったの？」ブランチが口を開く。そんな風に訊かれて、どう答えればいい？　ここまでひどいとは知らなかったとでも？　それでは嘘になる。ここまでひどいのを、だれにも知られたくなかったとか？

それならまだ真実に近い。でも、そんなことはとても認められない。恥ずかしすぎる、由々しき事態だ。それで、ビーは肩をすくめて答える。「ずっと忙しかったから。最近はママと過ごす時間もほとんどなくて。夕方カクテルを飲むのは知っていたけれど、ここまでとは……」

ビーはわざとぼんやりとした目つきをする。母親が酔っ払って自分が恥をかく世界が存在するなんて、思いもよらなかったという風に。さも、彼女が幼いころはそんなことが日常茶飯事ではなかったという風に。

「お母さまには助けが必要なんじゃないかしら」ブランチがほのめかす。そして、ワインを飲もうとグラスを傾けるが、そこで動きを止めて、グラスをじっと見つめ、ピノ・グリージョをがぶ飲みしながらリハビリの必要性を訴えるという一貫性のなさに気づいたようだ。

「わたしがカレラに戻るわ」ようやくビーが口を開いて、水のペットボトルをカウンターの上にどんと置く。「しばらくママの面倒を見て、立ち直れるよう助ける」

ブランチが眉をひそめる。「あなた本気で――」そう言いかけるが、ビーが片手をさっと振ってさえぎる。「ママになにが必要なのか、ちゃんとわかっているから」母親のことならビーがいちばんわかっているのだ。

一月、ブランチから六か月後

わたしたちが寝たあの日から一週間近くエディは姿を現さなかった。

これは、ある意味で想定内だ。わたしを信じてとそれとなく伝えたことで、すべてが台無しになった。でも、日が経つうちに、ついにそのときが来たのかもしれないと思うようになった。エディはこのまま食料が尽きるままにして、わたしをここで餓死させるつもりなのだと。

わたしは想像せずにはいられなかった。真っ白なシーツがかけられた、この快適なベッドにわたしの骸《むくろ》が横たわっている。あるとき、別の一家が引っ越してきて、ここでわたしを発見する。もしかしたら、わたしは幽霊になるのかも。それで、この家に永遠にとり憑《つ》いて、階上をさまよい歩くのだ。

母親の家を、彼女が亡くなった家を売却したとき、彼女の霊がまだ残っていて、廊下をうろついているかもしれないと思ったものだ。

そんなことを考えていたら、今日エディが戻ってきた。

食料品とさらに本を何冊か携えていて、罪悪感を抱いているようだった。その罪悪感がセックスをしたことにたいしてなのか、しばらく来なかったことにたいしてなのか見極めようとしたが、彼の表情からはなにも読み取れなかった。

彼はその場にしばらくじっと立って、ベッドに座るわたしを見つめていた。わたしは固唾《かたず》を呑んで待った。

それから、彼はこちらに歩いてきて、飢えたような声を出して腕をわたしに回し、激しいキスをした。わたしの歯が唇に押しつけられて、わずかに血が滲みるのがわかった。

うまくいったのだ。わたしたちがたがいにとってどんな存在なのか、彼に思い出してもらえた。これからどんな風になれるかに気づいてもらえた。わたしが台無しにしてしまったのに、彼はこうして戻ってきて、まだわたしを求めている。

そして、わたしも彼を求めている。同じぐらい切実に。

これまでのいきさつにもかかわらず。

この状況をどうやって利用したらいい?

＊

二月、ブランチから七か月

今日のエディはいつもとようすが違った。

どう違うのか説明できないが、どこかすさんでいるようだった。よく眠れていないようで、げっそりしていて、わたしたちは数週間ぶりにセックスをしなかった。彼は水と食料を置いただけで、もう行かないといけないと言った。

シャツには血の染みがぽつんとついていた。袖口のところに。それに、手首にすり傷もあった。

なにがあったのかと訊いたら、なんでもないという答えが返ってきた。

でも、彼はわたしと目を合わせようとはしなかった。

＊

天気のように変わる彼の機嫌をうかがわないといけないのには、うんざりだ。

最近はうまくいっていたのに。すべて順調だった。エディはわたしを信頼しかけていた。それがいまではまた距離を置くようになって、ただ食料を運ぶだけで、めったに話そうともしない。

それに、ここに来るたびにエディは素敵になっている。彼らしさを取り戻している。

まるで、スミス湖でわたしが目撃したモンスターが、わたしと恋に落ちて結婚したエディへとゆっくりと姿を変えているようだ。

エディはいま、素の自分に自信を持つようになっている。なにか変化があったのだろうか？

＊

女だ。

もちろん、女がいるんだ。

エディはわたしに打ち明けてくれない。でも、わたしにはわかる。

きょうここに来たエディは、あの恐ろしい夜以来、わたしがハワイで出会ったエディにいちばん近かった。ハンサムで、颯爽《さっそう》として、落ちついていて。

エディは自分ひとりではそんな風に変身できない。わたしにはよくわかっている。彼が最高の状態になるのは、自らの姿を映す相手がいるときだ。だれかになるには別のだれかが必要なのだ。

　どんな女なんだろう。このあたりの女だろうか。わたしの知っている人？　エディがエミリーやキャンベルやランドリー・コールと一緒にいるところを想像しようとするが、うまくいかない。エディはあの女たちを毛嫌いしていた。わたしと比べると退屈だと言って。

　夜になるとわたしはベッドに横たわり、エディが夢中になっている新しい女を思い描こうとする。

　わたしより若い？　わたしよりきれいだろうか？

　彼女はエディの正体に気づいているの？

*

　今晩エディはほろ酔いの状態で現れた。

　そんなことははじめてだった。

　わたしにもワインを持ってきてくれた。

　まあ、グラス三杯分しか入っていない、小さな紙パックのワインだが。栓抜きもグラスも渡したくないのだろう。それでも、長いあいだワインはご無沙汰だったから、最初のひと口は脳天を直撃した。

　エディはベッドでとなりに腰を下ろして、わたしの膝に手を置いているが、それ以上は動かさなかった。わたしは期待していたのに。

　そんな自分がいやになったが、わたしはまだ彼を求めていた。

「だれかとつき合っているんでしょう？」わたしは口を開いた。

　酔いが回ったおかげで、そう訊けた。

　彼も酔っていたから、答えてくれた。

「ああ」

　予想していたとはいえ、ショックだった。言葉の衝撃で身体が痛むようだった。

息ができなくなったように感じた。

「だれなの？」わたしがそう尋ねると、彼は遠い目つきになってわたしから目をそらし、わたしの脚から手をさっと離す。

「きみの知らない人だ」

ただそれだけ答えた。

その直後、わたしのこめかみにそっとキスをして彼は部屋から出ていった。そしていま、わたしはここにこうして横たわっている。枕を涙で濡らして。

これは恐怖の涙なのだろう。エディに相手がいるのなら、わたしはあとどれぐらいここにいられる？　いまや彼にとってわたしがやっかいなお荷物なのは疑いようがない。

でも、わたしはおびえてはいない。

わたしは……腹を立てている。

傷ついている。

嫉妬している。

＊

彼女の名前はジェーンという。

エディにそれだけは白状させた。

きょう、わたしがシャワーを浴びて出てきたところに、エディがやってきた。狙ってそうなったわけではないが——だいいち、彼がいつ来るかなんてわたしにはわからない——その状況はわたしには好都合だった。

タオルを巻いて立っているわたしを見るなり、彼の目つきが暗い、飢えたものになったので、タオルを床に落とし、彼に向かって腕を広げるのは、わけもないことだった。

ことが済むと、いつものセックス後のエディになった——緩み切って、隙だらけ。

楽勝だ。

「彼女はどんな感じなの？」わたしがそう尋ねると、エディはほとんど考えるようすもなく、「ジェーンのこと？」と口を滑らせる。

ジェーン。

ジェーンという名前なんだ。単純な名前。それに地味だ。単純で地味な女なのかしら？

「彼女は……」そこでエディは口ごもった。わたしのベッドに寝そべりながらその女を心に思い描く罪悪感が彼の表情によぎったのをわたしは見逃さなかった。

「きみとは似ても似つかない」エディはようやくそれだけ言った。それって、どういうこと？

それでも、わたしはその女を想像せずにはいられない。

いまも、わたしの家の階下《した》にいるということ？　わたしのことを、哀れな、エディの死んだ妻のことを考えたりするのかしら？

わたしのことをきらっている？

もしわたしが別のだれかだったら、わたしなんかきらいになるだろう。

＊

四月、ブランチから九か月

わたしがベッドを使ってやったことは、浅はかだった。彼女に聞こえるか試してみたのだ。ジェーンに。彼女はこの下のどこかにいる。すべては——家や夫は——まだわたしのものだと思い知らせておかないと。

あとになってエディが上ってきて、そのことを尋ねた。「ここで音を立てたりしているのか？」

わたしは両手を広げて、部屋のなかに入るよう彼を招き入れた。わたしのなかに入るように。「そんなこと、どうやったらできるの？」わたしがそう言うと、彼は首を振った。

「そうだよな」彼はそう言って、向きを変えて行こうとした。

わたしは彼の手をつかむ。

彼は帰らなかった。

＊

五月、ブランチから十か月

日々は容赦なく過ぎ去り、わたしはまた頭がおかしくなりかけているような気がする。ブランチとわたしが失踪してからもう何か月も経つなんて。それなのに、どうしてわたしはまだここにいるの？

ときどき、夫を取り戻したと感じることがある。朝目が覚めると、この部屋にいるのも今日が最後で、彼がもう終わりだと、もう隠れていなくてもいいからと言ってくれるだろうと思う——でも、そんな夢想にふけるのもあの女の存在を思い出すまでだが。

いまではすっかりジェーンのことにくわしくなった。彼女は里親のもとで育ち、アリゾナに住んでいた。エディとの出会いのきっかけは、彼女がこのあたりでドッグウォーカーをしていたからだが、当時の彼女はセンターポイントで最低な男と一緒に暮らしていた。彼女の髪はわたしと同じ茶色だが、わずかに明るい感じだ。そして、彼女がおもしろい人なのは、間違いない。

それと、彼女は二十三歳だ。

二十三歳。

彼女のことを話すエディの顔つきは穏やかだ。わたしがあまり見たことのない表情。エディがわたしを見る顔つきには、飢え、怒り、賞賛が表れていたが、穏やかさはなかった。

それって、どういうこと？　彼はあの女を愛しているの？

わたしのことをまだ愛している？

わたしはまだ彼を愛していると思うから。こんな状況でも。

そんなこと、どうして言ってしまったのか。

でも、言わずにはいられなかった。

エディはこちらを振り向いて言った。「ビー、本気でその問題をどうにかしてほしいと思っているのか？本気でこの状況をなんとかしてほしいのか？」

そう言うと、彼はそそくさと部屋から出ていった。

最悪だ。

＊

六月、ブランチから十一か月

またやってしまった。

今日エディが来た。わたしにキスをして、ベッドに連れていき、わたしと交わってそれが終わると、わたしは彼が階下へ、ジェーンのもとへと戻るのだと思った。それで、何週間も心にわだかまっていたことを口にしてしまった。

「上の階に妻がいながら、新しいガールフレンドとつき合うなんて大変ね」

彼は服を着ているところだったが、背中の筋肉がこわばるのがわかった。

＊

彼が来る気配はまったくない。もう何日も経ったのに。わたしをこのまま餓死させるつもりだろうか？

それは間違いなく、彼の〝問題〟にはいちばん手っ取り早い解決策だ。

彼にとっては。

わたしにとっては手っ取り早いどころではない。

手元にはわずかながら水と食料が残っている。一部はベッドの下に隠してある。わたしはとり憑かれたようにそれを数えはじめた。数えたっていいことはなく、そうすべきではないとわかってはいても。

でも、ほかにどうしたらいいかわからない。いまはそうでもしていないと、落ちついていられない。

＊

今日エディが戻ってきた。わたしは四日間ほったらかしにされた。彼の姿を見たとたんにうれしくなって、彼の腕のなかに飛び込み、彼のにおいを吸い込んだ。腕がぎゅっとわたしを抱きしめるのがわかった。髪に顔を埋めてわたしの名前をつぶやいている。

彼もわたしに会いたかったんだ。でも、それだけでいいの？

＊

七月、ブランチから一年

これが最後の日記だ。エディはいまシャワーを浴びている。急がないと。

ジェーン、あなたならきっとこの日記を見つけるはず。エディはあなたを大切に思っているし、一目置いている。つまり、あなたは賢いのね。この本を彼のブレザーのポケットに入れておくから。下の階に向かうとき、彼は暑がってブレザーを着ないだろうから、ポケットに本が入っていることはばれないはず。

それでも、わたしは危険を冒さないといけない。自分のために、そして、ジェーン、あなたのために。お願い。お願いだから、この本を見つけて。わたしを見つけて。もうこれ以上、ここでは生きていけない。

わたしは上の階にいる。廊下の突き当たりまで行って、クローゼットをよく調べて。ドアの暗証番号はわからないけど、多分、湖の家の暗証番号と同じだと思う。わたしの誕生日よ。エディは数字を覚えるのが得意じゃないから。

ジェーン、あなただけが頼りなの。

わたしを助けて。あなた自身も助かって。

お願いだから。

彼女の子ども時代はあきれるほど南部ゴシックの世界そのものだったから、彼女はときどき、自分が心のなかでそういう話をでっちあげたのではないかと思う。でも、そうじゃない。実際には彼女は自分の過去をもっと穏やかでなんの変哲もないものに、ブランチの子ども時代の色を薄めた模造品のように脚色した。でも、それで万事うまく収まるのだ。だれだって、西アラバマのど真ん中にある、やたらと大きな屋敷の話なんか聞きたくない。大酒飲みで、酔っていなくてもすぐに暴力を振るう父親。ビーがまだ幼いころからウォッカと抗不安薬のクロノピンが手放せない母親。そのおかげで、彼女は母親に一緒に遊んでもらったり、本を読み聞かせてもらったりといった記憶がない。

もちろん、そのころ彼女はビーではなかった。当時はまだバーサだった。バーサ・リディア・メイソン。バーサというのは父方の祖母の名で、リディアは母方の祖母の名だった。それで、彼女はいつも思っていた。娘の身になって考えて、せめて名前の順番を入れ替えてくれたらよかったのに。リディアならバーサよりもまだましだったはず。

それでも、命名の件は、両親のひどい悪行にはほとんど数えられない。

父親に最初に殴られたのはいつのことだったか、彼女は思い出せない。それは、彼女の部屋にあった天蓋《てんがい》つきベッドや、トイレの壁紙がぴんと張られていない場所と同じぐらいに子ども時代と切り離せない一部となっている。つねに聞こえてくる雑音のように身近なもの。父親が酔っ払ったり、腹を立てたりするときはもちろん、ときにはおそらくただ退屈だからという理由で。

彼女の一族はある時点では裕福だった。父親がその富のなかで育ち、その欠落を身に染みて感じるぐらいの、そう遠くない昔のことだ。その財力のおかげで二〇年代にその屋敷が建ったのだが、バーサが子どものころ、その屋敷は周囲のアラバマの赤土のなかに沈みかけているも同然だった。屋根の修繕費にもこと欠くほどで、二階の寝室が雨漏りしだして天井が文字どおり腐りはじめたら、バーサの両親はただその部屋のドアを固く閉ざして、なにも起きていないふりをした。

バーサもそうすることを覚える。ドアを閉めて新しい現実をでっちあげたほうが楽だ。

彼女が地元の公立学校に通っているのは、小さな町ではほかに選択肢がないからだ。公立学校と言っても、郡立の学校で、彼女がよく分からない理由から父親は市立の学校よりもいやがっている。

彼女の母親はバーミンガム近郊の寄宿学校の出だった。アイヴィー・リッジ校。母親は、その学校がまるで地上の楽園であるかのようによく話している。格子柄のスカートを穿いた女子生徒であふれた赤煉瓦造りの学校で、背の高い老木がたくさんある。

バーサは学校のパソコンで調べてみる。母親の言葉から想像するよりも、ずっと美しい。

入学願書の記入は、わけもない。

それよりも、学費援助の獲得がやっかいだ。申請は親が行うことになっていて、バーサにはよくわからない所得税申告書だとか、そういう大人の書類を提出しないといけない。でも、頭の切れる彼女は機転を働かせて、ある晩、母親がまだ応接間《パーラー》と呼んでいる部屋で父親が意識を失っている隙に彼のデスクを漁る。

書類はぐちゃぐちゃになっていたが、お目当てのものが見つかり、七年生が終わるころにはアイヴィー・リッジ校の合格通知と、優秀な成績を維持して卒業するという条件つきで学費の全額免除という資格を勝ちとる。

娘の行いを知った晩、父親はこれまでにない激しさで彼女を殴る。そのあとで、バーサは自分のベッドに寝そべり、歯がぐらついてずきずき痛む箇所を舌で探っているが、そんな痛みなどなんでもない。家族という沈みゆく船から逃げ出す救命いかだを自力で確保できたのだから、この痛みにはそれだけの価値があるというものだ。

そこからすべてがはじまり、すべてが変わる――アイヴィー・リッジ校のおかげでバーサは新たな人生を手に入れ、ブランチにも出会うことになる。でも、それ以上に重要なのは、新しい自分に出会うこと。彼女の知らない自分がそこにいた。ものごとを実現させる力を持った自分が。

入学初日はとにかく暑くて、ブラジャーのあいだに溜まった汗が背中に流れたべとつきさえ感じられた。すでに制汗剤の粉っぽいにおいが立ちのぼっていて、ふと、おろしたての真っ白なブラウスの脇の下に、じっとりと黄色い染みができているのではないかという恐ろしい想像にとらわれる。

確認したいけど、もしだれかに見られたら？　そんなことになったら、いまでさえ名前がバーサだという重荷を背負っているのに、〈脇の下をのぞきこんでるバーサ〉になってしまう。

だめ。そんな変人になるぐらいなら、汗をかいていたほうがまし。

キャンパスは素晴らしい。煉瓦の建物に、鮮やかな緑色の芝生。寮の部屋はおしゃれではないが――リノリウムがたくさん使われて、フレームが傷だらけになった簡素なツインベッドが置いてある――あの家から、あの人たちから離れていられるとあれば、天国にいるような気分だ。ぜったいにここを離れるもんか。

彼女がブランチと出会うのは、その初日のことだ。ふたりはルームメイトではないが——それはまたあとの話だ——同じ棟に住んでいて、ブランチは非公式の出迎え係を自ら買って出る。

ブランチの髪はとてもやわらかい。その髪が、完璧ななめらかさで背中に流れ落ちて、まるできらめくコーヒー色の川のようだ。バーサ自身の髪も茶色だ。でも、ブランチのような茶色ではない。手を伸ばして触れたくなるような濃い色ではない。

「バーサ?」鼻にしわを寄せながらブランチがそう言う。肩を下げ、猫背になって、バーサは自分がきゅっとちぢこまるのを感じる。これまで何度もそういう姿勢になってきた。そうやってちぢこまっていれば、両親は彼女に気づきもしないから。

でも、ブランチは彼女の肩に手を置いて、そのままちぢこまらせてはおかない。「だめよ」ブランチが言う。「そんな名前、ぱっとしない。ニックネームはないの?」

バーサにはニックネームがあったためしがない。ニックネームで呼んでくれるような友達はこれまでいなかったし、両親からはどんな名前にせよ呼ばれることは稀《まれ》だったから。

ブランチがほほ笑み、よく日焼けした顔に白い歯がきらきらと輝く。「ビー」彼女が宣言する。「そのほうが、いい響き」

ビー。

確かにいい響き。ぴったりだ。

ビー。彼女は背筋をちょっと伸ばして、さきほどブランチがそうしていたのを真似して髪を耳にかける。

「完璧じゃない」

そう、まさに完璧だ。

その年の春休み、ブランチはビーをオレンジ・ビーチにある家族の別荘に招待する。ビーはいちども海に行ったことがなかったのだが、白砂糖のようにさらさらした砂をつま先で踏みしめたその瞬間に夢中になる。ここは彼女が来たいと思う唯一の場所。髪に風が当たり、足もとには海水がひたひたと打ち寄せる。

ブランチはビーの腰に片腕を回して笑う。「あのさあ、ここは確かにきれいだけど。ただのオレンジ・ビーチなんだから」そう言われてビーはふと心配になる。感情をあらわにして、しゃべりすぎたかな。これじゃあまるで田舎者だ。

でも、そのときブランチが彼女に水をかけて、打ち寄せる波へと突進していき、ビーはそこに突っ立ったままひとり残される。

＊

ビーが三年生のときに父親が亡くなった。彼女は葬式に参列するために戻らない。しばらくして母親から留守番電話にメッセージが入る。母親の声は、かつてないほどにまともだ。わめかれたり、恨みつらみをぶつぶつと言われたりするのではないかとビーは覚悟をしていたのだがその口調はやさしい。甘ったるいと言ってもいい。ビーに〝バーサ・ベア〟と呼びかけている。ビーはそう呼ばれるのがいやでたまらないのだが、その呼び名を耳にするのは幼いころ以来だ。夏には戻ってきてほしいの。パパはもういないのだから、いろいろなことをやり直しましょう。

そう言われて、ビーの心はどうしようもなく揺れる。

でも、ママにそんなことをしてあげる義理はないと、ブランチがビーに気づかせる。

ビーはブランイに自分の過去のすべてを明かしたわけではない。恥辱に満ちた暗い過去を友達に知られたくはない。でも ブランチだって鈍感ではないのだから、なにがしかに勘づいているとビーはわかっている。

「帰らなくてもいいわ」ブランチはビーに言う。ビーはベッドで座りながら、携帯電話ケースのプラスチックがたわんだ部分をぼんやりと引っ張り続けている。

「夏のあいだどこかに行かないといけないし」ビーがそう返事をすると、ブランチがにっこり笑って、ビーの手から携帯をさっと取り上げる。

「じゃあ、わたしの家に来ればいい。空き部屋はあるし、楽しくなりそう!」

ブランチがそんなことを申し出るなんて、ビーはびっくりする。間違いなく大ごとなのに、まったくそんな風には考えていないようだ。ブランチにとっては、たいしたことではないのだ。ひと夏、ビーを自分の庇護のもとに置く。気にする人はだれもいない。だれもビーを邪魔者扱いしない。

ビーはその申し出を受け、その夏は彼女の人生で最高のものになる。

しばらくあとで入った留守番電話のメッセージでは母親は酔っ払い、恩知らずな娘のことをキーキーわめきたてていたので、自分は正しい決断を下したのだとビーにはわかる。

たとえそのときはよくわからなかったとしても、その夏の終わりには気づくことになったはずだ。ビーはブランチの大きな天蓋つきベッドに座っている。レースの縁取りがついたベッドで、さまざまな濃さの緑色の枕が重ねて置いてある。

ブランチはほほ笑みながら、ビーの首の周りにネックレスをかけて留める。スターリングシルバーのイニシャルつきネックレスで、繊細なチェーンに〝B〟の文字が下がっている。そして、ブランチは自分のイニシャルつきネックレスをビーの目の前に掲げて見せる。「わたしたちって似たものどうしよね」ブランチがそう言うのを聞いて、どうして急に泣き出したい気持ちになったのか、ビーにはよくわからない。

学校での日々、ふたりはいつも一緒にいる。ビーとブランチ、ブランチとビー。

ときにはふたりまとめて〝BS《ビーズ》〟と呼ばれることもある。ビーにはそれが心地いい。

でもときどき、ブランチはそんな風に感じていないのかもと思うことがある。

＊

ブランチのもとに合格通知が届いた数日後にビーは自分の合格通知を受け取る。興奮したビーは、ブランチが授業から戻ってくるやいなやベッドから飛び降りて、「受かったよ！」と叫ばずにはいられない。

ブランチはほほ笑むが、その顔はどこかとまどっているようだ。「どこに？」と訊く。

ビーは笑いながらブランチの肩を小突く。「ねえ、バーミンガム・サザン大学だよ。決まってるじゃない」彼女はそう言ってから、少し遅れてブランチの顔から笑顔が消えていることに気づく。

「へえ、すごいね」ブランチが答えるが、声に力がない。それで、ビーは急に自分が失敗したことに気づく。どうやらこの場を台無しにしてしまったらしい。でも、いったいどうしてなのかはわからない。

「よろこんでくれると思ったんだけど」ビーは口を開く。「というか、大学でも同じ部屋に住まなくたっていいんだし」

じつは、ビーははっきりそうするものだと思い込んでいた。でも、そんな考えはさもくだらないと言わんばかりに笑う。

ブランチも笑うが、ビーの笑顔と同じく心からのものではない。ブランチはベッドの端に腰を下ろして口を開く。「あなたはランドルフ・メーコン大学に行きたがると思っていたものだから。受かったんだし。この学校からはほとんどだれも合格しなかったじゃない。

わたしだって」

だからこそビーはランドルフ・メーコンには行きたくないのだ。ビーがその大学に願書を出したのは、ブランチがそうしたからで、まさか自分が受かるとは思っていなかった。自分は合格してもブランチが受からなかったから、進学先候補から外していたのだ。

でも、いまビーはブランチをじっと見つめながら尋ねる。「それじゃあ……わたしにランドルフ・メーコンに行ってほしいのね？」

ため息をついて、ブランチはブラシで髪を梳かしはじめる。いま彼女の髪は短くて、耳のすぐ下で切りそろえてあり、明るい色に染めている。彼女本来の濃い髪色ほど似合っていないが、その感じが気に入っていると、ビーはとりあえずブランチに言ってある。

「あのさあ、それぞれの……道を行ったほうがいいんじゃないかな」ブランチはそう言って、鏡のなかでビーと目を合わせる。「いつまでも〝ビーズ〟でいるわけにもいかないし」

そのときはじめて、ブランチが〝B〟のネックレスをつけていないことにビーは気づく。きっとしばらく前からつけていなかったのだろう。ビーが気づいていなかっただけで。

自分のネックレスは肌に焼きついているも同然だと思っているのに。

「そうだよね」ビーはちょっと笑いながら言う。「ブランチの言うとおりだよ。ばかみたいだもん」

ブランチはあからさまにほっとしたようだ。ブラシを置いてこちらを振り向く彼女の顔に浮かんだ笑顔は輝いていて、心からのものだ。

「ビーならわかってくれると思った」ブランチが言う。

それで、ブランチはバーミンガム・サザン大学に進み、ビーはランドルフ・メーコン大学へと旅立つ。ふたりはフェイスブックでたがいの近況を知り、メッセージのやりとりをしていたが、ビーはバーミンガムに戻らない。三年生のときインテリアデザインの会社でインターンシップに参加し、その後アトランタに移り、大学を卒業して二年後に、築いた人脈を頼りに〈サザン・マナーズ〉を起業することになる。

ブランチとは二十六歳になるまで再会しない。そして、ビーはようやくアラバマに帰還を果たすが、戻ったことを母親に知らせもしない。

やたらと騒がしくて、飲み物の値段も高すぎる〈ファイブ・ポインツ〉というバーで、ささやかな同窓会が開かれる。バーミンガムに戻って、アイヴィー・リッジ校の女の子たちと再会するのは楽しい時間だ。またブランチと会うのは。

たがいを見て、ブランチが甲高い声を上げてビーをハグしようと両手を広げたその瞬間に、ふたりのあいだに流れていたぎこちなさは消える。

ブランチの髪はさらに短くなって、そっけないほどだ。小粋な雰囲気のブランチはその髪型だとかわいらしく見えるから、ビーはふと、自分も同じような感じにしてみようかと思う。でも、だめだ。ブランチに似合うからといって自分にも似合うとはかぎらないし、ビーだって最近では素敵に見えるよう心がけているのだ。それで、ブランチがきゃあきゃあ言いながらすぐに「ちょっと、あなたどうしちゃったの！」と指摘する。

ほかの女の子たちもビーの秘密を知りたがる。どうしてそんなに素敵なのかとか、だれに髪を切ってもらっているのかとか。だが、真実はあっけない。

ビーはいまでは金持ちだから。

彼女たちが知っているアイヴィー・リッジ校時代のビーは、彼女たちのように富と上品さから来るオーラをまとってはいなかった。それで、いまの彼女が別人のように見えるというわけだ。もちろん、昔よりもかわいくて素敵になったように。

とはいえ、その場の主役はブランチだ。結婚を控えているのだから。

　ブランチの婚約指輪は大きなもので、プラチナのリングにエメラルドカットのダイヤモンドがついている。ビーはソーシャルメディアでブランチの婚約者の写真は確認済みだった。ブロンドで背が高く、ランドルフ・メーコン大学の近くにある男子大学、ハンプデン・シドニー大学のパーティーで出会った男の子たちを思わせる。二十八歳にしては老けて見えるが、きっと十代から、あるいはもっと早くからそんな感じだったのだろう。男性にはゴルフクラブを手に生まれてきたようなタイプがたまにいるが、まさにトリップ・イングラムはそんな感じだ。

「リチャード・イングラム三世というの」ブランチがみんなに説明する。それを聞いて、ビーは飲み物の陰でこっそり笑う。ブランチが、〝三世〟なのに〝トリップ〟と呼ばれる男と結婚するなんて。

　結婚式は春に予定されていて、いまふたりはソーンフィールド・エステートと呼ばれる新興住宅地に家を、しかも大きな家を建築中ということだ。

　ビーはその地区について調べてみる。

　そこにはまだほとんどなにもない。あるのは完成予想図だけで、よく手入れされた芝生を備えてこれ見よがしに大きいものの、古くてつつましい感じが出るよう建てられた家が立ち並ぶようすが描かれている。白のモルタル塗りなどどこにも見当たらず、煉瓦の壁と品のよい紺色の鎧戸だらけだ。

　家の販売価格は最低でも七桁の値段からはじまるのだが、いまやビーは裕福なのだし、またバーミンガムに住むのもいいかもしれない。どこにいても会社は経営できるし、アトランタは好きだけど、そこに根を下ろしたわけじゃない。

　でも、明らかに家族向けの住宅地にあんな大きな家を買うのはばかげている気がするし……あからさまだ。

　それで、ビーはマウンテン・ブルックにあるタウンハウスを買い、ホームウッドにオフィスを構える。彼女がブランチの結婚式の計画を手伝うあいだにも〈サザン・マナーズ〉は成長し続ける。

「戻ってきてくれてうれしいわ」ある晩、ブランチとトリップの家の居間に座りながら、ブランチがそう言う。目の前のコーヒーテーブルには、白ワインのボトルが一本置いてあり、ふたりとも靴は脱いで、ブライダル雑誌が散らばるなかに座っている。

「ずっと会いたかった」

それが心からの言葉だと、ビーにはわかる。ビーはほほ笑んで、自分のハンドバッグに手を伸ばす。

「そう言ってもらえて、うれしいわ」

そのネックレスはシルバーで、チェーンに小さなミツ《ビー》バチがついている。ブランチはうれしそうに笑って、手を叩く。「信じられない」息せき切って言う。「なんてかわいいの！」

今度はビーがブランチにネックレスをかける番だ。

しばらくして、披露宴用に〈サザン・マナーズ〉の商品を寄付させてくれないかとビーが持ちかけると、ブランチはあっさり快諾する。ビーの狙いどおりに。

会社にとってはいい宣伝になる。ビジネスの規模としてはすでに大きいが、ビーはそれだけでは満足しない。ここバーミンガムで無視できない会社にしたい。

ブランチにとって無視できない会社にしたい。

そして、結局はそうなるのだが、ビーが思ったとおりにではない。

会社のお祝いの夜、ビーの大成功を祝うその夜、ブランチはビーと母親が乗る車に同乗して会場に向かう。広間に足を踏み入れて、ビーの母親を席まで案内すると、ブランチはビーが築き上げたすべてを見渡す。

「あのさあ、ここにあるものが、うちからそのまま持ってきたみたいだって、いままで気づかなかったわ」とブランチが言う。

彼女は笑いながらそう言って、首から下がっている小さなミツバチを指でいじる。でも、ビーはブランチの目をじっと見つめる。

ブランチの考えていることを。

「そう?」ビーは答える。「ぜんぜん気づかなかった」

第九部

ジェーン

29

それはわたしがこれまでに犯した愚行のなかでも最たるものだろう。トリップ・イングラムの家に出向くなんて。まあ、そういうことをするのがわたしなのだが。

トリップは殺人で起訴された。わたしはのこのこ殺人容疑者の家に出かけていくというわけだ。

通りをジョギングで駆けながら、わたしは自分に何度も言い聞かせる。きょうもなんの変哲もない一日で、ジェーンはいつもの朝のように走っているだけで、自分の命を危険にさらすようなばかな真似をするところではないと。

トリップから届いたメッセージのせいで、一晩じゅう眠れなかった。うまく説明できないけど、彼の言い分に耳を傾けないといけない気がする。

わたしのなかのなにかが、彼が真実を言っていると訴えている。

そりゃあ、トリップはいけ好かない男だ——大酒飲みで、女好きで、共和党支持者——が、殺人犯というのはどうもしっくりこない。暴力を振るう男のことなら、わたしはよく知っている。まわりにたくさんいたから。それで、早くからそういうタイプを嗅ぎ分けられるようになった。必要に迫られて。

トリップはただ……そんなにおいがしない。

だれにも見られませんようにと祈りながら、トリップの家の車寄せをさっと横切る。庭の植え込みは伸び放題になっていて、正面のアプローチには枯葉や花びらが散乱している。以前もここが陰鬱で悲しい場所に思えたとしても、いまの印象とは比べ物にならない。

ドアベルを鳴らしてもずっと反応がないから、トリップはわたしを無視するつもりなんだと思う。それに、だれかに見られやしないかと冷や冷やする。この地区にはそこらじゅうに目があるみたいだし、ほんとうはトリップと面会できないことになっている。まず警察に許可を取らないといけないのだ。

わたしがこれからしようとしていることは、そういうことなのだ。

もう帰ろうと向きを変えたそのとき、扉が開く。

トリップがわたしをじっと見つめている。腰で紐がゆるく結んであるチェックのバスローブに、おそろいのパジャマのズボンといういでたちだ。肌の色は灰色にくすみ、両目はほとんど周囲のくぼみに落ち込んでいるようだ。以前のトリップもすさんだ感じではあったが、いまはもう半分死んでいるようで、わたしはつい同情したくなる。

「来たのか」抑揚のない低い声で彼はそう言う。「正直言って、来ないと思ってた。そんなところに突っ立ってないで。まあ入ってくれ」

トリップは家にわたしを招き入れる。なかに入るとすぐに悪臭が鼻をつく。古くなった食べ物、そのままになっている生ごみ、それに酒のにおい。

死ぬほど酒臭い。

「片づいていなくてすまない」彼はそう言って、居間に入るようわたしに手ぶりで示す。でも、わたしは首を振って、胸で腕組みをする。

「伝えないといけないことがあるのなら、いまここで言ってちょうだい。手短に」

彼はわたしを見下ろし、口の片方の端をわずかに上げる。またださ――トリップの影バージョンのおでまし。ほとんど薄れて、あるかなきかの感じではあるが、まだ見て取れる。

「殺人犯の巣穴なんかに長居したくないというわけだ

な。わかったよ」

そんな嫌味な態度はやめてほしいと言ってやりたいが、それは息をするなと言うのも同然だから、わたしはただ彼をにらみつけて、待つ。しばらくして彼はため息をつく。

＊

「エディ・ロチェスターと出会ったとき、きみは桁外れの宝くじに当たったような気になったはずだ」トリップがぼそぼそと話しはじめる。「金持ちで、ハンサムで、魅力たっぷりで。だがな、ジェーン、きみに忠告させてくれ」

彼がわたしのほうに身を乗り出したので、饐《す》えたにおいが鼻をつく。洗っていない肌と、磨いていない歯のにおい。「あいつは危険だ。あいつの妻も。だから、少なくともそういう点では似合いの夫婦だな」

そこでまたにやっと笑う。「おれがきみなら、ここからずらかる。あの家から目ぼしいものをいただいて出ていく。エディから、バーミンガムから、すべてから離れる」トリップはドアにもたれながら片手を振る。「おれも、ブランチが引っ越したいと言ったときにまともに取り合ってさえいたら」

「ブランチが引っ越したがったですって？」びっくりしてわたしが尋ねると、彼はうなずく。

「ああ、死ぬ二週間前にな。別の場所にどうしても移らないといけないと言いだした。このままだとビーに窒息させられると。ビーはブランチの人生をまるごと盗むだけじゃ気が済まなかったのかよ？あの女はおれたちが首根っこを押さえておかないといけなかった。それに、エディも。あの間男はしょっちゅううちに入り浸っていたようだから」

「でも、なにかがあったとは思えないって、前に言っていたじゃない」

「だからといって、平気でいられたわけじゃない。ビーだって同じだ。だからビーはあの週末にブランチを湖に招いたんだ。〝腹を割って話す〟ためにな。おれはそれがどういうことなのか、ブランチに訊いたんだが、彼女いわくふたりは……よくわからんな。岐路がどうとか言っていた。まだ友達でいられるのかよくわからないと。だから、おれはてっきり……」

彼の喉がごくりと動くが、そこで黙り込んでしまう。無精髭をなでようと伸ばしたその手がわずかに震えているのがわかる。

「いろいろとぐちゃぐちゃだった」トリップがようやく口を開く。「ブランチとビーの関係が、ビーとエディとの関係が、おれとブランチとの関係が。その時点でぜんぶ危うい状態だったんだ。だから、ビーから電話で来るように言われても、さっぱりわけがわからなかった」

わたしの血が凍りつく。「なんですって?」

ため息をついて、トリップは手で顔をなでる。「あの週末に」投げやりな口調で話しはじめる。「あの金曜の晩にビーが電話をかけてきた。ブランチにはおれが必要だからと言って。それで、おれは車で湖に向かった。ああ、そうさ。おれたちはしこたま飲んだ。でもな、おれはあの家で意識をなくしたんだ。ボートになんか乗っちゃいない。翌朝、客用寝室で目を覚ましたんだが、線路用の大釘を打ち込まれたみたいに頭が痛んで、ビーとブランチの姿はそこになかった。ふたりでボートを出したと思ったから、おれはそのまま帰った。車で家に戻った」

声がかすれてきたので、トリップは咳払いをする間をとり、また顔をなでる。「おれは知らなかったんだ。あの朝家に戻って、テレビでしょうもないゴルフなんか観ていた。でも、その最中にもあのふたりは……すでに死んでいた。ふたりは……水のなかで腐りはじめていたんだ……」

いま、彼の目には涙があふれている。「月曜になってもブランチが戻らなくて、電話もつながらないから、ようやくなにかがおかしいと気づいた」

うるんだ目がわたしの顔に向けられる。そこには薄ら笑いも浮かんでいなければ、いやらしいしわも刻まれていない。「おれは誓って、この事件とは無関係だ。ああ、確かに湖には行ったし、すぐに警察に通報もしなかった。でも、おれが恐れたのは……」切実な口調があまりに哀れで笑えない。「これだよ。そうさ、こういう事態になるのが怖かった」

彼の両手がわたしの肩をつかむが、あまりに強い力なので、あざが残りそうだ。「悪いことは言わないから、逃げろ。おれはボートになんか乗っていないのに、そこからおれの指紋が出た。ロープと金づちなんか買っちゃいないのに、おれのクレジットカードで買ったやつがいる」

いちどにあまりの情報が押し寄せて、わたしはどう受け止めればいいのかわからず、まばたきをして、トリップの手から逃れるためにあとずさろうとする。彼の言わんとするところをなんとか呑み込もうとする。

「つまり、だれかにはめられたということ？」

「おれが言いたいのは、きみはあの恐ろしい連中からいまならまだ逃げられるということだ」

トリップはあとずさって、わたしから手を離す。

「おれもそうしていればよかったよ」

＊

わたしは家じゅうをひっかきまわす。

自分でもなにを探しているのかわからないが、なにかあるはず。エディがやった証拠となるものが。

トリップが伝えたかったのは、そういうことなのだ。

わたしにはわかる。それで、いまこうしてクローゼットを開け、抽斗を引っ張りだしている。

アデルがキャンキャン吠えながら、足もとで駆けまわる。自分がぐちゃぐちゃにした現場を見渡して、わたしの目には涙があふれる。

棚から抜かれた本が、床に無造作に散らばる。クッションがソファから引きはがされる。

重いものをひとつ残らず持ち上げる。〈サザン・マナーズ〉のがらくたもすべて。それで、血痕がついていないか目をこらす。エディの服のポケットを探る。ベッドからマットレスを引きはがす。

なにか、なにか、なにかあるはず。人をふたりも殺しておいて、その痕跡をいっさい残さずにおくなんて不可能だ。レシートとか、隠した凶器とか、血のついた服だとか、なにか出てくるはず。

一時間後——いや、二時間、ほとんど二時間半後——わたしは玄関にあるコートクローゼットの床に座り込んで、両手で頭を抱えている。アデルはわたしにすっかり興味をなくして、廊下でわたしと向き合って座り、脚のあいだに鼻先を埋めている。

わたしはどうかしてしまった。

家のなかは滅茶苦茶なのに、精魂尽き果てて、片づけることなんて考えられない。

トリップの言うとおりだ。逃げたほうがいいんだ。まだそうできるうちに、ここから出ていったほうがいい。たとえエディが黒幕ではないとしても、ここでなにかが起こっている。どれだけお金を積まれてもその価値に見合わない、なにかとてつもないことが。

床から立ち上がろうとして、ふとクローゼットの隅に落ちている上着が目に留まる。わたしがここで頭がおかしくなった女のように振る舞っているあいだにハンガーから落ちたのだろう。でも、見覚えのない上着だ。

エディが着たところを見た覚えもない。

持ち上げてみると、片側が少し重くなっていることにすぐに気づく。ポケットのなかに入っているものを指がかすめて、わたしは息が止まりそうになる。

でも、引き出してみると、ただのペーパーバックだ。それをどこかで――職場とか、昼休みの休憩中とか――読もうとポケットに入れておいて、すっかり忘れるエディの姿を思い浮かべる。

ここ数か月のあいだにエディが本を読む姿はしょっちゅう見かけた。でも、読むのは決まってつまらない軍事ミステリだ。これは、けばけばしい表紙の古くさいロマンスだ。どうもエディのものだという気がしない。

ビーの本なんだろう。彼女のお気に入りだったから、エディは持ち歩いていたんだ。

わたしは表紙を開ける。

自分がなにを見ているのか理解するのにしばらくかかる。印刷された文字に手書きの文字が重なっていて、わたしの目にはごちゃごちゃした、わけのわからないものに映る。

それから、あるページに**ブランチ**という言葉が走り書きされているのがわかり、心臓が止まりそうになる。

親友を殺した。

わたしを監禁した。

わたしは震える手でページを矢継ぎ早にめくっていく。紙が破れる音がする。

そして、わたしの名前が登場する。

ジェーン。

口のなかに苦い味が広がって、筋肉がこわばり、わたしはすすり泣く。

ブランチを殺した、わたしを監禁した、彼と寝た、ジェーン。

その文字がぼやけて見える。そのうちきっと吐き気を催すだろう。でも、気持ち悪くなっている場合じゃない。だって、ビー・ロチェスターは湖の底に沈んでなんかいない。トリップが言ったように腐ってなんかいない。彼女はここにいる。わたしの頭の上に。ああ、唸るような音のあとに〝カチッ〟という音が聞こえて、わたしはドアを押し開ける。

最初、ドアの向こうに広い空間が広がっているのを目の当たりにして驚く。まるでホテルの部屋みたい。自然光は入らないが、飾りつけられていて快適そうだ。中央には大きなベッドがある。

そして、そのベッドのかたわらに女性がいる。

まじで吐きそう。

ビー・ロチェスターはブランチが命を落としたあの事故で溺れ死んだのではなかった。

ビー・ロチェスターは死んでなんかいなかった。

ビー・ロチェスターはいまわたしの目の前に立っている。

「彼は家にいる?」ビーがわたしに尋ねている。

30

なんてこと。

わたしはクローゼットから飛び出す。廊下の大理石の床の上を滑るように駆ける。

アデルが顔を上げて、いちどだけ鋭く吠える。わたしはその本を手にしたまま、階段に向かって突進していく。

暗証番号は湖の家のものと同じ。

そこに小ぶりなクローゼットがある。わたしはほとんど上の階には行かないから、いままで気に留めたこともなかった。それに、なんてこと、あの物音は、あの騒音は。〝季節の変わり目だから〟なんて、あのくそ野郎。あれは彼女だったんだ。ビーが――

両手がひどく震えているから、クローゼットの奥の羽目板を開くのに手間取る。でも、なんとか開けて、その番号を打ち込むが、心のどこかではビーがそこにいるはずはないと思っている。こんなことが現実であるはずはないと。

頭がくらくらして、胃はきりきりと痛む。

〝助けて〟でもなく、〝あなたはだれ？〟でもなく、〝彼は家にいる？〟なんて。

わたしは首を振る。「い、いいえ。仕事に行ってます、彼は……」

「それはどうでもいいわ」ビーはそう言って、両手をわたしに差しのべる。

この女性の写真を長いあいだずっと見ていたのだ。それで、いま彼女はここに、わたしの目の前にいる。状況が現実離れしすぎていて、うまく呑み込めない。

それで、部屋にふらふら立ち入って、自分の手を彼女の手に重ねてなんかいるのだろう。

「彼が戻る前にここから出ないと」ビーが言う。わたしはうなずくが、「トリップが」と口走る。

彼女はよくわからないという風に顔をしかめる。

「なんですって？」

わたしは首を振る。あまりの衝撃で、わたしの脳は深くて身動きのとれない泥沼にはまったようになっている。「きょう彼と話したんです。つい数時間前に。あの晩、そこにいたって言ってました。エディがいたって。彼がやったんじゃないですか？　エディがブランチを殺したんでしょう。なんてこと」

わたしがうめき声を出すと、ビーはわたしの両肩をつかむ。彼女は思っていたよりも小柄だが、力は強い。とくに、これだけ長いあいだ監禁されていた女性にしては。

なんてこと。監禁されていたなんて。ここに閉じ込められていた。エディに。

「ジェーン」ビーが口を開く。それで、彼女にわたしのことを話しているエディを思い描く。わたしの名前を教えるエディを。それで、わたしは叫びだしたくなるが、そのとき別の音が聞こえる。

クローゼットのドアが開く音が。

第十部

エディ

31

なにか手を打たないと。

何週間も、頭のなかでそればかり考えていた。車をガレージに入れてエンジンを切り、フロントガラスの向こうを見つめていたあのときもそうだった。

トリップはブランチの殺人容疑で起訴され、ビーは上の階に閉じ込められ、ジェーンは……

やっかいなジェーンめ。

ため息をついて車のドアを開け、家のなかへと向かった。もう遅い時間で、天気は荒れ模様だった。もっと早く帰るべきところだったが、ジェーンがさっさと寝てくれるのを待っていたのだ。

ビーと話したくて。

この状況でどんな手が打てるのか、どうしたら事態を収拾できるのか、ビーならわかるはずだ。先日、こんな状況にはもう耐えられないと彼女に訴えられて、冷たい態度をとってしまったが、ぼくたちをこの状況から脱出させられるのは彼女しかいないこともわかっていた。

玄関扉を開けると、家のなかがやけに静まり返り、ひんやりしていた。暑い戸外から帰ってくると、なおさらだ。でも、ぼくは気に留めなかった。

それから、そのありさまを目の当たりにした。

まるで竜巻が通り過ぎたかのようだった。だれかに荒らされたような。

ジェーン。

階段を上がったことすら覚えていない。気づいたらクローゼットのなかでドアを開けていた。

自分の目に映るものを理解するのに、しばらく時間がかかった。ドアが開いている。ジェーンがその向こうにいる。

そして、ジェーンとビーが並んで立っている。

それはまるで悪夢か、ストレスによって引き起こされた幻覚を見ているようで、ぼくはしばらくのあいだ茫然とふたりを見つめていた。ビーの顔色は青白い。ジェーンの顔色はほとんど土気色《つちけ》で、目を大きく見開いている。

ふたりを見つめるあいだも、ぼくの頭脳はなんとか作動して、釈明の言葉をひねり出してこの事態をなんとかしようとしていた。

でも、手遅れだった。ジェーンがドアのそばのテーブルに置いてあるシルバーのパイナップルの置物に手を伸ばすのが目に入った。それは、部屋が殺風景にならないように、家の別の場所から持ってきて、そこに飾っておいた〈サザン・マナーズ〉の商品だった。

それをぼくに向かって振りおろしたジェーンの顔は怒りと恐怖でゆがんでいて、ぼくは自分がへまをしたのだと悟った。

でも、ジェーンもへまをした。

力が入り過ぎて、狙いも定まっていなかったので、パイナップルはぼくの顔の側面に激突した。歯が折れて、口のなかに血の味が広がるのがすぐにわかり、打ちひしぐような激しい痛みに襲われた。

そして、真っ暗になった。

32

それぐらい予想しておくべきだった。

頭がズキズキ痛んだ。目を開けてみるが、まるで頭蓋骨を吹き飛ばされたみたいだった。胃がもたれて、重苦しい。吐くんじゃないかと心配になって顔を横に向けたが、なにも起こらなかった。咳《せ》き込み、吐きそうになりながら、どうしてこういう事態を予見できなかったのかと考えた。

ビーは頭がいいから、こういう方法で根本的解決をはかるタイプじゃない。まあぼくにだって、こんな方法では根本的解決にならないことぐらいわかる。でも、あの最初の晩、ぼくはすっかり怖くなって、パニック状態に陥った。それで、こういう方法が……確かに最初から正気の沙汰とは思えなかったが、とっさの判断だったのだ。ぼくはずっとそうやって生きてきた。自分の状況に合わせ、その場その場でものごとに対処してきた。

いつもなら、それでうまくいくはずだった。でも、これはビーが絡むことなのだ。ぼくの妻が。だとすれば、こういう結末を迎えたって当然だ。ぼくは血を流し、歯を何本か失って床に倒れている——そして、ビーはドアの向こうのどこかでジェーンと一緒にいる。

そう考えると、急にパニックに襲われて、身を起こそうとするが、どうしてもできなかった。ぼくは胎児の姿勢で床に寝そべり、ぼんやりと自分の血を眺めている。そのあいだにも、階下《した》ではぼくの妻と婚約者が……警察に通報した？　それとも、シャンパンで祝杯を挙げている？

いずれにせよ、そのどちらかであってほしい。それ以外だとしたらぼくは恐ろしくてたまらない。

＊

ハワイに行ったのは、なにもビー・メイソンに言い寄って結婚するためじゃなかった。彼女がハワイにいるなんて、知らなかった——だいいち、ぼくはストーカーではない。でも、長年のあいだにチャンスを見つけるのが得意になっていたし、ビーチで見かけたビー

・メイソンはチャンスそのものだった。
そんじょそこらのチャンスじゃない。
一世一代の大チャンス。
はじめ、ぼくは彼女が何者なのかよくわかっていなかった。室内装飾業界に通じているわけではなかったから。でも、ぼくの連れの女の子、チャーリーは違った。

「嘘でしょ」プールのそばで並んで座っていると、チャーリーがそう言った。

ぼくが携帯電話から顔を上げると、ワンピーススタイプの濃い紫色の水着を着て腰に花柄のサロンを巻いた女性が歩いているのが目に入った。小柄で美人で、耳元でダイヤモンドがきらめいているのが遠くからでもわかった。でも、彼女のどこが〝嘘でしょ〟なのか、ぼくにはさっぱりわからなかった。

「なんだよ？」と訊くと、チャーリーは雑誌を丸めてぼくを叩いてきた。

「ビー・メイソンよ」彼女が答えた。それでもぼくがぽかんと見つめていると、彼女はあきれたというように目をぐるっと回して、「彼女、〈サザン・マナーズ〉を経営しているっていうか？　それって大企業だし？　あなたが気に入っているあたしのギンガムチェックのスカートはあの会社のものよ」と言った。

どのスカートのことなのかはよくわからなかったが、ぼくはとりあえずほほ笑み、うなずいた。「ああ、あれか。で、彼女は有名人なのか？」

「ええ、女性にはね」チャーリーはそう言って、鼻にしわを寄せる。「でも、どうして彼女、こんなところにいるんだろ？　ここは島でいちばんのリゾートってわけじゃないし。彼女ぐらいのお金があったら、あたしならラナイに滞在するのに」

それを聞いて、ぼくはがぜんビー・メイソンに興味が湧いた。

チャーリーは金を持っている。それもたくさん。だが、おそらくその大半は彼女が稼いだものではなく、家族の金だ。それでも彼女は快適に暮らせるだけの金額を得ていた。ということは、ビー・メイソンはそれ以上の金を持っている。

「それは彼女が経営者だから？」ぼくは携帯にまた目を落として、何気ない口調で尋ねた。

「ええ、そうよ」そばのテーブルに置いてあるダイキリに手を伸ばしながらチャーリーが答えた。その甘ったるいストロベリーのにおいがぼくの座っているところまで漂ってきた。「彼女、すっごく刺激的っていうか。ちっぽけなインターネットビジネスを五年で大企業にしたんだから。自力で百万長者《ミリオネア》になったのよ。彼女のインタビューが掲載されてる《フォーチュン》をパパが送ってくれたの。それを読んで、〝あこがれる〟って思ったなあ」

ぼくが携帯から顔を上げると、ビーが歩み去るのがちらっと見えた。

なにも、金ばかりが目当てではなかった。確かに金はかなり重要な要素だったが、興味を引かれたのは——ゼロからなにかを築いたという事実。チャーリーが飲み物のおかわりを注文して、また雑誌に戻っていくかたわらで、ぼくはグーグルで検索をした。

〈サザン・マナーズ〉のウェブサイトはかわいらしいが、ちょっとくどい。ビーの写真を見ると、思ったとおり魅力的な女性だ。インスタ映《ば》えをつねに意識しているチャーリーみたいにこれ見よがしな感じではなく、清楚で上品な感じだった。

もちろん、彼女の純資産額を知って、ますます魅力的だと思えた。

グーグルによると二億ドル。こういう数字は必ずしも正確じゃないとわかってはいるが。チャーリーの父親の純資産額は五千万ドル相当とされているものの、大半は不動産と信託に投資されて動かせない。チャーリーは手当まで支給されていた。確かに気前のいい金額だったが、すべてを自由に使えるわけではなかった。

「ちょっと部屋に戻っているよ」ぼくは椅子から立ち上がり、伸びをしながらそう言った。彼女の視線がぼくの胸や腹筋に注がれる。ぼくは早起きをしてジムに行っていた。つまらない日課とはいえ必要なものだ。

「お相手が必要?」チャーリーが甘ったるい声を出した。ぼくは彼女の顎の下をなでながら、にやっと笑うのを忘れなかった。

「いや。昼寝をするつもりだから。きみがそばにいたら眠れないだろ」

彼女はその答えがお気に召したようで、ぼくの手を取って指先にキスをし、もう行っていいからと払いのける。「それなら、あたしはもうちょっとしたら行く。ゆっくり休んで」

ぼくは部屋に戻ったが、昼寝はしなかった。そのかわり、荷物をほとんど鞄に詰め込んだ。

ぼくは人あしらいはお手のもので、相手のことを見抜いて行動を予測できた。そして、チャーリーがラナイについてなにか言っていたので、ピンときた。結局ビー・メイソンはぼくたちがいたプールに長居せずに歩み去ったではないか。

そして、ぼくの勘は間違っていなかったと、あとになってわかった。彼女がぼくたちのプールにいたのは、彼女が言う〝普通の女性〟のあいだでどんな柄の水着が流行っているかチェックしていただけだった。

いまにして思えば、それもひとつのヒントだったのに。

でも、当時のぼくは自分の勘の鋭さにご満悦だった。

そういうことをする特別なテクニックや裏技があると言ってみたいところだが、実際にはそれほど頑張ったわけではない。そのラナイのホテルのフロントデスクで、悔しがっているようなふりをしてかわいい受付嬢に笑顔をふりまき、仕事のせいでバケーションをふいにするなんて自分は大ばか者だったと気づき、ガールフレンドを追っかけてはるばるハワイまでやってきたという作り話をきまり悪そうにするだけでよかった。そのおかげで、ビーがそこに泊まっていると教えてもらえただけでなく、ぼくが大変な思いをしたからと、シャンパンを一杯無料で出してもらえた。

ぼくはその受付嬢に荷物を預かってもらえないかと頼んだ。当然、ぼくにはすべてが許されるという見込みがあったし、そうなれば今夜はその〝ガールフレンド〟の部屋に泊まることになるから。

厳密に言えばそうはならなかったのだが、まあだいたいそんなところだ。

当初、ぼくは少々金目当てでビーを追いかけたわけだが、正直なところ、最初の瞬間から彼女が好きになった。考えにふけりながらビーチに座る彼女の姿を見たとき、ぼくは惹かれるものを感じた。ぼくがつき合ってきた女性の多くは金持ちだったが、その金は他人のものだった。ビーが自分の金を、自分の会社を持っているというところが気に入った。自分がなしとげた偉業に満足することなく、つねによりよいものを目指す彼女の姿勢が気に入った。

それに、断っておくが、ぼくはろくでなしじゃない。チャーリーにはきちんとメッセージを送って、緊急の用件でニューヨークに呼び戻されることになったが、翌週には必ず電話すると伝えた。

彼女はそれを信じた。そして、それ以降彼女から音沙汰はなかった。ぼくとビーが婚約したと知ってメールを寄越すまで。

もちろん、ぼくはそのメールをじっくり読んだりはしなかった。差出人名を見た瞬間に削除したのだが、ごみ箱のアイコンをクリックする前にいくつかキーワードが目に入った。

そこには〝くそばか野郎〟とあった。〝ペテン師、極悪人、頭がおかしい〟。そういう言葉が並んでいても意外でもなんでもなかったが、数年後にビーとの関係がおかしくなりはじめたとき、あの言葉はぼくのことを言っていたのか、それとも妻のことだったのか、よくわからなくなった。

まあ、〝くそばか野郎〟というのは間違いなくぼくのことだが。

あの最初の日、ぼくはあっさりビーに話しかけることができた。まるで、そうなって当然というように。正直なところ、彼女はずっとガードが固かろうと思っていた。

ところが、ビーはまったくそんな感じではなかった。普段の彼女は不安を感じたり、警戒したりするようなタイプではなかった。彼女がそんな態度をとれるのも、自分がどんな場でもいちばん危険な存在だとわかっているせいだと、あとになって合点がいった。自分が必ず勝つとわかっていたら、他人を警戒するまでもない。

ずいぶん辛辣なことを言うと思われるかもしれないが、そんなつもりはない。それどころか、ぼくは彼女を崇拝していた。少なくとも最初のうちは。あの殺人が起こるまでは。

33

自分の欲しいものを手に入れてみせるという信念をビーほどに固く持っている人を、ぼくはほかにだれも知らない。ぼくだって、あそこまでじゃない。さっきも言ったが、ぼくは目の前に転がりこんできたチャンスを逃さないタイプで、チャンスをつくりに向かっていくビーのような人間とは違う。

きっとそのせいで、はじめて会ったときからジェーンが好きだったのだ。彼女はぼくとそっくりだった——いつもどこかにきっかけがないか目をこらしていて、それを見つけたらうまく入り込めるように身をよじるタイプ。きっとまんまとぼくをだませたと思っていただろう。ぼくが彼女の演技を信じ込んでいると。でも、ぼくにしてみたら、あまりに彼女に自分を見るようだったから、彼女のしていることは否が応でもお見通しだった。魂というものがなにからできているとしても、ぼくとジェーンの魂は同じ——少なくとも、似通ってはいる。

でも、ビーは——ぼくたちとは異質なけだものだ。呼吸の音が重く、水っぽいものになって、ぼくは目を閉じる。

どうしたらいいかを、ここからの脱出法をそろそろ考えなければ。でも、ビーのことしか思い浮かばない。

あれは去年のことだった。あのディナーの席。ブランチがぼくにちょっかいをかけていたことぐらい、わかっていた。でも、彼女の狙いはなんだったのか？ さっぱりわからない。ぼくは南部の出ではないが、ここで長く暮らすうちに、このあたりの人は色目を使うのが習い性になっていて、気軽な趣味みたいなものだとわかった。ぼくの故郷では、あのときのブランチみたいに見つめるのはぼくと寝たいという意思表示だ。でも、ここでは、いったいなにを意味しているのか、つかみどころがない。

ブランチの手がぼくの腕に触れ、ぼくの上腕に彼女の乳房を感じるぐらいに身体が密着していた。ぼくはブランチが好きだったし、はっきり言ってトリップはきらいだったが、ビーは〈サザン・マナーズ〉にかかりきりだったから、まったく顔を合わせていないような気分になりはじめていた。だからといって妻の親友と寝ても、その価値に見合わないトラブルの種になる予感がしたし、正直なところ、ぼくはセックスよりもビーのお金のほうが好きだったのだ。

それでも、嫉妬に狂うビーを見るのがおもしろくなかったわけではない。

だから、ぼくは自分からはなにも行動を起こさなかったが、ブランチを避けようともしなかった。家のリノベーションを任されていたから、邪険に扱うわけにもいかなかったし。ヴィレッジでランチをとりながら建築図面やバスルームの設備を検討した。午後になると彼女の家を訪問してペンキのサンプルを見てもらった。つぎの打ち合わせの日程を決めるためにメッセージを送り合った。ぼくにしてみればなんの変哲もないことばかりだったが、ビーは怒り心頭だった。

それに、ぼくだって、ブランチがそんな風に振る舞う理由にまったく心当たりがなかったわけじゃなかった。要するにぼくは、ふたりが子どものころから繰り広げてきた冷戦の最新のネタだったのだ。とはいえ、ブランチがぼくにそれほどご執心とは、気分がよかった。自分の帝国を築くのに忙しかったビーは、もう以前のようにはぼくを見てくれなくなっていたから。

ブランチのようには。

それに、ぼくがけしかけた部分も少しはあったのだろう。まんざらではないふりをしたり。

電話にロックをかけなかったのも、ビーに心ゆくまま見てもらうためだったかもしれない。

それでも、あのいまいましい母親の一件さえなければ、そのうちほとぼりは冷めていたはずだ。

ある昼下がり、ぼくはブランチの家を訪問した。だが、このとき彼女はキスをしてきて、そう、ぼくも抗わなかった。わずかなあいだだったが。彼女がどこまでの関係を求めているのか興味があったし、自分も思った以上にその気になるのか試してみたかったから。でも奇妙なことに、なにも感じなかった。ブランチは美人だし、ぼくに気があるのは明らかだ。でも、燃え上がるものがなにもなく、しばらくしてぼくは彼女をそっと押しのけた。

「こんなことできないよ」そう言ったのを覚えている。「ビーに悪いから」

ぼくとしたことが、それは禁句だった。

醜いまでにゆがんだブランチの顔はいまでも思い出

せる。「ビーですって?」ブランチがせせら笑うように言った。「あなたがビーのなにを知っていると言うの?」

その言葉にあまりに怒りがこもっていたから、ぼくは彼女が酔っているのかもしれないと思った。でも、彼女のグラスにはスウィートティーが注がれているし、目つきも鋭かった。

「ビーの両親がふたりとも酒浸りだったことは知ってた?」ブランチが問いただした。「本名がビーじゃないことは?」ブランチは自分の胸に指を一本突き立てた。「その名前をつけたのはわたしよ。はじめて会ったとき、彼女はバーサだった」そう言って、信じられないと鼻を鳴らす。「くそむかつくバーサ」

名前の件ならぼくだって知っていたし、なぜブランチがそこまで大げさに騒ぐのかわからなかった。ぼくだって〝エドワード〟と呼ばれるのがいやで、そう名乗っていないし、ビーがバーサという名にたいして同じように感じていても、まったく不思議には思わなかった。でも、彼女の両親が酒浸りだったというのは初耳で、そんな風に不意をつかれるのはいい気分ではなかった。

「ビーのお母さんが階段のいちばん下で倒れているのが見つかったとき、家にはほかにビーしかいなかったって、知ってた?」

その言葉を口にした瞬間に、彼女がしまったと思ったのが表情から見てとれた。鼻孔が一瞬広がって、目が大きく見開かれたところを見ると、彼女自身も言い過ぎたと思ったのだ。でも、ぼくは努めて無表情のままでいた。

「きみはさっきお母さんが酒浸りだと言ったばかりじゃないか。酔っ払いは転びやすくなるものだ」ぼくは表情を変えずに答えた。

「まあ、そうだけど」ブランチはためらっていた。頭のなかでいろいろ考えているようだ。「でも、この酔っ払いは、〈サザン・マナーズ〉の盛大なお祝いの席でビーに恥をかかせた二週間後に転落したのよ。だから」彼女は肩をすくめた。「あとは自分で考えて」

そんなことにビーがかかわるなんて、ありえない。というか、ぼくはそう自分に言い聞かせようとした。でもそのとき、なにかが心に引っかかった。

ぼくの建築請負会社では以前アナという秘書を雇っていた。彼女は美人でかわいらしく、まだ大学を出たばかりだった。彼女と顔を合わせた瞬間に、ビーは邪魔だと思ったようだ。だからと言って、ぼくはなにをするわけでもなかった。アナは優秀な秘書だったし、当然ぼくだって自分のために働いてくれる人に言い寄るような変態野郎じゃない。だから、ぼくが職場で彼女に色目を使っていたとか、そういうことではないのだ。

でも、そうこうするうちに、かなりの額のお金が紛失しはじめて、ある日ぼくにランチを届けにきたビーがペンを借りようとアナのデスクの抽斗を開けると、行方不明になっていた金が奥に突っ込まれていた。

自分はぜったいに盗《と》っていないと、アナは涙ながらに訴えた。でも、ぼくは彼女を解雇するしかなかった。

この件について、ぼくはなにひとつ納得できなかった。アナはお金を盗むような人間には見えなかったし、ビーは彼女をやっかい払いしたがっていた。それで、お金を発見したのはビーで……話ができ過ぎじゃないか。

でも、ぼくは黙っていた。なにを言えばいいのかすら、わからなかったから。自分の妻がそんな狡猾《こうかつ》な人間だとはぜったいに思いたくなかった。

だから、ビーの母親のことも黙っているべきだった。でもあの晩、ブランチがその話をぼくに打ち明けたのと同じ日に、ぼくは口を滑らせた。

「お母さんが転落して亡くなったなんて言ってくれなかったね」

ビーがノートパソコンから顔を上げた。スクリーンの発する青白い光に彼女の顔が浸っている。眼鏡をかけ、濃い色の髪の毛を適当にお団子にまとめている。ふと彼女がやけに若く見えた。ぼくが慣れ親しんだ、洗練されて、落ちつき払ったビーとは別人だった。

そういう感じも悪くない。

「ねえ？」しばらくして彼女は話しはじめた。「突然死だったって、説明したでしょう」

「ああ、でもお母さんが酒を飲み過ぎたせいだってきみは言っていた」

ビーは意識をまたスクリーンへと戻した。指がカチャカチャとキーボードを叩く。「そうよ。ママは飲み過ぎて転落したの」

ぼくがしびれを切らしてダイニングを横切り、パソコンを閉じると、彼女から抗議の声が上がる。「そうだ。でもそれはきみがぼくに信じ込ませようとしたこととは違う。ぼくは肝不全かなにかだと思っていた。肝硬変とか。思いもしなかったよ、事故だったとは」

ぼくの声は最後の部分で大きくなる。

ビーは素早くぐいっとパソコンを開けながら言った。「まあ、そのとおりよ。ママは転落して、わたしが発見した。それってどう考えても心が潰れるようなできごとなんだけど、わざわざ蒸し返してくれてありがとう。こういう話ができてうれしかったわ」

「そんな態度はよせ」

彼女の視線がぼくの目を射抜き、怒るといつもそうなるように、赤い染みが彼女の首元からじわじわのぼってくる。「あなたとブランチが母の死を話題にする理由があるわけ？」彼女はそう訊いた。くそっ。ぼくとしたことが。こう来ることは予想しておくべきだったのに。でも、ぼくはそのおぞましい疑惑にケリをつけたいあまり、彼女がぼくの情報源を正確につかむ結果を招くことを深く考えなかった。

「きょう、彼女の家にいるときにその話が出たんだよ」ぼくがそう答えると、ビーは皮肉っぽく笑った。

「そうよね。他愛のない世間話だったのよね。〝ねえ、奥さんのお母さんがどうやって死んだか知ってる？〟ってね」

「性悪女みたいな口をきくなよ」ぼくは背筋を伸ばしてそう言った。でも、ビーはなにも答えなかった。ぼくはいままでビーにそんな言葉をかけたことはなかったのに。彼女の意識はまたノートパソコンに戻っていた。金曜の夜十時だというのに対応しなければならないと彼女が思っているメールに。

その夜、もうぼくたちはまったく口をきかなかった。あとになって、ぼくはベッドの彼女のかたわらで横になった。彼女は背中をこちらに向け、尻の曲線とぼくの腰が向き合っている。ふと、彼女を起こして、セックスで仲直りできるか試してみたらどうかと思った。

でも、そんなことで仲直りできるとは思えなかった。

それで、横たわったまま、彼女の母親が階段の下で倒れていて、周囲に血だまりが広がりつつある光景を思い浮かべないようにした。

階段の上にいるビーが母親を見下ろしている光景を。でも、その光景があまりに鮮明に目に浮かび、追い払おうとしてもますます鮮明になるので、もはや事実としか感じられなくなった。

ではどうすればいいかといえば、さっぱりわからなかった。

ぼくが結婚した女性はこんな人だったのか？　自分の母親すら殺せる人だったのか？

半信半疑だった。彼女がブランチを殺したあの晩までは。

34

なぜ湖に向かったのか、説明できない。

トリップがうちに立ち寄って、一緒に車で湖に行かないかと誘ったからだろう。ぼくはビーが彼を呼び出していたとは知らなかった。

トリップとぼくは友達でもなんでもなかった。でも、女の子《ガール》たちが（〝女性《ウィミン》でしょ〟というジェーンの声が聞こえる）湖にふたりきりで出かけておいて、ビーがトリップに来るようメッセージを送るとは……どこか妙だった。

最近トリップがビーに向ける目つきにぼくは気づいていた。あの哀れな仔犬のような目。ブランチがあからさまにぼくに気があると見せつけているせいだと、ぼくは自分に言い聞かせた。トリップが気移りしたのが関の山だと。

でも、だからといって、ぼくがそういう状況に甘んじるいわれはない。

それで、ビーがトリップを呼び出したことが気になった。トリップがひとりで出発してから随分経っても、ぼくは居間で座り、痛む歯を探るかのように、そのことについて考えていた。

どうしてビーはトリップにいてほしいのだろう？ 彼女はトリップを好きでもなかったし、これは女の子どうしの水入らずの週末になるはずじゃなかったのか。

エディが到着すると、家は真っ暗でだれもいない。というより、彼はだれもいないと思う。居間に立ちつくし、だれかいないか大声で呼んでみて、二階からいびきが響いてくるのに気づく。

トリップが客用寝室にいる。意識を失い、口を開けたままで、片手がベッドからだらりと下がっている。いびきは深く、くぐもっていて、呼吸が途切れ途切れだ。どうもようすがおかしい。不自然というか。

でも、そういえばトリップは酒浸りだった。そういう手合いのいびきというのは、こんなものなのかもしれない。

ボートがなくなっている。そして、三人がそこにいた形跡がある——ブランチのハンドバッグがドアのそばにかけられ、トリップの鍵束がカウンターの上に置かれ、ビーのボストンバッグがカウンターそばのバースツールにのっている。

エディは居間に立ちつくしながら、完璧なアホめ、と自分に言い聞かせる。女の子たちはボートを出して楽しんでいるのだ。それなのに、ブランチにビーの母親にまつわるあんな話を打ち明けさせてしまった。

それから、エディが裏口の外に目をやると、そこに彼女がいる。

ビーだ。ずぶ濡れで桟橋を歩いてくる。

それで、エディにはわかる。

いっぽう、ビーもエディに知られたと、わかる。そのとき彼女の顔に浮かんだ表情をエディは死ぬまで忘れないだろう。歯を食いしばって、堂々と胸を張り、頭をすっと上げて、〝やれるものならやってみろ、くそばか野郎〟とでも言っているようなビーの姿を。

そこではじめて、エディはまともな判断を下す。両腕を広げて彼女を抱きしめる。そして、自分はわかっているからと彼女に伝える。ブランチはビーにまつわる恐ろしい事実に勘づいて、他人に漏らしていたのだ。ビーはこうするしかなかった。社員たちを守るために。自分が築き上げたすべてを。それに、トリップをここに呼んで罪をなすりつけるとは冴えている。トリップは泥酔していたと言えばいい。それでブランチと喧嘩になって、彼がブランチを激しく殴ったのだと。ビーはブランチを助けようとした——ブランチは親友なのだから！——が、彼女も酔っていたうえ、あたりは真っ暗だった。水のなかに飛び込んで、助けを呼ぶために泳いでいくなんて、ビーは勇気がある。

エディにほほ笑みかけながら、ビーはつま先立ちになってキスをする。「あなたならわかってくれると思ら、彼女はさっさとその相手も始末するだろう。

パニック・ルームに閉じこめておくのはひとつの解決法だ。

よく練られてはおらず、ベストな選択でもない。でも、いまいましいことに、ほかに打つ手なんかなかった。

*

痛みもいくらかやわらいできた。痛みに慣れただけかもしれないが。いずれにしろ、いまなら身体を動かせる。胃がまたむかむかしたが、起き上がれる。

ジェーン。

ぼくは彼女をそこまで愛していなかった。ようやくそれに気づいた。

彼女を愛したいと思っていた。切実に。最初は楽勝だと思った。ほかのだれかを愛すればいいのだと。そったわ」

そのとき、エディは力を込めて彼女の身体をつかみ、腕で喉をふさぐ。ビーは地面の上で脚をばたつかせ、指でエディのシャツのボタンをひとつもぎ取る。エディはそれにずっと気づかない。ビーが無事にパニック・ルームに収まってから数日後まで。

無事に。

彼は自分にそう言い聞かせる。

彼女を突き出して、刑務所に入れるなんて無理だった。これほど計画性のある殺人で、死刑制度がある州で、ぼくが同様に母親の件まで尋問されかねないこのタイミングでは。

(もちろん、裁判となれば会社には致命的だ。かわいい小物を殺人犯から買いたがる人などいない)

だからといって、このまま彼女を野放しにもできなかった。つぎにビーの思惑を踏みにじる相手が現れたうしたらまた、新しいスタートを切れる。ビーとのこと、彼女のしたこと、ぼくのしたこと、ふたりでしたことをすべて忘れて、ジェーンとやり直せばいい。ぼくの悪いところではなく、いいところだけを見てくれる、賢くて愉快なジェーンと。

ビーはやがてぼくの家族の実情を知った。十八の歳からぼくが母親や兄と音信不通になっていると。ふたりとも善良で、なにも悪いことをしていないのに。彼らの犯した唯一の罪は、ぼくの出自が平凡きわまりないと思い出させることだった。

でも、ジェーンはそんなことは知らなかった。ぼくの母親が、〈サザン・マナーズ〉のぼくの公開アドレス宛にいまだに連絡を取ろうとしていることを。そして、母からのメールが届いているのがわかると、ぼくがすかさず削除していることも。兄がぼくたちにクリスマスカードを送ろうとしたことがあったが、ぼくは弁護士に対応させて、迷惑行為はやめてほしいと遠回しに伝えた。

ジェーンとなら、まっさらな状態でいられた。

それなのに、心のどこかでそんなにすんなりいくはずがないとわかっていた。ビーをかくまったのは会社を守るためであるうえ、世間から殺人犯だと思われるぐらいなら、死んだと思われたほうがましだと、ぼくは自分に言い聞かせていたかもしれない。でも、ほんとうのところは……彼女と離れるのが耐えがたかったのだ。

いたって単純だ。それが恐ろしくてたまらなかった。

彼女のことをまだ愛していた。

結局込み入った状況になってしまったが、それがすべてだった。愛。彼女を外の世界から――それに、彼女自身から――守ること。

「きみにとっては、こうするのがいちばんいいんだ」

あの最初の晩、ぼくは彼女をパニック・ルームに押し込み、そう告げた。彼女はぼくをぽかんと見つめていジェーンだっていずれは勘づくはずだと、どうしてわからなかったのか。彼女はしょっちゅう気づきそうになっていたし、世間知らずの女の子のふりをしていても、ナイフの刃なみに切れるとわかっていたのに。

いっぽう、ぼくはどうだろう？　好奇心旺盛で、衝動的で、欲張り。

うめき声を上げながら、ぼくはなんとか膝立ちの姿勢をとろうとした。縛られたり、拘束されたりはしていないが、逃げられない部屋に監禁されていた。

でも、ぜったいにここから出られないわけじゃない。ひとつ確実な方法があった。かねてから用意されていた方法。このいまいましい家を建てた、ぼくしか知らない方法。

でも、危険を伴う。無謀といってもいい。それに、命取りかもしれない。

でも、やってみるしかなかった。

たが、混乱し、怒っていた。それに、ちょっとおびえていたかもしれない。

ぼくはそう思い込んでいた。それはいまでも変わらない。でも、なんてことだ。彼女は自由の身になって、この家でジェーンと一緒にいる。不屈のジェーンと。最初から彼女とはかかわり合いになるべきじゃなかった。こんなことに巻き込まれる義理はない。プロポーズしてはいけなかった。あのときぼくはまだビーの部屋を訪れ、彼女と会って、話をし、寝ていたのだから。でも、ぼくはジェーンに彼女が望んだものを与えたかった。愚かにも、ぼくはそれでなんとかうまくいくと思っていたのだ。ぼくたち全員が望みのものを手に入れる逃げ道があると。

そして、ぼくの望みはジェーンとビー、ふたりとも手に入れることだった。どちらもあきらめきれなくて、ビーを上の階に閉じ込め、ジェーンには結婚の約束をした。それで、こんな目も当てられない状況になった。

第十一部

ジェーン

そして、いまわたしの目の前にはビー・ロチェスターが立っている。

生きたままで。

エディはごたいそうなパニック・ルームに彼女をずっと閉じ込めていた。しかも、どうやらわたしのことを話したらしい。

わけのわからないことばかりで、わたしは答えあぐねる。ようやく「り、警察に。通報しなきゃ――」としどろもどろに言う。

「わたしたちに必要なのは」ビーがふうっとため息をつく。「とりあえず一杯やることね」

*

ビーが階段を下りていく。堂々と顔を上げ、てきぱきと動くその姿には、わたしがずっと思い描いていたとおりの自信と集中力がみなぎっている。わたしは腕

35

「あなた、エディから聞いていたのとはぜんぜん違うのね」

わたしは廊下に立っている。あのださいパイナップルでエディを殴ったせいで、腕がまだ痛む。激しく殴りすぎたって、わかっている。おまけに変な場所に当たった。骨が砕けた感触がまだ残っているし、絨毯の上に歯が散らばる光景も生々しくよみがえる。わたしたちは彼をそこに置き去りにしたまま部屋を出て、ドアを閉め、ロックした。彼に意識があるのか、生きているのかわかる音や兆候はなにもなかった。

を身体に巻きつけて、朝から着ているジョギングウェアのままじゃなかったらよかったのにと思いながら、彼女についていく。

わたしが階段を下り切ると、ビーはすでにキッチンにいて、配膳室へと向かっている。それはキッチンと洗濯室に挟まれた小部屋で、小さな流しとワイングラス、ワインが何本かと、エディの好きなウィスキーがある。

ビーがキャビネットを開けて、小さな木製の棚に収まったワインボトルをざっと眺めているあいだ、わたしはうしろに控えている。「あなたたち、ムートン・ロートシルトの二〇〇九年を飲んじゃったの？」ビーが肩越しにこちらを振り向いて、尋ねる。いっぽう、わたしは両手を脇にだらんと垂らして、そこに突っ立っている。力いっぱいエディの顔を殴ったせいで、腕がまだ痛む。

自分が何者かを思い知らされたみたいだ――にせものなんだと。

それに、信じられない……彼女の落ちつき払った態度が。物おじしないその姿が。わたしなんて、世界がひっくり返ったかのように感じているのに、彼女ときたらワインを選んでいる。

でも、結局ビーは首を振りながら、ボトルの上で指を踊らせる。

「二〇〇七年ものならあった。これでいいわ」

彼女は隠し場所からそのボトルを抜き出して、カウンターの下に固定されている棚からグラスをふたつ滑らせるようにして取る。その動きはなめらかで無駄がない。

それで、この家はほんとうのところは彼女のものだと、わたしははじめて気づく。わたしのものではありえないし、当然、エディのものでもなかったのだ。

キッチンとダイニングのあいだで立ち止まって、彼女はまたわたしをちらっと見る。「コルク抜きを取ってくれない？」

それぐらいなら、わたしにもできる。わたしはキッチンの抽斗を開けてコルク抜きを取り出し、ビーのあとを追ってダイニングへと持っていく。

彼女はワインを開けて、それぞれのグラスに注ぎ、わたしに座るよう身振りで示す。彼女がテーブルの上座に陣取ったので、わたしは一瞬、その反対側に座って、中世のふたりの女王が対面するようにしたほうがいいのかと思う。

でもそうはせずに、わたしは彼女の左側に座る。彼女のすぐそばの椅子ではなく、そのつぎの椅子で距離を置くようにして。とはいえ、そのオークのテーブルもフットボール場ほど巨大というわけでもない。

数年前に彼女が《サザン・リビング》誌のインタビューに答えたのは、まさにこの場所だ。ただ、いまの彼女はしわくちゃになったシルクのパジャマを着て、爪も手入れされていない。でも、そんなひどい外見でも——青白い顔をして、伸び放題の髪の枝毛が肩でもつれ、目の下には黒々とした隈《くま》ができている——そのエ下に、わたしがずっと思い描いてきたビー・ロチェスターの存在を感じる。ギンガムチェックとフルーツの形をしたボウルから一大帝国を築いた女性。そのブランドは彼女自身が生まれついた生活様式に基づいてはいないのに、同じ高みまで自力で這い上がった女性。

そんなボウルのひとつがいま、テーブルに置かれ、なかにはレモンが入っている。彼女は手を伸ばしてボウルを引き寄せ、レモンをひとつ抜き取り、考えごとをしながらそれを両手のなかで転がす。

わたしは自分のグラスを手に取り、ぐいっとあおる。芳醇なカベルネの風味が舌の上ではじける。その最中も、ビーはてのひらの上でレモンを行ったり来たりさせている。

しばらくして、彼女はレモンをボウルに戻し、わたしを見る。

「それで。ジェーン」

「それで。ビー」彼女の口調を真似て返事をすると、ほほ笑みが返ってくる。まあ、口の片端を上げた薄ら笑いなのだが。そういえば、まったく同じ表情がエディの顔に浮かんでいたことがある。エディの癖がうつったのだろうか？　それとも、その逆？

ビーは両手を広げて問いかける。「わたしたち、これからどうしようか？」

〝わたしたち〟というその言葉が気に入った。それに、彼女がわたしを見る態度も。ドッグウォーカーのジェーンではなく、彼女のろくでもない夫がもう少しでまんまとだまして結婚するところだった哀れな女の子でもなく、わたし自身を見てくれている。ほんとうのわたしを。

わたしはワインボトルを持ち上げて、自分のグラスに注ぎ足す。彼女のグラスはまだ減っていなかったので、わたしはそのままボトルをテーブルにドンと置く。

家の外は大荒れで、雨が窓ガラスに打ちつけ、数分おきに雷鳴がとどろいて家が揺れる。上の階でたまに物音がしたとしても、わたしにはわからない。

わたしはパニック・ルームの床に大の字に伸びているエディを思い浮かべて、罪悪感か後悔か……なにかに襲われるのを待つ。

でも、吐き気を催すほどの安堵感のほかは、なにも感じない。わたしは正しかったんだ。おかしいと思ったこと、悪い予感がしたこと、そのすべてが嘘じゃなかった。昔と変わらずわたしの直感は冴えていた。だからこそ、こうしてビーは無事でいるんだ。

「警察に通報しなきゃ」わたしはもういちど提案する。「全部話さないと。ひとつ残らず」

ビーは考え込みながら、うなずく。「全部話すって。どんなことがあったのか、あなたにわかるの？」

トリップとの話を終え、あの日記を発見してからの数時間というもの、わたしはずっと動揺しっぱなしだ。

でも、長年の経験から、即座に決断して、できるだけ素早くショックを乗り越える術《すべ》を身につけていた。生きのびるためにはそれが欠かせない能力だったから。いま、その力に助けられている。

「ブランチはほんとうに死んだと思う」わたしはビーに言う。「でもそれは、みんなが思っているような事故じゃなかった」

「あのふたりは浮気をしていたのよ」ビーが答える。穏やかな声だが、顎の筋肉がひくついていて、先を続ける前に彼女は一瞬歯を食いしばる。「もちろん、エディはわたしにばれっこないと思っていた。でも、わたしは最初から知っていたの。あの人は自分が思うほど賢いわけじゃないから」

わたしはエディがでっちあげた〝季節の変わり目〟とか〝屋根裏のアライグマ〟という話を思い出して鼻をフンと鳴らし、ワイングラスを持ち上げる。いま、わたしの足もとは、さっきよりも安定感を増しつつある。

「でも、そのうちブランチは良心の痛みを覚えるようになったのね。わたしたちは幼なじみだったし、彼女が思う以上に友達の絆《きずな》は大切だったのよ。というか、きっと彼女、わたしにたいする優越感に浸りたかっただけじゃないかな。とにかく、ブランチがわたしに週末は湖の家に行こうと誘ったのは、すべてを打ち明けるためだったと思うわ」

彼女はワインにそっと口をつける。「きっとエディはそれを知ったのね。わたしに真実を知られるぐらいなら、ブランチを殺したほうがましだと思ったんだわ」

ただし、ブランチを招待したのはビーだ。あの家は彼女の持ち物なのだし。

わたしはちょっと顔をしかめるが、なにも言わないでいる。ビーが先を続ける。

「エディらしいわね。いつでもケーキをもう一切れ欲しがったり、もう一回だけ打席に立ちたがったりするのよ。でも、彼はちゃんとわかっていた。このすべてが」――そう言って彼女はまた両手を広げて、その家を、その地区を、そしておそらくふたりの人生そのものを表現する――「わたしのものだって。いまさらわたしと離婚なんかできない。そうでしょう?」

「じゃあ、どうしてあなたも殺さなかったのかしら?」われながらうまく落ちついた口ぶりで話せているが、心臓はドキドキしっぱなしだ。それが真実ではないから。彼女の言っていることは嘘だらけだ。

彼女が巧みに嘘をつくタイプの人間だということがわかる。間違いなくエディよりも巧妙だ。でも、わたしは嘘だと見抜ける。彼女が口にすることはどれも納得できないことばかりだ。

ビーが前かがみになって、テーブルの上で腕を組むと、彼女のパジャマの袖がまくれて華奢な手首があらわになる。「それがよくわからないのよ」ビーはそう認める。「でも、ほら、ちょっと考えてみたんだけど。それはきっと――」

「彼があなたを愛していたから」わたしがそう言うと、口のなかに酸っぱさが広がる。ビーの話が腑に落ちなくても、この説明ならどうやら……納得できる。

エディはビーを愛していた。ここでなにが起こったにしろ、わけがわからないことばかりで、錯綜している。それに、エディは残酷にだってなれる。わたしは彼がジョンと向き合ったときのことを思い出した。もしビーが邪魔だと彼が本気で思ったら、きっと彼女だって殺せたはず。

でも、彼女はこうして生きている。

ビーがわたしを見る。一瞬、彼女の自信が揺らぐ。わたしの言葉に不意を突かれたのだ。

わたしは彼女がテーブルに目を落とすようすを見守る。それから一呼吸置いて彼女は顔を上げ、肩をすくめる。「そうかもね。とにかく、これがわたしに話せるすべてよ。彼はブランチを殺し、わたしが死んだと見せかけて、この家に閉じ込めた。まるで、ゴシック小説の世界よね。そのくせ、自分の犬を散歩させていた、なにも知らない娘に言い寄るなんて」彼女は片方の眉毛を上げる。「なにかご意見は？」

わたしはわざとワインをゆっくり飲む。「まあ、それもひとつの真実というところね」

「でもお気に召さないと」

当然だ。悲劇のヒロインなんかごめんだ。ハンサムな顔と莫大な財産に目がくらんだおばかさんだなんて。犠牲者だなんて。

わたしは椅子に深く座って、ビーを見つめる。おそらくワインのせいだろうが、いまの彼女はそれほど青白くなく、ぼさぼさの髪でパジャマを着ていても、ほとんど……エレガントだ。

「どうしてそんなにおびえていないの？」わたしがそう尋ねると、彼女はテーブルの向こうからわたしと目を合わせる。大きな黒い瞳は美しく、マスカラを使っていないのにまつ毛にボリュームがある。

「あなたこそ」ビーが切り返す。「愛する男が殺人犯で、その男の死んだはずの妻が生きているとわかったばかりなのに。叫んだり、泣いたりする声がちっとも聞こえてこない」

わたしは答えない。

「わたしがなにを考えているかわかる？」ビーは先を続ける。「エディがわたしたちの両方を好きになった理由があるのよ。ためよ」――彼女は片手を上げて、わたしが反論しようとするのをさえぎる――「彼はあなたを心から大切に思っているわ。そうじゃなかったら、自分の人生にあなたを引き込むなんて危険は冒さないはず。でもきっとわたしたち、よく似ているのね、ジェーン」

「それはわたしの本名じゃないの」思わずわたしが口走ると、ビーはほほ笑む。

「わたしもビーが本名じゃないわ」

「知ってた」わたしは打ち明ける。「トリップに聞いて」

ビーは目をぎょろっと回す。「トリップのくそばかめが」

彼女の気持ちはよくわかるから、わたしはつい笑いそうになる。でも、この状況はまだどこか……すごくおかしい。彼女はやけに冷静で、落ちつき払って、気丈にしている。わたしが想像しうるなかでも極めつきのおぞましい経験をしたばかりの女性にしては。

それから、ビーが身を乗り出して言う。「エディは、わたしはあなたとは大違いだって言っていたけど。そうは思えないわね」

わたしは彼女を見る。そこに女王然として腰を据え、しらじらしい嘘を並べ立てる彼女を。でも、その言葉が彼女の口から出た唯一の真実だとわたしにはわかる。

第十二部

ビー

36

彼があなたを愛していたから。

ジェーンのその言葉を聞いて、どうしてここまで動揺するのだろう。ほかならぬジェーンが、そうであってほしいと思うはずがない。

でも、彼女は嘘をつくのがうまい。

見ていればわかる。それに、彼女はまるでエディが思っていたような女の子ではない。シルバーのパイナップルで彼の顔を殴り、彼の妻と――湖の底で死んでいるとずっと聞かされていた妻と――一緒に座り、平然とワインを飲んでいる。

わたしはこの子がすっかり気に入った。だから、そんな彼女の一面を見られないエディに同情を禁じえない。

きっと、エディもそういうところが気に入ったはずだから。

もしかしたら、そういうところが好きだったのかも。彼はぜったいに認めないだろうけど、ジェーンとわたしが似ているとわかっていたのだ。

そもそも、はじめからそういう理由でジェーンに惹かれたのだと。

ジェーンはまたワインを口に含む。小柄で、青ざめていて、髪の色はブロンドと茶色の中間の、あまりぱっとしない色。それに、着ている服ときたら、このあたりの女性たちの影を薄くした模造品といったところ。エディの目をごまかすにはそれで足りたのだろう。でも、エディは彼女の目をしっかり見ておくべきだった。

目がすべてを物語っているから。

たとえば、いまジェーンはわたしに向かってうなずきながら大人しく座っているが、その目は熱っぽく輝き、わたしが説明する〝事《こと》の真相〟などまったく信じていないことが伝わってくる。浮気、エディによるブランチの殺害、わたしの監禁、トリップに罪をなすりつけたこと。エディが実際よりも賢い男だとジェーンが思っていることを期待していたけれど、それは見当違いだったかもしれない。

それどころか、彼女を見ているとブランチを思い出す。あの葬儀が終わったあとの。

「来てくれてありがとう」ビーはブランチをぎゅっと抱きしめて、黒衣をまとった彼女の身体の細さを感じる。ビーの喪服は黒ではない。〈サザン・マナーズ〉のその秋の商品展開のテーマカラーである濃いプラム色だ。

ブランチのほうもビーを抱きしめ、何度もお悔やみを伝える。でも、歩き去るブランチの目つきがなにか言いたげだとビーは感じる。あからさまに疑っているわけではない。ブランチはそんな突飛な考えはしない。でも、一連の経緯にすっきりしないものを感じてはいるようだ。ブランチはなにも言わないし、ビーになにかを訴えているような態度ではないのだが。

その夜遅くに、ビーは母親の家から運んできたウィングバックチェアに座っている。その椅子だけは、子ども時代を過ごしたあのおぞましい家から唯一持ち出したかったのだ。そして、ワインボトルを一本空ける。ワインを飲むとぼんやりいい気分になって、転落する寸前の母親の顔を思い出さずにすむ。

あのときママはハイになっていた。その部分は真実だ。何にすがって逃避していたにせよ、完全に前後不覚の状態だった。どうせクロノピンを飲んでいたのだろう。五十三歳という実年齢よりもずっと老けた彼女が、ゆっくりと足を引きずりながら廊下を歩く姿をビーは見つめていた。

階段の手前に敷いてある細長い絨毯は片づけるよう以前から言っていたのだが、母親が聞く耳をもつはずもなかった。とはいえ、彼女はよろめいただけで、すぐに転落したのではない。そのままなら、なんでもなかったはずだ。

なぜ母親を押したのか、ビーには説明できない。ただ、自分の目の前でよろめいたからとしか言えない。そして、母親がよろめいたとき、ビーの胸はよろこびで湧き立ち、ごく自然なことに思えたのだ。手を伸ばして……突き飛ばすことが。

母親の顔には恐怖も戦慄《せんりつ》もショックも、なにも浮かんでいなかった。普段と変わらず、ぼんやりしてわけがわからないという感じで落ちていった。

葬儀の場で、自分はラッキーだったとビーは思った。もし足首や鎖骨の骨折だけで済んでいたら、説明がやっかいになっていたはずだ。でも、母親の頭が階段の手すりの装飾に激突した。鈍い音が聞こえ、血が見えた。

即死ではなかったが、ビーが上からのぞくと、怪我はずいぶん深刻なもので、すでに彼女の頭の周りには血だまりができつつあった。

それでも、翌朝まで待って起きてみたら階段の下に母親が倒れているのを発見したことにするのではなく、夜中に物音が聞こえたことにしてすぐに救急車を呼んでいたら、おそらく助かっていただろう。結局、命取りになったのは出血多量だったのだ。

階段の下に一晩じゅう倒れていたせいで、はじめは勢いよく流れ出た血もゆっくりと硬材の床に垂れ落ちていった。

自分のしたことに罪悪感を覚えないかと、ビーは何か月か待ってみたが、結局は自由になったとしか感じなかった。

何年ものあいだ、そのことはほとんど忘れていたのだ。エディですら、ママの死の真相は知らなかった。ママの酒癖については、彼にあいまいな説明をしていたが、エディのほうも自分の過去はあいまいにしていたから気にもとめなかった。ブランチの死のつい数か月前まで蒸し返されることはなかった。

ビーがエディと出会ってからブランチと行った、あのメキシコ料理の店でふたりは食事をしている。

その場の空気は張りつめていた。なにしろ、その前にエディとブランチがランチをしている場面にビーが出くわし、ブランチは知らないとはいえ、ビーはあのバスルームでトリップとセックスをしていた。それにしても、その晩ブランチがあまりに腹を立てていたので、ビーは面喰った。

「彼は知らないんでしょう?」ブランチが問いつめる。ビーはブランチが先に目をそらすまで、ただじっと見つめている。「エディは。あなたにまつわるすべてがにせものだって。この」――彼女はそう言って片腕をさっと回す――「〈サザン・マナーズ〉とかいうのももとはといえばわたしから盗んだものだって」

「ブランチ、世界が自分中心に回っていないって認めるのはつらいでしょうけど、まさにこういうことを言うのね」ビーはそう答える。脈は速くなっているが、口調はいたって冷静だ。

ブランチはむっとして酒をあおる。彼女、いつもこんな感じだったかしら? それとも、トリップと結婚してこんな風になったのかしら? ビーはいぶかる。

外見までトリップに似てきた。髪も彼と同じような色あせた感じの茶色にして、ほとんど同じぐらい短くしている。それでもトリップとは違い、がりがりに痩せていて、バスケットからチップスをつまむ手首でブレスレットがカチャカチャ音を立てている。ビーはそれらのブレスレットを品定めせずにはいられない。見たことのあるものかどうかチェックするが、違う。

〈サザン・マナーズ〉の商品じゃない。すべて〈ケイト・スペード〉だ。ビーは鼻にしわを寄せる。

ブランチが気づく。「なによ?」彼女は指でつまんだ小さなチップスを食べようともせず、細かいかけらにほぐしている。ビーは手を伸ばして、テーブルに散らばったかけらをかき集める。

「ブレスレットがご入用なら、うちの会社の新作ができたばかりなの」ビーが口を開く。「いくつか送るわ」

ブランチは口をわずかに開け、目を見開いて、短い間を置いてから、けたたましく笑いだす。「それ、まじで言ってんの?」彼女がそう言うと、何人かこちらを振り向いたのが、ビーの目に入る。

ビーは眉をひそめてブランチに身体を寄せる。「もっと小さな声で。お願いだから」

「いやよ」ブランチがそう言う。持っていたチップスの残骸がテーブルに落ちる。「だって、あなたの会社のださいアクセサリーをつけてないからムカついているのか、まじで知りたいもの。それがいま起こっていることなのか知りたいんだもの、バーサ」

「大人になってよ」ビーがそう言うと、ブランチはけたけたと笑いだして、ブース席に深く座り直し、胸で腕組みをする。

「あなたにまつわるすべてが嘘ばかりだって、旦那は知っているのか聞いているのよ? それなのに、あなたはわたしのブレスレットにケチをつけて、わたしが子どもだって言うわけね」

ビーはさっと手を伸ばして、ブランチのブレスレットをつけているほうの手首をつかみ、ぎゅっと握ると、ブランチが悲鳴を上げる。

「あなたは酔ってる」ビーは歯を食いしばりながら、そう言う。「それに、みっともない真似をしてる。そういうのはトリップにとっておくことね」

その晩のディナーは早々にお開きになる。そして、わずか二日後に、なぜ母親が転落死だったと教えてくれなかったのかとエディがビーに詰め寄ってくる。

ここでビーは、浮気はなかったのだと確信する。ブランチはビーを傷つけたかったかもしれないが、エディはそうではなかった。それで、今度ばかりは狙った獲物が手に入らず自棄になったブランチが最後の弾薬に火をつけたのだ。

翌朝、ビーはコーヒーと朝食用のペーストリーを手に現れる。ブランチのために、彼女が好きなグルテンフリーのまずそうな代物も用意して。

「和平の捧げものよ」ビーはそう持ちかける。ブランチが心のどこかでその言葉を信じたがっているのがわかる。もとどおりの関係に戻りたがっている。

湖への遠出も和平の捧げものだった。平和の象徴であるオリーブの小枝を差し出したのだ。

ブランチはそれを嬉々としてつかむ。


ジェーンはそこに座って、ワイングラスの脚を指で回している。頭のなかでいろいろと考えているのだろう。彼女がいったいどんな行動に出るのか読めないところが気に入っている。それに、彼女がエディにたいしてそこまでの忠誠心をもっていないとわかったから、不思議と気分がいい。

結局、わたしは彼を失ったわけじゃないんだ。

意外だけど、そう考えるとぞくぞくする。

でも、そんな風に感じたらいけないのかも。日記の一部は、わたしのしたことを隠すためにでっち上げたものだ——というか、日記の大部分がそうなのだが——でも、セックスの部分は？　わたしのエディへの気持ちは？

その部分は嘘じゃない。

そんなことを考えていると、ジェーンがすっと背を伸ばして口を開く。「警察に通報すべきね。エディのたことを知らせないと。彼に落とし前をつけてもらわないと」

ジェーンはわたしをからかっているの？　それとも、本気でそんなことを望んでいるのかしら？　ついさっきまでわたしが好ましく思っていた彼女のつかみどころのなさに、今度はいらいらさせられる。それで、わたしは片手を振ってワインを飲み干す。

「まだいいわ」わたしは言う。「あの部屋からようやく解放されたんだから、あと数時間は楽しませてよ。質問攻めにされる前に」

わたしはあたりを見回して、さらに続ける。「あなた、この家にあまり手を加えなかったのね？」

ジェーンはそれには答えずに、こちらに身を寄せて、わたしの手を握る。

「ビー」ジェーンが言う。「こうしてぼんやり座っているわけにはいかないわ。エディはブランチを殺したのよ。あなたも殺してたかもしれない。だから――」

「なにもしないで」わたしはそう返事をして、彼女の手の下から自分の手を抜き取り、立ち上がる。

〝決断するまでが大変なのよ〟。ビーはつねづねそう部下に言ってきた。〝ひとたび決めてしまえば、それで終わり。気分もよくなるわ〟。

ブランチにたいしても、そんな感じだ。

死んでもらうと決めたとたんに気楽になって、その後はとんとん拍子にことが運ぶ。ビーはブランチを湖の家に招待し、土壇場になってトリップにメッセージを送る。今回は身代わりが必要だ。人がひとり事故死して、その場にほかには自分ひとりしかいなかったら、ことだ。ふたりだったら、どちらかわからない。

それで、トリップを呼び出した。

彼の姿を見てブランチは不機嫌になる。

「女子だけの旅だって思っていたのに」ブランチはこぼす。トリップはソファで彼女のとなりに腰を下ろして、もうすでにウォッカトニックで一杯やっている。

「われこそは女子たちの〝旅《トリップ》〟なりってか」そうジョークを飛ばすが、あまりのくだらなさに、ビーはふとトリップも殺してやろうかと思う。

いやいや、だめだ。トリップには任せる役割がある。

しかも、彼はそれを見事にやってのける。トリップが現れていら立ったブランチは、ビーの期待を上回るペースでワインを何杯もあおり、ついにはトリップが飲んでいるウォッカにまで手を出す。

そして、ビーが飲み物に仕込んでおいた抗不安薬のザナックスのおかげで、狙いどおりにトリップが意識を失うと、ブランチはビーとげらげら笑い合ったほどだ。ぐにゃりとしたトリップの身体をふたりで主寝室まで引きずっていくあいだも、ビーはブランチと同じぐらい酔っているように振る舞う。

あとになって、ビーはその場面をいちばん鮮明に思い出すことになる。あの晩、ブランチは楽しそうだった。大部分は酒のおかげだが、それでも彼女にそれを提供したのはビーだ。

最後の夜の女子会を。

昨年ビーがエディに買い与えた平底ボートに乗り込むブランチの足もとはおぼつかず、ビーが手助けしないと座れない。

それからさらに飲む。

頭上に広がる夜空は真っ暗だ。新月の晩だから、その場のできごとを照らすものはなにもない。

ママのときと同じように、さしたる苦労もなくことが運ぶ。

ひとたびブランチが意識を失えば、ビーがあらかじめ用意しておいた、いかにもトリップのような男が買いそうないかつい凶器とおぼしき重い金づちを取り出し、振り下ろすのはわけもない。

一回、二回、三回。胸くそ悪くなるゴツッという音がそのうち肉っぽいぐしゃぐしゃした音に変わる。それが済むと、ビーはブランチの身体をボートのデッキから転げ落とす。あたりは真っ暗で、彼女が最後に目にするのは湖の底に沈んでいくブランチの髪だ。

彼女はそこに立ったまま、なにかを感じないかと待つ。

後悔や恐怖。そのほかどんな感情でも。ところが今度も、終わってしまえば、ただほっとして、少し疲れを感じるだけだ。

泳いで家まで戻るのは、ちょっとした骨折り仕事だ。腕で生温い水をかき分けていると、頭のなかにワニや毒蛇のイメージが浮かぶ。真下には水没した森が広がっているとわかっている。それで、枯れ枝が骸骨のような手を自分に向かって伸ばしていたり、自分の身体がブランチと一緒に沈んでいき、水中の木に引っかかるさまをどうしても想像してしまう。

ある地点で足になにかが触れたので、ビーはくぐもった叫び声を上げるが、静まり返った夜中ではやけに大きく響く。水が口に入ってきて、鉱物や、なにか腐ったような味がする。ビーはそれをぺっと吐き出して泳ぎ続ける。

いたって単純な話だ。女子だけで過ごす週末のはずだった。そこにトリップが突然現れた。一緒にボートに乗ったが、みんなすっかり酔っていた。トリップとブランチが口論している声を聞きながら、ビーは意識を失ったか、眠ってしまった。目を覚ますとブランチの姿はなく、トリップは気を失っていた。ビーはパニックを起こし、親友を助けるために湖に飛び込んだ。彼女の姿が見つからないので、家まで泳いで帰ったというわけだ。

トリップは泥酔していたから、なにが起きたのか覚えていないだろう。ボートになど乗っていないことも。それに、彼とブランチが問題を抱えているのは周知の事実だった。運が良ければ、ブランチが転落したか、自分から湖に飛び込んだと思われて、遺体も湖の底では発見されないかもしれない。もし発見されて、頭蓋骨が陥没しているのがわかれば、彼女を殺したと疑われるのはトリップだ。

どっちに転んでも、ビーには好都合だ。

そして、そんな風にスムーズにことが運ぶはずだった。エディがやってきて、すべてをぶち壊しさえしなければ。

ビーが桟橋を歩いていると、エディが家のなかにいるではないか。目を大きく見開き、ビーを凝視している。自分がどんな姿なのか、ビーは考えもしない。びしょ濡れになって、気温は高いのにぶるぶる震えている。彼女の頭のなかにあるのは、なぜエディがここにいるのかということだけだ。

そして、それで一巻の終わりだ――その瞬間、彼女はなにもかも失う。

彼の存在が場違いで、その顔にパニックの表情が浮かんでいるのに、もっと注意を払っておくべきだった。エディは意表を突かれると必ずまごつくし、男性にありがちだが、自分は実際よりも賢いと思い込んでいる。

頭が切れると思い込んでいる男ほど御しやすいというのがビーの持論だ。どうやら、そういう男は危険な存在にもなれるらしい。

あとになって、ビーはエディに言ってやりたかった。エディが滅茶苦茶にひっかきまわしたのだと。彼女に任せておけば大丈夫だったのに。いつものごとく彼女がなんとかしたのに。無論、エディはいつものごとく深く考えもせずに突っ走った。


わたしはエディが建て、わたしが完成させた家の居間に立ったまま、もういちどそのことを考えた。ジェーンの言葉を。

彼はあなたを愛していた。

そういうことだったのだ。それですべてが腑に落ちる。あの晩どうしてエディは警察に通報しなかったのか、どうしてわたしを上の階に置き去りにして殺さなかったのか。彼の狙いがお金だけなら、わたしを殺して財産をひとり占めする格好の口実になったはず。わたしたちは婚前契約のたぐいには署名しなかった。わたしは世間に——主としてブランチにだが——エディに絶大な信頼を置いていると知らしめたかったのだ。わたしが与えたものも、彼なら奪うことだってできた。

でも、そうはしなかった。

それで、確かに彼はジェーンと出会って、そう、彼女と結婚しようとした——でも、それなのに部屋に上がってきてわたしと話し、わたしを抱いたではないか。

わたしはそのあいだずっと彼の秘密を突き止めようとしていた。すべての答えとなる鍵はこんなにもシンプルだった。

彼はわたしを愛していた。

いま、ジェーンは居間とキッチンをつなぐ戸口に立ち、携帯電話を手にしている。「ビー、あなたは恐ろしいことを経験したばかりだし、ショック状態なんだろうけど。でも、警察には知らせなきゃ。もうこれ以上ぐずぐずしていられない。こんなのおかしいよ」

ジェーンは電話に目を落として番号を打ち込みはじめる。わたしはさっとそこに駆け寄り、彼女の手首をつかむ。わたしの指の下にある彼女の骨はとても華奢だ。

「やめて」わたしがそう言った瞬間、彼女の目つきから、実際になにがどうなっているのかすべて理解したことが伝わった。

わたしはジェーンが好きで、一目置いてさえいた。でも、このままではわたしの邪魔になる。

わたしたちの。

そのとき、耳をつんざくような鋭い警報音が鳴り響き、ふたりともぎょっとした。わたしはジェーンの手首を離して、天井を見上げた。

「どうしたの――」彼女はそう言いかけたが、わたしはすぐにぴんときた。

火災報知器の音だ。

とっさに階段へと走った。

なんてばかなの。あなたは大ばか者よ。走りながらそう思った。いかにもエディのしそうなことだ。火事になるとパニック・ルームは開かなくなる。そもそも、火事のときの避難場所なのだから。エディはそれを知らなかったのか、それともわたしが駆けつけて助けてくれると踏んだのか。

後者に決まっている。

ジェーンはすぐうしろでわたしの名前を大声で呼んでいた。

階段をのぼり切ると、煙のにおいが立ちこめ、クローゼットのドアの下から灰色の細い煙がちょろちょろ出ていた。ドアノブを握ると、熱い。あまりに熱くて肌がひりひりする。

ドアを力まかせに引き開けると、熱風と煙が押し寄せて痛みが走る。わたしの背後でジェーンが悲鳴を上げはじめた。

第十三部

ジェーン

37

十五歳を最後にわたしは病院には寄りつかなかった。当時、スケボーに乗っている男にいいところを見せようとして肘を骨折した。そのとき病院でさんざんな目に遭って、いまでも好きとはいえない。

明日退院できると言われているけど、どこに帰ればいいのだろう。ソーンフィールド・エステートの家は火事で全焼して、もうない。わたしが築こうとしていた新しい人生も家もろとも消え去った。

婚約者がパニック・ルームに何か月も妻を監禁していたという事実よりも、そういうことにショックを受けているところが、いかにもわたしらしい。不思議だけど、その事実を知ってわたしはかえってほっとした。どうしても納得できなかった点や、わたしの闘争／逃走本能に火をつけた要因がすべて腑に落ちた。すべてが明らかになった。

エディを助けようと階段を駆け上がったビーの顔に浮かんだ表情をわたしは死ぬまで忘れないだろう。わたしが彼にどんな気持ちを抱いていたにしろ、あんなことだけはありえなかった。わたしだったら、ぜったいにあんなことはしない。

エディがビーを愛したようにはぜったいにわたしを愛せなかったのと同じことだ。

ビーがパニック・ルームのドアを開けたとき、ごうっと音が聞こえて、なにかが爆《は》ぜ、熱風が吹きつけてわたしはうしろへとよろけた。そこで、本能に火がついた。

わたしは逃げた。

むせたりあえいだりしながら階段を駆け下り、玄関の外に出て、芝生の庭に倒れ込んだ。

結局、これまでの人生でずっとしてきたことをしたまでだ——自分の身を守った。

それは、ビーとエディを見殺しにしたということ。

ため息をつきながら、看護師がこっそりくれたアイスキャンディーの包みを開く。バナナ味だ。

わたしは運がよかった。みんなにそう言われる。やけどはなく、煙を吸っただけ。そのせいで喉と胸がまだ痛むのだが、あの家が文字どおり灰燼《かいじん》に帰したことを考えれば、ダメージは最小限で済んだと言える。

といっても、いまのわたしは身寄りのないホームレスだけど。

そんな風に自己憐憫《れんびん》の深みにはまりかけていると、病室のドアをそっとノックする音が聞こえて、振り向くとそこにローラン刑事がいる。

「こんこん」彼女がそう言うと、わたしの心臓が喉までせり上がって、アイスキャンディーをガリッと噛んでしまい、歯にキーンとしみる。

「ハーイ」わたしがぎこちなく応じると、彼女はベッド脇のプラスチックの椅子を身振りで示す。

「ちょっと話せるかしら?」

断れる雰囲気ではないし、彼女もそれは承知の上なのだろう。わたしが答えるのを待たずに椅子に腰かける。

ローラン刑事は脚を組んでわたしにほほ笑みかける。いかにもわたしたちが友達どうしで、楽しいお見舞いにきたかのように。わたしもほほ笑みを返そうとするが、心に傷を負ってショック状態にあるはずだと思い出す。

ここ数日でわたしの調子はガタ落ちだ。

わたしはうつむき、アイスキャンディーの包み紙をいじくりながら、彼女が話しはじめるのを待つ。

「気分はどう?」彼女がそう訊いたので、わたしは肩をすくめ、髪を耳のうしろに流す。

「よくなってます。まだゼイゼイしますけど」そう言って、喉を示す。「まだすべてが現実とは思えなくて」

ローラン刑事はうなずく。目尻にしわが寄り、同情している表情になるが、彼女がこちらを見る態度には、わたしが気に入らないなにかがある。丸裸にされて、じろじろ見られているような気がする。

「婚約者があの火事で逃げ遅れたことは知っているわね」

わたしは唇をぎゅっと結んで、一瞬目を閉じる。でも、わたしの内側では風が唸りを上げている。まさか、焼け跡から遺体が二つ見つかったと告げられるとか？わたしはなんて答えたらいい？　ビーとエディの真実をすべて打ち明ける？

「知ってます」なんとか、かすれ声を絞り出す。びくびくしているから、悲しんでいるような響きになって、かえって好都合だ。

「それから、きっとお気づきだと思うけど、いまのところ警察は放火だったと見ているわ。彼があなたを道連れに自殺しようとしたんじゃないかと考えている」

嘘。

そんなこと、気づいていなかった。ローラン刑事を見つめるわたしの顔に浮かんだショックと混乱は演技ではない。「放火ですって？」わたしがそう言うと、彼女はうなずいてため息をつき、椅子の背にもたれる。

「ジェーン、エディ・ロチェスターは、ブランチ・イングラムの殺害と妻の失踪に関与している疑いが濃厚なのよ」

「なんですって」わたしは口に手を当てて、小さな声を出す。

ローラン刑事は椅子の上で身じろぎをして身を乗り出す。車いすがキーキー進む音や医療機器のピッピッという音が耳に届く。「トリップ・イングラムの関与を調べる過程で、あの晩エディも現場にいたという形跡が確認されたの。出かける彼の車がソーンフィールド・エステートの入り口にある監視カメラに映っていたし、ビーとブランチが湖に出かけた晩遅くに彼も外出したのを近所の人が覚えていたのよ。決定的なものはなにもないし、まだ証拠を集めている段階ではあるけど、いまでは……」

彼女はそこで言葉を切る。腰のバッジにさっと手を伸ばすのが見える。

「トリップはどうなったの？」わたしは尋ねる。「いま、どんな状況？」

トリップ・イングラムに少しでも同情するなんて、おかしなことだし、嫌悪感すら覚える。そのうちそんな風には思わなくなるだろうけど、でも事の真相を知ったいまでは、彼もまた犠牲者だと思えてならないのだ。彼もまた、エディとビーがつくりだしたひどい嵐に巻き込まれた犠牲者なのだ。

「彼にかけられていた嫌疑はすべて晴れたわ」ローラン刑事が答える。「実を言うと、彼に思わせたほど、なにかをつかんでいたわけでもなかったの。自白するか、エディの関与を明らかにしてくれないかと期待していただけで」

そう言うと、彼女はため息をつく。「とにかく、あの火事が放火なのは疑いようのない事実だから、エディはどうやら自分に捜査の手が迫っていることに気づいていたようね」

彼女は身をかがめてわたしの手を取る。「大変な思いをしたわね。ショックを受けて当然だわ」

確かにそのとおりだが、彼女が考えているようにではない。警察は、エディが自殺したのはブランチとビーを殺したからだと考えている。それはつまり、ビーの遺体が焼け跡から見つからなかったということだ。

ということは、彼女はまだどこかにいる。

「後日、少し話を聞かせてもらうかもしれないわ」ローラン刑事はわたしの手をぽんぽんと叩き、立ち上がる。「でも、とりあえず、いまの時点でわかっていることを伝えておきたかったの」

「ありがとうございます」わたしがそう言うと、彼女はまたほほ笑む。

「お大事にね、ジェーン」

出ていこうとする彼女に、わたしはあとひとつだけ訊かずにはいられない。

「あの……エディの遺体は……」

恐ろしすぎてそんなことは考えられないというような、ぎこちない口調で尋ねる。すると、ローラン刑事が顔をしわくちゃにする。

「火があまりに高温だったから」穏やかにそう説明する。「あとにはなにも残らなかったの。たしか見つかったのは……」彼女はそこで言葉を切って、咳払いする。「歯が何本かだったと思うわ」

わたしが手にした、あのださいパイナップルがエディの顎にぶつかるところが目に浮かぶ。

絨毯の上に散らばる白い歯が。

「ありがとうございます」わたしはそう言って目をそらし、あまりの恐ろしさに圧倒されているふりをする。

彼女が立ち去る音が聞こえる。それからしばらくして、わたしはまたアイスキャンディーを手に取る。半分溶けてしまって、トレーに黄色いべとべとが広がっている。わたしはそこに指をつけてみる。

わたしの左手にはまだ婚約指輪が輝いている。これだけは手元に残った。これを売れば、新しい生活をはじめる当面の資金にはなるだろう。思い描いていたものよりも質素になるだろうが、それでもありがたい。

ビーがそうさせてくれるのなら。

彼女はまだ生きていて、わたしが真実を知っているとわかっている。ならば、つぎはどう出るだろう?

「かわい子ちゃん《スウィーティー》?」

顔を上げると、エミリーが戸口に立っていて、怪訝《けげん》な顔をこちらに向けている。彼女はちらっとうしろを向くと、ひそひそ声で言う。「あなたのようすを見にきたんだけど、ここにあなたのお兄さんだと言い張る男の子がいるのよ。明日あなたを引き取るって。お兄さんがいるなんて知らなかったけど」

くそっ。ジョンだ。

「兄なんていないわ」わたしがそう答えると、エミリーはますます不思議そうな顔をしたが、病室のなかへと入り、今度はにっこり笑う。

「アデルはもううちで預かっているから、あなたも来るといいわ」

アデル。一連のできごとのおかげで、すっかり忘れていた。どんな理由にせよ、そこでようやくわたしの目に涙があふれ出す。

「あの子は無事なの？」わたしがそう尋ねると、エミリーがうなずく。「元気いっぱいよ。メージャーとカーネルに威張り散らしているわ」さらに部屋の奥まで入ってきて、エミリーはわたしの手を取る。「さあ、ガール。一緒に家に帰りましょう」

それで、わたしはそうする。

38

エミリーの家での最初の数日間は快適に過ごす。おしゃれな客室をあてがわれ、エミリーがわたしのためにテイクアウト料理を注文してくれる。喉にいいからと、せっせとアイスクリームを運んでくれるし、パイナップルジュースと炭酸水を混ぜ合わせてつくるエミリーお手製の飲み物はすごくおいしい。それに、アデルと一緒にいるのも思っていたよりは楽しい。毎晩彼女はわたしのベッドの足もとで眠るのだが、彼女の重みが温かくて心地よい。

そんなわけで、最初のうちは快適だった。

でも、移って五日目に起き上がって歩けるようになり、火事のダメージからほぼ回復すると、雲行きが怪しくなる。

最初はささいなことから。

ちょっとヴィレッジに行ってエミリーの読書クラブのためのクロワッサンを買ってきてくれないかとか。それで、戻ってくるついでに〈ホールフーズ・マーケット〉で買い物をしてきてとか。エミリーは買い物リストまで用意していた！

それで、退院してから三週間経ったいま、わたしはこうしてシーズー犬のメージャーを近所で散歩させている。

こうして散歩していると、この半年間が想像のなかのできごとではないかと思えてくる。長期間続く幻覚のようなものであって、エディ・ロチェスターと出会ってもいなければ、道路から奥まったところにあるあの家に住み、短いあいだとはいえ夢を叶えたりもしなかったのではないかと。

でも、今朝の散歩のおかげで、そうではなくてすべては現実に起こったことなのだと気づかされる。エディとビーが建てた家がかつてあった場所はいまでは空き地になっている。そこには灰と立ち入り禁止テープしかない。それでもわたしはメージャーをそこに連れていき、待つ。でもなにを？　しるしだろうか？　ヴェールつきの帽子をかぶり、サングラスをかけたビーが魔法のように現れて、これも意味のあることだったと告げるとでも？

そんなことは起こるはずもない。

わたしは他人のごたごたに巻き込まれた女の子にすぎない。ほんのつかの間、別の人生を楽しんだ末にそれを奪われた。よくある話だ。

それでも、そこに立ち、かつて家が建っていた跡を眺めていると、悲しくなってくる。当時の気持ちがよみがえる。キッチンで料理したり、寝室で眠ったり、バスタブに浸かったりしたことを思い出す。

でも、そうやって思い出に浸るたびに、そのあいだずっと同じ空間にビーもいたのだということを考えずにはいられない。彼女はそこでじっと待っていたのだ。

エミリーの家に戻ろうと、わたしは踵を返す。メージャーがうれしそうに小走りしているが、そのときポケットでわたしの携帯が鳴る。見覚えのない番号だ。でも、二〇五ではじまっているから、バーミンガムからかかってきたものだ。わたしは電話に出る。

「ジェーン・ベルさんですか？」男の声がそう尋ねる。バセット・ハウンド犬が人の言葉を話せたらこんな声だと思うような、間延びした低い声。わたしはメージャーのリードを引っ張って、「そうですけど？」と答える。

「わたしはリチャード・ロイド。エドワード・ロチェスター氏の弁護士です」

その名前には聞き覚えがあった。エディがジョンにリチャードの名刺を渡していたのを覚えている。わたしは電話をぎゅっと握りしめる。

「はい」わたしがそう言うと、彼はため息をつく。

「今週わたしのオフィスまでご足労願えますか？　早いほうがいいのですが」

わたしは〝いやです〟と言ってみたい衝動にかられる。弁護士と会ったって、なんになるっていうの？

でも、エディの家の焼け跡に目を移すと、以前夢想したイメージが脳裏によみがえる。灰のなかをビーが堂々と歩いてきて、わたしになにかを手渡す光景。それは、わたしが体験したすべてへのご褒美だ。

「わかりました」わたしは彼に告げる。「明日でもうかがえますけど」

＊

そのオフィスは、わたしが思い描いたとおりのものだった。高級感にあふれ、男性的な革張りの家具が置いてあり、仕留めたカモをくわえた犬の写真が飾られ、目の前のコーヒーテーブルには狩猟、釣り、ゴルフの雑誌が散らばっている。

そして、ほんのり血色のいい、ださいスーツを着た男性がロビーにやってきて「ミス・ベルですか？」と訊いたのだが、彼も思い描いていたとおりの人物だった。

トリップのような気だるい雰囲気こそないが、ふたりとも〈南部の飲んだくれ〉仲間だということは、疑いようがない。

きっと、昼どきになればさっき街角で見かけたパブに毎日通って同じものを注文し、最低二杯はビールを飲み、オフィスに戻ってきたらいま電話対応をしているかわいい大学生にセクハラするような男なのだろう。

でも、わたしはエディが気に入っていたおずおずとした笑みを、その男に向けながら立ち上がり、差し出された手を握ってあいさつする。「ジェーンと呼んでください」

「ジェーン」弁護士は繰り返す。「近ごろではあまり聞かない名前ですな」

わたしは無味乾燥な笑顔を崩さないようにして、彼の個人オフィスへと案内される。

そこはさらに多くの革と狩猟の写真であふれているが、こちらの写真に写っているのは、目がうつろで舌をだらりと垂らした鹿の頭を抱えて満面の笑みを浮かべている、派手なオレンジ色のベストを着た弁護士本人だ。

またもや、ここから出ていけたらどんなにほっとするだろうと心のなかで思う。ソーンフィールド・エステートという、ぬるま湯のような泡に包まれているととても気持ちがよかったのに、そこから一歩出れば醜悪なものばかりだ。

弁護士は巨大なデスクの向こうに腰を下ろしながら、

「それでは」と言う。「正直なところ、あなたとの婚約が成立してすぐにエディから遺言を書き替えたいと言われて、わたしはちょっと面喰いましてね。実を言えば思いとどまらせようとしたほどですよ。悪く思わないでくださいよ」

「いいえ、ぜんぜん」そう言いつつも、耳鳴りがして彼の言葉がほとんど聞き取れない。

エディがわたしに遺言を残してくれていたなんて。いつかビーがあの部屋から出ると予想していたんだろうか？　彼女に殺されると？　彼なりに先手を打って、わたしにあやまりたかったのだろうか。それとも、これも、あの人たちの胸くそ悪くなるゲームの一手なんだろうか。わたしに譲ってしまえば、ビーが財産に手を出せなくなるから？

わたしにわかるわけがない。

「ともかく、ビーが失踪してからというもの、エディがビーの財産管理を一手に引き受けていました。彼女の会社の持ち株とか、そういったものを。それで、いま」デスクの向こうから分厚い革のポートフォリオを手渡しながら、弁護士が説明する。「これはすべてあなたのものです」

わたしはそれを膝に置くが、指先の感覚がない。ただその書類の重さを膝で感じている。

「もちろん、会社もあなたのものです」法律用箋になにか書きつけながら、弁護士はつけ足す。「〈サザン・マナーズ〉が。そのまま所有されてもいいですし、あるいは――」

「売ってもいいんですね？」

デスクの向こうのミスタ・ロイドの目とわたしの目が合って、彼の唇がわずかに引きつる。「あなたのものですから」彼はまた繰り返す。

わたしはその書類を、すべてを膝にのせて、じっと座っている。ふと、このまま会社を所有したらどうだろうかと思う。〈サザン・マナーズ〉を経営して、ソーンフィールド・エステートに新しい家を買って。

いや、だめだ。

これはつまり――贈り物《ギフト》なのだ。エディからの。ビーからの。

ふたりの秘密を守るのと引き換えに贈ろうというんだ。

それで、わたしはそれを受け取ろうとしている。

ポートフォリオを開き、手にしている書類に目を落とす。法律用語だらけだし、ジェーン・ベルすらも本名ではないが、そんなことはどうでもいい。わたしは数字に目が釘づけになる。

このすべてが、とわたしにはわかる。ビーの全財産、〈サザン・マナーズ〉で築いたすべてがエディの手に渡り、今度はわたしの手に渡る。

わたしは金持ちなんだ。

しかも、そんじょそこらの金持ちではない。これは百万ドル単位の話。いや、何億ドルという規模なのだ。

それがわたしのものになる。

顔を上げて弁護士を見るが、泣き真似をするまでもない。すでに目には涙があふれている。でも、悲しいから泣いているのではない。安堵の涙だ。うれし泣きなのだ。ビー・ロチェスターがわたしに人生をプレゼントしてくれた。彼女の人生ではない、〝ジェーン・ベル〟の人生でもない、新しい、一からやり直せる人生を。

わたしがすべて自分のものにできる人生を。

「いろいろなことかショックで」わたしは静かに話しはじめる。「エディにかんするすべてのことが。わたしは彼を愛していました。心から。でも、どう考えたらいいのか……」

わたしはまた膝に目を落とす。喉がごくりと動く。

「だれかを愛せるかどうかなんて、わからなかったのに。あのふたりのことだって、よく知らないのに」

「お嬢さん《ハニー》、エディ・ロチェスターのことはだれにもわからんのですよ」デスクの向こうから手を伸ばし、わたしの手を軽く叩きながらミスタ・ロイドが言う。彼のカレッジリングは重くてひんやりとする。

オフィスの外に出ると、風がびゅうっと吹きつけ、空では雲が素早く動いている。夏の終わりの嵐が近づき、空気が分厚くて重い。雨が降り出してきたので顔をそむけながら、わたしはハンドバッグから傘を取り出す。

顔じゅうに笑みが広がって頬が痛い。あまりにあけすけな子どもっぽい笑い方だから、ばかみたいに見えるだろう。でも、わたしはひさしぶりに他人の視線なんか気にもしない。他人のために表情をつくってみせなくたっていいんだ。

わたしは自由だから。

ビーと彼女のお金がわたしを自由にしてくれた。

アラバマから出ていくのも、望めば元の名前に戻るのも自由だ。わたしがいま手にしているお金が、過去から守ってくれるのにうってつけの壁なのだから。

そうしたければ、またヘレン・バーンズに戻れる。

ずっとジェーン・ベルのままでいてもいい。

わたしはだれにだってなれる。

エピローグ

ときどき、ふたりはどうしているかなって思う。エディとビーは。

いちど、車のトランクに食料品を詰め込んでいて、ふたりを見た気がした。

もちろん、彼らのはずはないのだが。そのころ、すでにわたしはマウンテン・ブルックから離れていた。アラバマ州からも。ビーのお金を使って、ささやかな家を手に入れていた。買おうと思えばもっと豪華な家だって買えたのだが、それでも、ノース・カロライナの山間《やまあい》にある、こぢんまりとして快適なわたしだけの山荘だ。

どうやら、わたしは南部が気に入ったらしい。

でも、サングラスをかけて大きなSUVに乗り、〈イングルス・マーケット〉の駐車場から出ていくその女性がビーのはずはないし、助手席に座っている人もエディのはずがない。男性かどうかもよくわからなかった。

車のなかにいたアデルが、その車が通り過ぎざまに一声短く吠えたので、助手席に座っている人がちょっと振り返った気がしたのだが、すでに距離が離れすぎていてよくわからなかった。

でも、当時はあの火事から数か月しか経っていなかったから、わたしは神経過敏になっていて、あちこちで亡霊を目撃しやすくなっていた。

ときどき、振り返ってばかりいるような気になる。

ビーがあのパニック・ルームのドアを開けたとき、轟音がして、炎の壁が見えたんだからと自分に言い聞かせる。髪の毛が焼けるにおいがして、さらに不穏な、肉が焦げるにおいもした。

警察がエディの歯だって発見したじゃない。

でも、わたしが彼を殴ったときに、その歯が飛び散ったのもまた覚えている。だから……

どうなんだろう。

あのふたりの命は助かったのだと思いたい。どこかで生きていると。

ふたりしてハワイに戻ったのかも。それとも、もっと遠くの島の、ふたりだけの小さなビーチに。

わたしはふたりが白砂のビーチにいて、頭上でヤシの木が風にそよいでいるところを想像する。ビーがまだ亡霊で、エディがわたしのものだったころ、わたしはよくそういう光景を思い描いていた。

ビーはそこに座って、陽光を浴びてほほ笑んでいる。髪はうしろでひとつにまとめられている。エディがとなりにいる。昔ほどハンサムではないけれど。

ビーが手を伸ばして彼の手を取り、指を見ている——傷だらけでぶ厚くなっていて、赤い蚯蚓《みみず》腫れがあちこちに走っている——そして、その指が彼女の指を包み込む。

わたしたちはいま、一緒にいる。大切なのはそれだけ。ビーはエディにそう言うのだろう。お金ではなく、ともに築いた生活でもなく、もはや一面の緑のなかの黒い点になったあの家でもなく、ソーンフィールドの青々と広がる芝生でもなく。

そういうものがなくても、どこにいても、ふたりでいればしあわせなのだと彼女が言うとき、それはきっと嘘ではない。

それが真実なのだ。

謝辞

わたしのエージェントであるホリー・ルートにはいつも感謝していますが、本書執筆に際してはとりわけお世話になりました。ホリー、つねにわたしのなかに可能性を見出し、わたしの作家ごころをときにわたしよりもわかってくれて、ありがとう。

アロイ・エンタテインメントのジョシュ・バンク、ジョエル・ホベイカ、サラ・シャンドラーにはこの機会を与えてくださったこと、そして、わたしの執筆スタイルをすっかり変えてくださったことに感謝します。あなたたちと一緒に仕事ができて、本当に楽しかったわ！

セント・マーティンズ・プレスのサラ・ボナミノ、サリー・ロッツ、ノリーン・ナシッド、マリッサ・サンジャコモ、ジェシカ・ジマーマン、そして同社のチーム全体に。ビーだったら、ロックスターみたいなあなたたちを即座に〈サザン・マナーズ〉に連れ去るわね。

本書に初期の段階からかかわり、本書がさらによいものになる手助けをしてくれたサラ・キャンティンにありったけの感謝を！　頭脳明晰《めいせき》な編集者であり、本書の素晴らしい応援団であるあなたと仕事をするのはたいへんなよろこびでした。言葉にできないぐらい感謝しています。

いつものように、家族に感謝を捧げます。あなたちがいなかったら楽しく仕事ができません。

そして最後に、『ジェーン・エア』を最後まで読んで、〝ジェーン、本気なの？　あなたならもっとうまくやれるのに〟と思ったすべての女性に。

わたしもそのひとりであり、あなたたちのことを愛しています。

HAYAKAWA POCKET MYSTERY BOOKS No. 1970

竹《たけ》内《うち》要《とし》江《え》
英米文学翻訳家
訳書
『果てしなき輝きの果てに』リズ・ムーア
（早川書房刊）
『脳の配線と才能の偏り 個人の潜在能力を掘り起こす』
ゲイル・サルツ
『アップルと月の光とテイラーの選択』中濵ひびき
『レバノンから来た能楽師の妻』梅若マドレーヌ
他

この本の型は、縦18.4センチ、横10.6センチのポケット・ブック判です。

〔階上《かいじょう》の妻《つま》〕

2021年8月10日印刷　　2021年8月15日発行

著者	レイチェル・ホーキンズ
訳者	竹内要江
発行者	早川浩
印刷所	星野精版印刷株式会社
表紙印刷	株式会社文化カラー印刷
製本所	株式会社川島製本所

発行所 株式会社 早川書房
東京都千代田区神田多町2－2
電話 03-3252-3111
振替 00160-3-47799
https://www.hayakawa-online.co.jp

（乱丁・落丁本は小社制作部宛お送り下さい
送料小社負担にてお取りかえいたします）

ISBN978-4-15-001970-9 C0297
Printed and bound in Japan